KB125538

이 책을

소중한 ____________ 님께 드립니다.

20 년 월 일

____________ 드림

나를 위한 도전! **내 삶의 특별한 1%**

초판 1쇄 발행 2016년 12월 12일

지 은 이 김기홍
발 행 인 권선복
편집주간 김정웅
디 자 인 최새롬
전 자 책 천훈민
발 행 처 도서출판 행복에너지
출판등록 제315-2011-000035호
주 소 (07679) 서울특별시 강서구 화곡로 232
전 화 0505-613-6133
팩 스 0303-0799-1560
홈페이지 www.happybook.or.kr
이 메 일 ksbdata@daum.net

값 15,000원
ISBN 979-11-5602-437-8 03810

나를 위한 도전!

내 삶의 특별한 1%

김기홍 지음

프롤로그

책이라는 것은 그만한 연륜과 경력, 그리고 다채로운 스펙을 가진 소위 성공한 자들이 쓰는 전유물이라는 생각을 평소 해왔다. 그래서 막상 글을 쓰려고 하니 '깜도 안 되는 내가 글을 쓴다고 하면 비웃지는 않을까? 내가 그만한 능력과 경험을 가진 사람인가? 난 그만한 능력이 안 되겠지?'라는 자조 섞인 생각으로 몇 날 며칠을 보냈다.

그러나 글을 작성하기로 결심한 것은 그간 많은 분야에 응모해보았고, 당선도 되는 등 작은 도전의 일말의 성공이 있었기 때문이다. 평소 글을 쓰기를 좋아하는 사람으로서, 문학을 사랑하는 사람으로서 나만의 글쓰기에 도전해 보는 것도 나쁜 것만은 아니라는 생각이 들어 펜을 잡기 시작했다. 많은 분들의 격려와 응원도 있었고 또 망설임도 많았다. 또한 막상 글을 쓰기 시작하니 수정에 수정을 거치는 과정이 순탄치만은 않았던 것도 사실이다.

적지 않은 기간, 많은 고뇌 속에 내가 가진 능력의 엑기스를 뽑아낸다는 것이 쉽지 않았고, 한 권의 책을 발간한다는 것이 아무나 하는 것이 아닌 어려운 작업이라는 생각을 해보았다. 적지 않은 세월을 살아오면서, 다양한 경험을 하면서, 인생을 훌륭하게 살아온 사람들과의 인과관계 속에 배운 점도 많았고, 그들의 삶 속에서 인간적인 고뇌도 하면서 느낀 생각을 글로서 담아보고자 하였다.

많이 부족하지만 나의 첫 작품이 세상에 나올 때 글 속의 내용 중 공감하는 부분도 있을 테고, 그렇지 못한 부분도 있을 것이다. 독자들에게 어필하고자 하는 내용조차도 기술적으로 많이 모자란 것 같아 아쉽기도 하다. 그러나 나에게는 용기 내어 작성된 효시嚆矢의 작품인 만큼 많은 격려와 성원을 부탁드린다.

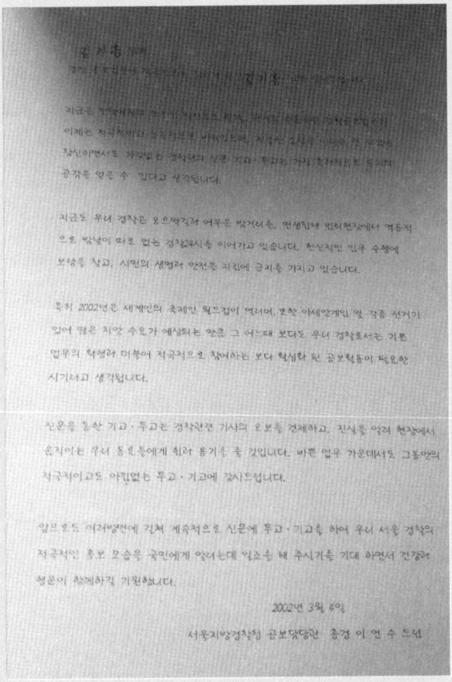
김기홍 귀하

[illegible]

지금은 [illegible] 공감을 얻을 수 있다고 생각됩니다.

지금도 우리 경찰은 오르막길과 어두운 밤거리를, 민생치안 범죄현장에서 역동적으로 밤낮이 따로 없는 경찰24시를 이어가고 있습니다. 헌신적인 임무 수행에 보람을 찾고, 시민의 생명과 안전을 지킴에 긍지를 가지고 있습니다.

특히 2002년은 세계인의 축제인 월드컵이 열리며, 또한 아세안게임 및 각종 선거가 있어 많은 치안 수요가 예상되는 만큼 그 어느때 보다도 우리 경찰로서는 기본 업무의 수행과 더불어 적극적으로 참여하는 보다 활성화 된 공보활동이 필요한 시기라고 생각됩니다.

신문을 통한 기고·투고는 경찰관련 기사의 오보를 견제하고, 진실을 알려 현장에서 움직이는 우리 동료들에게 힘과 용기를 줄 것입니다. 바쁜 업무 가운데서도 그동안의 적극적이고도 아낌없는 투고·기고에 감사드립니다.

앞으로도 여러방면에 걸쳐 계속적으로 신문에 투고·기고를 하여 우리 서울 경찰의 적극적인 홍보 모습을 국민에게 알리는데 일조를 해 주시기를 기대 하면서 건강과 행운이 함께하길 기원합니다.

2002년 3월 4일

서울지방경찰청 공보담당관 총경 이 연 수 드림

서울지방경찰청에서 언론 투고에 대한 감사편지를 받다.

세상을 살아가다 보면 상대방이 나의 입장을 잘 이해하여 주지 못하고, 나에 대하여 잘 안다고 하는 가까운 사람마저도 나의 말에 귀를 기울여 주지 않는 등 소통이 잘 안 되는 경우가 많다.

가까운 친구, 직장동료, 후배…… 하물며 가족 간에도 내가 무엇을 생각하고 있고, 내가 무엇을 고민하고 있으며, 지금 무엇을 요구하고 있는지 전혀 몰라주어 답답할 때가 간혹 있었을 것이다. 많은 이들이 아마도 이런 경험을 한두 번쯤은 하여 보았을 것이다. 나 또한 그런 경우가 종종 있어 많이 힘들었던 기억이 있다. 그럴 때마다 나의 생각과 입장을 허심탄회하게 들어주고, 이야기할 수 있는 상대가 있다면 얼마나 좋을까 하는 생각을 해보았다.

공직자로 입문한 이후 다양한 사람들을 만나 보고, 현장에서 근무하면서 겪은 에피소드를 토대로 다양한 사람들의 처지를 이해하며, 서로 상대방의 입장이 되어 이야기하며, 또 공감하며, 다양한 생각이 공존하는 현 시대에 우리들만의 고민을 풀어보고 공감해보자는 의도로 내용을 구상해 보았다.

책에 나오는 내용, 인물들은 어디까지나 독자들의 생각과 이해를 돕기 위한 소재임을 이해 바라며 특정인, 단체 등을 대상으로 폄하하거나 비난하는 것이 아님을 다시 한 번 말씀드린다. 이 책을 통하여 이야기하고 싶은 것은 다양한 계층이 공존하고 그만큼 갈등도 많은 시대에 사는 모든 이들이 서로의 입장을 이해하고, 배려하며, 희망찬 미래로 함께 나가기를 희망한다는 것이다.

살아가면서 많은 어려움과 인내하기 힘든 상황에 맞닥뜨리는 경우도 있었지만, '내일은 더 좋은 일이 있을 거야'라는 긍정적인 희망을 가지고 하루하루 열심히 살아왔고, 힘들 때마다 격려와 조언을 아끼지 않으셨던 많은 멘토들의 도움이 있었고, 좋은 분들과의 인간관계 속에서 소중한 경험들을 체험할 수 있었던 같다.

흙수저의 가정에서 태어났지만, 그런 환경에 굴하지 않고 뚜벅뚜벅 희망찬 내 삶의 조각들을 끼워 맞춰 가고 있다. 공직에 입문하여 겪은 그 소중한 경험들을 독자들과 공유하고 조금이라도 위로가 되었으면 하는 마음이 글을 쓰게 된 이유이기도 하다.

화려한 필력은 없지만, 이 책을 읽는 모든 이들에게 "그래도 우리 같이 힘내자."라는 따뜻한 말 한마디를 전하고 싶다. 이 책이 나오기까지 많은 격려와 성원을 아끼시지 아니한 나의 어머니, 가족, 친구를 비롯하여 지금 이 순간에도 국가와 민족을 위해 밤낮으로 열심히 근무 중인 15만 경찰 등 많은 분들께 감사의 말씀을 드린다. 이 책이 단순한 일개 개인의 에세이가 아닌, 우리 모두의 메아리가 되어 감추어진 비밀스런 응어리를 다 풀어줄 매개체가 되기를 희망해본다.

2016년 11월 어느 새벽

왕십리 서재에서 김기홍

목차

1장

대한민국 사회를 살아가며

2장

경찰로서 살아온 나의 삶

3장

청년들에게 한마디

1장

대한민국 사회를 살아가며

01

세상은 아직도 살 만한 곳

어릴 적 나의 꿈은 유명한 앵커, 아나운서가 되는 것이었다. 어릴 적 TV가 귀하던 시절에 방송에 나오던 아나운서를 보며 한껏 꿈을 키웠던 기억이 지금도 생생하다. 지금도 각종 모임이나 행사에서 사회도 보고, 많은 사람들을 만나 이야기 나눌 때면 조리 있게 말을 잘한다는 평가를 많이 듣곤 한다. 꿈을 실현하기 위해 전문적인 교육은 받지 않았지만, 그간 유사한 교육을 많이 받아왔고, 부단히 노력도 하면서 개인의 발전을 다져 왔던 것 같다.

나 자신을 테스트 해보기 위해 각종 강연이나 토의의 자리가 있으면 항상 지원을 하여 사람들 앞에 서서 이야기를 하며 나 자신의 능력을 시험해보곤 했다. 그러다 보니 사람들 앞에 나가서 말하는 것이 너무 편했고, 꼭 강의라든가 발표 형식이 아니더라도 어떤 형식으로든, 어떤 자리에서든 남의 앞에 서서 잘 이야기할 수 있는 나만의 노하우도 터득하였다. 앞으로도 기회가 된다면 직장 동료나 학생들, 혹은 기타 많은 분들 앞에서 주어진 주제를 준비하여 이야기할 수 있는 기회가 많았으면 하는 바람이 있다.

그러나 세상은 뜻하지 않는 곳으로 흘러가기 마련이라고 누군가가 이야기한 것처럼, 나는 어릴 적 꿈과는 다른 직업을 가지고 살아가고 있다. 그렇다고 지금 직업이 나쁘다는 것은 아니다. 어떤 직업을 가졌든 그 직장에서 최선을 다하는 것이 중요하다고 생각한다. 요즘은 대학교를 졸업해도 취업이 잘 안 되는 것이 현실이다. 어떤 직장인지를 떠나 일을 할 수 있다는 것만으로도 만족해야 할지도 모르겠다. 비록 좋은 직장은 아닐지라도 그 직장에서 열심히 하고 나만의 꿈과 목표를 달성하기 위해 노력하다 보면 좋은 일도 생길 것이고, 만족감도 얻게 될 것이다. 크지 않지만, 결코 작지 않은 행복도 맛보게 될 것이다.

그럼에도 불구하고, 못 다한 꿈을 이루기도 전에 이런저런 이유로 생명을 초개草芥처럼 버리는 이들이 많은 것 같아 너무도 안타깝다. 잘 알다시피, 우리나라는 OECD회원국 중 자살률이 세계 1위이다. 하루에도 많은 이들이 자살을 하고 있는 현실을 본다. 방송이나, 신문지상에서도 줄곧 빠지지 않는 사회면의 기사가 자살한 사람들의 이야기인 것을 보면서, 많은 것을 생각하게 된다.

최근 탤런트·영화배우 등 유명 연예인의 잇단 자살소식이 매스컴을 통해 전해지자 이를 모방한 자살 사건이 급증하면서 사회문제가 되고 있다. 즉 유명 연예인들의 충격적인 자살소식이 있는 날 똑같이 생을 마감하는 사람이 늘어난다는 일종의 '베르테르 효과'가 사회적 신가성을 더해주고 있는 것이다. '베르테르 효과'란 독일의 문호 괴

테가 1774년 출간한 소설 『젊은 베르테르의 슬픔』에서 주인공 베르테르가 연인 로테에게 실연당한 뒤 권총으로 자살하는 내용을 모방하여 이 책을 읽은 유럽의 젊은이들 사이에서 권총으로 자살하는 것이 유행처럼 퍼져 나간 데서 붙여진 이름이다.

그 사람들의 저마다의 입장과 구체적인 사정은 잘 모르겠지만, 분명한 것은 죽음과 맞바꾸어야 할 정도의 무언가가 있다는 것이다. 단순하게 제3자의 입장에서 '세상은 살 만한 곳인데 왜 죽어……. 죽을 용기 있으면 그 용기 가지고 살지!'라고 이야기하는 사람들이 많다. 나 역시도 그런 말을 많이 했던 것 같다. 그렇지만 당사자 입장이라면 그렇게 쉽게 말을 할 수 있을지 의문이다.

그 사람들의 입장이 안 되어 봐서 그렇게 쉽게 말하고 있는지도 모르겠다. 가까운 친구, 지인, 심지어는 가족까지도 '당사자가 무엇으로 힘들어하는지, 그 사람의 입장에서 한 번이라도 관심 기울이며, 그 넋두리에 귀 기울여 본 적 있는지?' 생각해보지 않을 수 없다.

힘들어하는 많은 사람들의 이야기를 들어주고, 대화하며, 그들의 마음속을 들여다보며, 응어리진 것을 풀어줄 수 있다면, 그런 소명이 나에게 온다면 주저하지 않고 그들의 아픈 마음을 쓰다듬어 주고 싶다. 아직도 세상은 살 만한 곳인데…….

〈생각해 보기〉

자살을 기도한 이영희(가명, 22세, 여, 대학생)의 사례

어느 날 경기도 자살상담센터에서 사무실로 전화가 왔다.

"지금 인천에 사는 대학생이 저희 상담센터에 '자살을 하려고 서울로 가는 중이다. 집에서 농약을 사서 음독 후 죽으려 했으나, 용기가 나지 않아 서울 용산역에 가서 뛰어내려 자살하겠다'는 전화를 걸어 왔습니다. 이에 '집에 있는 부모님을 봐서라도 절대 나쁜 마음을 먹어서는 안 된다. 우리가 갈 테니 기다려라!'고 자살 기도자를 진정시키려 했으나 아랑곳하지 않고 서울행 지하철을 타고 간다며 전화를 끊었으니 빨리 자살 기도자를 발견해 주십시오."

내용으로 봐서 다급한 신고라고 판단, 상담사가 이야기한 용산역으로 가서 역 일대를 샅샅이 뒤져 승강장 제일 후미 부분에 앉아서 울고 있는 자살 기도자를 발견했다. 이야기를 해보니 신고한 상담사가 지목한 그 여학생이 맞는 것이었다. 이내 진정을 시키고 자초지종을 묻자 학생은 하염없이 울면서 말을 이었다.

"저는 지방대학에 다니는 대학생입니다. 평소 성격이 내성적이라 친구들과도 잘 어울리지 못하고, 집에 있어도 장사를 하는 부모님이 늦게 들어오셔서 부모님과도 이야기를 할 시간이 별로 없어 늘 혼자였습니다. 학교생활에 적응하지 못하고 공부 또한 잘 되지 않아 늘 방황하고 우울했습니다. 그런 상태가 점점 더 심해져가고 급기야 우울증이 오기 시작하여 그로 인해 병원도 다닌 적이 있습니다. 오늘 문득 집에 혼자 있다가 죽고 싶은 마음에 자살을 기도하였습니다. 세상이 살기 싫습니다. 늘 난 혼자였으며 앞으로도 그럴 것이기 때문입니다."

이후 부모님과 연락이 되어 딸의 상황을 이야기하니 부모님은 굉장히 놀라움을 금치 못했다. 우리 영희가 절대 그런 애가 아닌데…… 이해가 안 된다며…….

누구에게나 생명은 고귀하고 소중한 것이다. 옛말에 '신체발부수지부모身體髮膚受之父母'라는 이야기가 있듯이 부모님으로부터 물려받은 신체를 함부로 훼손한다는 것은 부모에 대해 그 어느 것보다 불효인 것이다.

미국의 유명한 토크쇼 진행자 '오프라 윈프리'도 어릴 적 강간 피해와 마약 복용 등으로 폐인처럼 지내다가 결국 마음을 고쳐 먹고, 지금은 세계 언론계에서 가장 영향력을 행사하는 유명인이 되지 않았는가? 세상을 살아가면서 어려움이 닥치는 경우가 많을 것이다. 그건 정도의 차이는 있지만, 누구나 겪는 시련일 수 있다.

'피할 수 없으면 즐겨라'라는 이야기가 있듯이, 우리에겐 꽃보다 아름다운 청춘이 있지 않은가? 자, 지금부터 힘을 내자, 다시 한번 세상 안으로 나를 힘껏 던져보자! 그러면 분명 내가 살아가야 할 이유를 느낄 것이다.

하나님은 인간을 공평하게 만들었다고 한다. 남보다 무언가 잘하는 게 있으면 못하는 게 있고, 남보다 얻는 게 있으면 잃는 것도 있을 것이다. 다만, 우리가 그것을 보지 못하고 있을 뿐이다. 행복은 멀리 있는 것이 아니고, 가까이에 있다. 작은 것 하나하나 만족하며, 긍정적으로 살다 보면 모든 것이 행복해질 것이다. '하쿠나 마타타'(스와힐리어: Hakuna matata)는 말 그대로 옮기면 "걱정거리가 없다."는 뜻이다. 이 표현은 애니메이션 '라이온 킹'에서도 사용되었으며 한국어로 "근심, 걱정 모두 떨쳐버려."라는 뜻을 보여준다.

02

사랑하는 사람을 그리며

우리는 세상을 살아가면서 많은 사람들을 만나 다양한 인간관계를 형성하게 된다. 학연, 지연, 혈연으로 이루어진 만남을 비롯하여, 우연히 지나치다 알게 된 사람들도 부지기수일 것이다. 어릴 적 코흘리개 시절, 엄마의 손에 이끌려 초등학교에 입학해서 나와 단짝이 되었던 친구도 그중의 하나일 것이다. 지금 생각해보면 아무것도 모를 어린 나이에 같이 선생님의 피아노 반주에 맞춰 노래를 부르던 그때가 그립고, 추억이 지금도 생생하다. 그 후 성인이 되고, 공무원시험에 합격하고, 우연히 직장 근처에서 알게 된 여자가 생긴다. 생각해 보면 지금의 아내를 맞이한 것도 그 당시 누군가를 그리며 많은 외로움에 처해있을 때 만나 서로에게 의지하고 사랑하며, 그러다 결혼에 이르게 된 것 같다.

결혼생활을 하면서 사소한 문제로 말다툼을 하는 경우도 있지만, 어쨌든 내가 사랑했기 때문에, 내가 책임질 수 있는 사람이라고 여겼기 때문에 반려자伴侶者로 지금 같이 살아가고 있는 것 아니겠는가? 남자든 여자든 누군가를 그리워한다는 것은, 사랑한다는 것은 인간에게 지극히 자연스러운 현상인 것 같다. 역사 이래 많은 고관대작高官大爵이 아름다운 여자의 치맛자락에 휘둘려 역사의 한 사건으로 오르내린 것을 보면 옛날이나 지금이나 세월만 변했지, 누군가를 사랑하고, 그리워하고, 그렇게 풍류를 즐긴 것은 변함이 없는 것 같다.

생각해 보면 내로라하는 역사 이래 유명한 사람들은 선남선녀였던 것 같다. 그런 사람들을 보면 남자든 여자든 사랑하고 흠모欽慕하지 않을 사람이 어디 있겠는가? 서양 역사에서도 절세미인絕世美人을 향한 이야기로, 프랑스의 철학자이자 수학자인 파스칼이 "클레오파트라의 코가 1cm만 낮았어도 세계의 역사는 달라졌을 것이다."라고 하지 않았던가. 그만큼 인간세상에서 아름다움에 대한 관점은 끝이 없는 것 같다.

많은 사람들이 아름다워지기 위해 성형수술을 한 덕택에 강남의 성형외과는 붐빈다고 한다. 소위 성형미인, 조각미인 등 신조어도 넘쳐나고 있다. 특히, K-POP 열풍으로 우리나라의 걸그룹, 연예인들을 보고 그들과 똑같이 해달라고 외국인들도 원정 성형을 하러 온다고 하니, 세계 어느 나라든 아름다움에 대한 열망에 끝은 없는 것 같다.

한편으로는 우리나라는 OECD국가 중 이혼율이 세계 1위라는 오명汚名을 안고 있다. 너무 사랑하는 사람이 많아진 탓일까? 남자의 주벽으로 인한 폭행, 부부 일방의 외도, 기타 경제적 사정 등 다양한 이유가 있겠지만 특히 사회적 문제가 되는 것이 부부간 외도라 하겠다. 법조계 일각에서는 간통죄姦通罪(형법 241조, 배우자가 있는 사람이 다른 사람과 성관계를 맺었을 경우에 성립하는 죄)가 폐지되었으니 이혼율이 더 오를 수도 있다는 분위기이다.

요즘 결혼의 풍속도 많이 변해 남성들을 능가하는 뛰어난 여성들, 소위 알파걸Alpha Girls들이 많다. 이들은 먹고살기에 충분하기에 굳이 결혼 안 해도 생계를 유지하는 데 어려움이 없고, 자기가 하고 싶은 것을 마음대로 할 수 있기 때문에, 미혼未婚이 아닌 비혼非婚으로 지낸다고 한다. 스스로 결혼을 하지 않고 사는 사람들이 많다는 이야기다.

그럼에도 쉽게 사귀고, 쉽게 헤어지고, 또 만나고 하는 걸 보면, 현실과 이상은 다른 것 같다. 이성이든 동성이든 누구나 내가 좋아하는 사람을 사랑할 권리는 있다. 누구를 사랑하든지 후회 없이, 열렬히 사랑하길 바란다. 지금 사귀고 있는 사람과도, 지금 결혼하여 사는 사람과도. 죽어서 다시 태어난다 해도 또 이 사람과 함께 평생을 같이하겠다고 말할 수 있을 정도로…… 말이다.

〈생각해 보기〉

너무 열렬히 한 여자를 사랑한 김성남(가명, 38세, 회사원)의 이야기

김성남은 결혼한 지 7년이 된 회사원이다. 시골에서 태어나 서울로 전학을 가서 서울에서 자리를 잡고 든든한 직장도 가지고 있는 나름 멋있는 남자이다. 훤칠한 키에 서구형의 마스크로, 유부남이지만 회사 내 여자들에게 상당히 인기가 많은 남자였다. 그에겐 중매로 만나 결혼한 아내가 있다. 아내는 내성적이고, 살갑지 않아 감정을 솔직히 전달 못 하는 붙임성이 없는 그런 여자였다. 그들은 결혼생활을 7년 정도 하면서 특별한 싸움 없이 무미건조하게 살아가고 있었다. 김성남은 아내가 남편이 집에 들어오면 남편에게 환한 웃음으로 대해주고, 포근히 반겨주는 그런 여자이길 바라나 그렇지 못하였다. 그렇기에 집에 와서 아이와 놀아주다 자고, 또 직장에 나가는 그런 무미건조한 생활의 연속이었다. 그는 어딘지 모르게 집에만 들어오면 허전한 무언가를 느끼고 있었다.

그러던 어느 날, 직장에서 회식을 하게 되었다. 다른 부서와 합동 회식으로 그 자리에는 공교롭게도 여자 직원들도 많이 합석하게 되었다. 술자리가 이어지고 분위기가 점점 무르익어가던 중, 김성남의 앞에 앉아 있던 다른 부서 여직원(유부녀)과 이런저런 이야기를 나누게 되고, 자연스럽게 가정사 이야기도 하게 되었다. 이야기를 하다 보니, 둘의 입장이 너무도 비슷한 게 아닌가? 그 여직원도 결혼한 지 10년이 되었고 아들이 하나 있는데, 다람쥐 쳇바퀴 돌듯이 지내는 자신의 처지가 한심스럽고 뭔가 인생이 허전하다 느끼고 있었다고 하였다. 그들은 자연스럽게 둘의 입장을 이야기하며 그렇게 술잔을 비웠다. 그렇게 회식자리는 끝났다. 그런데 사람의 마음이 그런지 나와 처지가 비슷한 사람이라고 느껴지는 순간 왠지 그 여직원이 생각나고 근황이 궁금하고 관심이 많아지게 된 것이었다.

그러다 결국 김성남은 유부녀인 여직원에게 맥주 한 잔이라도 하자며 문자를 보냈다. 때마침 여직원도 남편이 당직이라 시간이 된다며 흔쾌히 응했다. 조용한 선술집에서 둘은 자연스럽게 술잔을 나누었다. 그날따라 술도 너무 잘 받고 왠지 모를 서로 간 연민의 정도 느끼며 호감을 갖게 되었다. 그렇게 1차를 끝내고 둘은 노래방에 가서 2차로 노래를 부르며 흥겨운 시간을 보내다 적당히 술도 취하고 기분도 업이 된 상태에서 서로 넘어서는 안 될 벽을 넘어, 감정을 자제하지 못하고 자연스레 모텔에서 하룻밤 만리장성을 쌓게 된다.

이후 둘은 간간이 만나서 그런 생활을 즐겼다. 그러던 중, 우연히 남편의 문자를 보게 된 김성남의 부인이 여직원과의 관계를 수상히 여기고 급기야 미행을 하게 된다. 그리고 술자리 후 어김없이 여관으로 향하는 둘을 목격하고, 격노한 마음을 쓸어내린 후 급기야 이혼소송 제기 등으로 인해 둘의 관계는 종말을 고하게 된다.

03

좋은 말과 나쁜 말에 대한 생각

인간이 동물과 다른 게 있다면 그것은 아마도 언어를 통한 자유로운 의사소통일 것이다. 생각하는 바를 상대방에게 이야기하고, 그것을 상호 간 알아들을 수 있도록 돕는 언어체계는 인간만이 가진 고유한 특권인지도 모른다. 고유한 언어를 가진 나라는 문화적인 면에서도 그렇지 못한 나라보다 훨씬 비약적으로 발전해 있다는 것을 역사는 말해주고 있다.

그만큼 언어가 가지는 중요성은 아무리 강조해도 지나치지 않다 하겠다. 우리는 사회생활을 하면서 한마디 말로 상처를 입는가 하면 말 한마디로 사람의 일생을 바꾸기도 한다. 사회생활을 하면서 직장 상사, 동료, 기타 지인들에게 말로 인한 상처를 받아본 적이 있을 것이다. 말은 한번 내뱉으면 주워 담을 수 없어 신중히 해야 한다는 것을 알면서도 괜히 욱 하는 심정으로 상대방에게 크나큰 상처를 준 후 후회하게 되는 경우도 많다.

얼마 전, 어느 여론조사 기관에서 회사원을 상대로 한 앙케트 조사를 본 적이 있는데 직장상사의 말 한마디로 상처를 입고 사표를 쓰고 싶다는 생각을 했다는 사람들이 과반수를 넘었다고 한다. 그만큼 우리가 살아가면서 겪은 말로 인한 피해가 이루 말할 수 없다 하겠다. 심지어는 사소한 말다툼으로 상호 폭력을 행사하여 형사처벌을 받는 등 씻지 못할 오명을 남기는 경우도 허다하다.

말을 많이 하는 직업을 가진 사람들, 즉 아나운서, 교수, 스피치 강사 등의 사람들은 그들만의 특유한 말의 화법이 있어 많은 사람들에게 공감과 희망을 주기도 한다. 말의 순기능이라고 할 수 있겠다. 또한 방송의 유명 개그맨들은 방송이나 라디오프로에서 재미있는 개그로 많은 사람들을 웃게 만든다. 아무나 할 수 없는 그들만의 비법이다. 그들에게는 말이 무기이자, 홍보수단인 셈이다. 재미있는 유머를 하나 소개하겠다.

하루는 회사의 워크숍이 있어 모두 바닷가로 놀러갔다. 바닷가에 도착하자, 갑자기 바다를 물끄러미 바라보고 있던 사장이 바다로 뛰어든다. 같이 온 회사원들에게 "얘들아! 바다가 나를 부른다!"라고 이야기하며 옷도 벗지 않은 채 바닷속으로 하염없이 빠져든다. 턱 밑까지 물이 차오르자 사장은 다시 나오면서 걱정하는 회사원들에게 한마디 한다. "얘들아! 바다에 물어보니 나 안 불렀대."

이 얼마나 재미있는 말의 유희遊戲인가? 하지만 말로 인한 역기능도 상당하다. 잘 사귀던 연인들이 사소한 말 한마디 실수로 헤어지는가 하면, 마음의 상처를 입고 극단적인 행동을 저지르는 경우도 있다. 부부 사이도 감정적인 말 한마디가 크나큰 부부싸움의 화근이 되어 급기야 갈라서고 마는 경우도 있다.

또, 사회적 이슈가 되기도 했던 보이스피싱 사건도 말로 상대방을 기망하여 금전적 피해를 주는 대표적 범죄유형의 중의 하나라고 하겠다. 보이스피싱이란 음성Voice과 개인정보Private data, 낚시Fishing를 합성한 신조어로 전화를 통해 불법적으로 개인정보를 빼내서 사용하는 신종 범죄를 말한다.

옛말에 '말 한마디로 천 냥 빚을 갚는다' 했듯이 말을 잘 사용하면 약藥이 되지만 잘못 사용하면 독毒이 될 수 있다는 것을 이야기하지 않을 수 없다. 사랑하는 여인을 위한 아름다운 고백을 할 때처럼 세상에 희망의 세레나데Serenade가 퍼지길 희망해본다.

〈생각해 보기〉

신종 사기, 보이스피싱을 당한 강성연(가명, 55세, 주부)의 사례

피해자 강성연은 학교 교사로 재직하다 명예퇴직을 하고 집에서 쉬고 있는 중이었다. 피해자에게는 외동아들이 한 명 있는데, 어릴 적부터 총명하고 똑똑하여 주위 사람들에게 귀여움을 많이 받고 자란 아이였다. 부모님에게도 효심 많은 아들이라 그에게 거는 기대도 상당했다. 학교성적도 늘 상위권이라 부모님에게는 걱정 없는 아이이기도 했다.

아들은 이후 서울에 있는 대학교에 우수한 성적으로 입학하여 졸업한 후 대기업에 입사, 인턴과정 중에 있는 회사원으로 재직하고 있었다. 그러던 어느 날 아들이 지방 출장이 생겨 지방에 가게 되었는데 늦은 오후 어느 날 집으로 한 통의 전화가 걸려온다. "거기가 ○○○ 집이죠?" 그 전화는 보이스피싱 용의자가 무작위로 대상자를 선별하여 그들의 집안사정을 알아내고 전화를 건 것이었다.

때마침 전화를 받은 피해자가 당황하자 용의자는 "지금 당신 아들을 내가 납치하여 데리고 있소! 목소리 한번 들어 볼 거요?" 라고 위협을 한다. 잠시 뒤에 전화기에서 우는 남자의 목소리가 들려온다. 놀란 피해자는 "○○○야, 너 어디야? 지금 어떻게 된 거야?"라고 울먹이며 그 자리에 덥석 앉아버렸다.

피해자가 용의자에게 "우리 아들을 어떻게 할 거요?" 하고 묻자, 용의자는 이내 기다렸다는 듯이 "지금 내가 불러주는 계좌로 돈을 입금하시오."라고 이야기하며 계좌번호를 불러준다. "경찰에 신고하거나, 돈을 입금하지 않으면 당신 아들은 재미없을 거요."라고 협박성 멘트를 던지는 것도 잊지 않는다.

이에 놀란 피해자 강성연은 용의자가 불러준 대로 돈을 입금하고 용의자의 전화번호로 전화를 걸었으나 연락이 안 되어 이에 놀라 경찰에 신고를 하게 된다. 이후 경찰에서 수사에서 보이스피싱 사기범죄로 범인을 검거하게 된다.

〈전화금융사기 보이스피싱 피해예방 10계명〉

- 미니홈피, 블로그 등에는 자신이나 가족의 개인정보를 올리지 마라.
- 종친회, 동창회, 동호회 사이트 등에 주소록이나 비상연락처 파일을 올리지 마라.
- 평상시에 자녀의 친구나 선생님 연락처를 알아둬라.
- 계좌나 카드·주민번호 등을 요구하면 그냥 끊어라.
- 현금지급기로 환불되는 경우는 절대 없다.
- 동창생, 종친회원의 입금 요구는 반드시 당사자와 확인 절차를 거쳐라.
- 번호가 없거나 이상한 번호는 100% 사기일 가능성이 있으므로 발신자 번호를 반드시 확인해 둬라.
- 자동응답시스템으로 오는 전화는 관공서라도 무시하라.
- 계좌 변동을 알려주는 휴대폰 문자서비스를 이용하라.

• 이미 속아서 돈을 보냈다면, 바로 은행과 경찰에 신고하라.

〈보이스피싱 신고 및 상담〉

(지급정지)각 금융회사 콜센터 및 영업점

(피해신고)경찰청 112

(피해상담)금융감독원〈국번없이 1332(지방 02-1332)〉

※ 만약 피해를 입었다면 빠르게 지급정지를 시켜야 한다. 경찰은 보이스피싱 피해일 경우 112 전화 한 통으로 지급정지가 될 수 있도록 시행 중이다. 개선된 112시스템은 복잡한 지급 정지 절차를 생략하고 피해자들이 112신고만으로 신속하게 해당 은행 콜센터 지급정지 전담 직원을 통해 직접 지급정지를 요청할 수 있다.

04

스피드 시대를 살면서

우리나라는 1950~1960년대 등 빈곤기를 거쳐 지금까지 양적·질적으로 굉장한 발전을 이룩해 왔다. 그 시대를 사셨던 어르신들은 아마도 보릿고개라는 말을 모르는 사람이 없었을 것이다. 보릿고개는 햇보리가 나올 때까지의 넘기 힘든 고개라는 뜻으로, 묵은 곡식은 거의 떨어지고 보리는 아직 여물지 아니하여 농촌의 식량 사정이 가장 어려운 때를 비유적으로 이르는 말이다.

먹고 살기 바빴던 그 시대, 교육은 엄두도 못 낼 사치였을 것이다. 근근이 초야草野를 개간하여 끼니를 때우던 그 시절에 찢어질 듯 가난한 생활 속에서 끼니 걱정을 안 할 수 있다면, 그 생각만이 유일한 희망이었을지도 모른다.

98년, IMF를 겪으면서 우리 국민 모두가 어려운 국가재정에 조금이라도 힘을 보태기 위해 '금 모으기' 운동에 동참하여 세계 유례없는 위기를 극복했다면, 1970년대에 있었던 '새마을운동'은 지금의 대한민국을 있게 한 국민적 경제 부흥 운동이었을 것이다. 새마을운동은 1970년 4월 22일 한 해 대책을 숙의하기 위하여 소집된 지방장관회의에서 수재민 복구대책과 아울러 넓은 의미의 농촌재건운동에 착수하기 위하여 자조·자립정신을 바탕으로 한 마을가꾸기 사업을 제창하고 이것을 '새마을가꾸기운동'이라 부르기 시작한 데서 유래했는데 1970년대의 한국사회를 특징짓는 중요한 사건이다.

대표적으로 경제위기를 극복한 나라 중에서, 독일의 '라인강의 기적'(독일 정부의 경제 정책으로 이룩한 역사상 전례 없는 신속한 경제 복구와 부흥)이 있다면, 우리나라는 '한강의 기적'으로 전 세계에 대표적 Role Model로 꼽히고 있다. 지금도 전 세계에서 우리나라의 경제극복 사례를 배우기 위해 고위 관료들, CEO 등이 방문하고 있는 걸로 안다.

이처럼 우리나라가 질적·양적으로 급성장하다 보니 진작 우리가 살아가면서 가져야 할 휴머니즘Humanism이 상실되고 있는 것 같아 안타깝기 그지없다. 물론 아직도 설날, 추석 때가 되면 남모르게 구청·동사무소·구세군 등 자선단체에 거액을 기부하는 사람들의 이야기를 종종 듣는다.

아직도 세상에는 양심적이고 참 봉사를 실천하는 사람들이 부지기수이다. 오히려 잊을 만하면 터지는 고위공직자·사회 지식인층 등 소위 사회지도층 인사들의 각종 비리·사건사고 등이 발생하는 것을 본다. 모럴 헤저드Moral Hazard의 극치다. 후진국에서 일약 국민소득 2만 달러 시대로 선진국 반열에 도약한 우리나라가 급속히 자본주의로 팽창하면서 겪는 아픈 진통인지도 모른다

21세기 글로벌시대가 도래하면서 인터넷 문화가 급속도로 발달하고 IT강국이 되면서 그에 따른 피해도 속출하고 있다. SNS(소셜 네트워킹 서비스), 블로그, 트위터 등 기타 많은 문화 카테고리를 통하여 양질의 문화자료보다 저급, 저질문화가 홍수처럼 밀려왔다. 그로 인한 폐해는 이루 말할 수 없다. 각종 네트워킹 서비스를 통해 사회적 이슈가 되는 부정적 기사, 연예인 스캔들, 기타 음란한 동영상 등이 실시간으로 무분별하게 전파되고 있는 실정이다. 자녀들을 둔 학부형들의 고민도 이만저만이 아니다.

스마트폰에 음란물 차단 어플리케이션Application을 깔아두고 감시하지만, 현실적으로 일일이 통제하기란 한계가 있기 마련이다. 문제는 이로 인한 부작용이 심상치 않다는 데 있다. 아직 지적 수준이 부족한 청소년들이 음란한 동영상을 몰래 감상하고 성인들이 하는 방식으로 성범죄에 나서고 있는 데다, 일부 성인들도 관음증Voyeurism, 觀音症에 도착되어 다양한 성범죄가 발생하고 있다는 것이다.

다수가 운집한 지하철역 구내 에스컬레이터 등지에서 몰카 촬영, 지하철 전동차 내에서 성추행, 기타 불특정다수인을 대상으로 한 강간 등의 강력범죄 발생 또한 우려스럽다. 경찰 등 관련부서에서 적은 인원으로 수사 등 많은 노력을 기울이지만, 그것만으로는 한계가 있는 것도 사실이다.

강남권 등 일부 지역에서 CEPTID(범죄예방환경설계)를 이용한 CCTV 설치 등 민간경비를 강화하고 있는 것도 이와 무관하지 않는 것으로 보인다. 다양한 사건의 범죄자들이 처음부터 범죄자였던 것은 아닐 것이다. 저마다 처한 상황 속에서 마음의 안식이 필요할 때, 힘들고 괴로울 때, 누군가가 옆에 있으면서 멘토Mento가 되어 주었다면, 그렇게 범죄자로 전락하지는 않았을 것이다.

요즘 유행하는 정서적·문화적 아이콘으로 '힐링Healing'이란 단어가 있다. 휴가철 조용한 산사山寺를 방문하여 시간 보내기, 며칠 동안 핸드폰을 꺼두고 전화의 고통에서 해방되기 등……. 나만의 힐링프로그램을 가지는 사람들이 많이 증가하고 있다. 바쁜 일상 속에서 나만의 시간을 가져보는 것이 꼭 필요한 시대이다.

'열심히 일한 당신! 떠나라!'

05

술에 대한 이야기

옛부터 술Liquor에 대한 이야기가 많이 전해 내려온다. 술의 기원에 대해선 옛날 중국 심산深山에서 나뭇가지가 갈라진 곳이나 바위가 움푹 팬 곳에 저장해둔 과실이 우발적으로 발효한 것을 먹어본 결과 맛이 좋았으므로 그 후 의식적으로 자손대대子孫代代 비법을 전수하여 만들어 왔을 것이라는 설說이 있다.

한편 한국의 술의 역사는 정확하게 추정하기가 어렵고, 어떤 방법으로 술이 처음 제조되었는지 그 기원도 파악하지 못하고 있다. 다만, 한국의 문화가 중국의 문화권에서 파생, 전래되어 왔음을 상기해 보면 술의 유래도 중국에서 연유한 것으로 추측하고 있다. 한국 역사에 술에 관한 이야기가 기록된 것은 1145년(인종 23)경에 김부식金富軾 등이 고려 인종의 명을 받아 편찬한 삼국시대의 역사서 삼국사기三國史記이다. 여기에 수록된 고구려를 세운 주몽(동명왕)의 건국담 중에 술에 대한 이야기가 나온다.

천제天帝의 아들 해모수가 능신 연못가에서 하백의 세 자매를 취하려 할 때 미리 술을 마련해 놓고 먹여서 취하게 한 다음, 수궁으로 들어가지 못하게 하고 세 처녀 중에서 큰딸 유화柳花와 인연을 맺어 주몽을 낳았다는 설說이 있는데 이것은 설화說話에 해당되는 이야기지만 이를 통해 한국의 술 내력도 오래되었다는 것을 짐작할 수 있다.

술을 만들고 마시는 것은 인류사회에서 가장 오래된 문화 중의 하나로 술은 예부터 상반된 가치를 가지고 있다. 술은 스트레스를 해소시켜주고, 인간관계에 있어서 대화 소통을 원활하게 하여 결속력을 강화시켜 주는가 하면, 대인관계를 원활하게 하는 긍정적인 면도 있다. 하지만 술을 과다하게 마시면 개인의 정신·신체적 건강을 해치고, 가정, 직장, 또는 사회에 엄청난 피해를 주는 경우도 있을 것이다.

술이 사회에 미치는 경제적 손실은 정확하게 측정하기는 어렵지만, 술로 인해 생기는 질병 치료에 직·간접적으로 드는 치료비와 직장 내에서의 생산성 감소, 술로 인해 발생하는 교통사고 등 재산 피해액, 그리고 이런 사고들을 처리하는 행정업무비용 등이 상당한 것으로 알려져 있다. 술을 마시면 자신에 대한 자제력을 잃기 쉽고 공격적이고 충동적이 되어 즉흥적인 판단을 쉽게 하기 때문에 여러 가지 폭력이나 범죄에 관련될 위험성이 높다 하겠다.

술만 마시면 이웃 사람들에게 행패를 부리고 관공서를 찾아가 소란을 피우거나 공용물을 파손하거나, 혹은 인근 공원에서 쉬고 있는 사람들에게 아무런 이유 없이 시비를 걸어 폭력을 행사하는 등 주폭酒暴이 증가하여 경찰에서 주폭 척결에 앞장섰던 이유도 거기에 있다. 술로 인한 각종 사건사고로 인한 폐해는 고스란히 국민들에게 돌아갈 수밖에 없기 때문에 앞으로도 엄정한 법 적용이 필요하다 하겠다.

또한 술을 마시면 먼 거리의 물체를 식별하는 능력이나 야밤에 물체를 가려내는 능력이 25% 정도 감소한다고 한다. 매년 음주로 인한 교통사고로 사망 또는 부상자도 상당하다. 경찰에서 사전홍보, 음주단속 등의 방법으로 대응하고 있지만 여전히 음주운전이 근절되지 않고 있는 것 같아 안타깝다.

비단 음주로 인한 문제는 성인들의 문제만이 아닐 것이다. 일부 청소년들의 잘못된 음주행태도 심각한 수준이다. 일부 가출한 청소년, 기타 비행청소년들이 공원, 인적이 드문 곳에서 삼삼오오 모여 음주를 하고, 흡연을 하는 등의 행위가 사회적 문제로 대두된 것이 어제오늘의 일이 아닌 것 같다. 청소년들은 성인들보다 자제력이 부족하고, 더욱더 충동적일 수밖에 없기 때문에 음주로 인한 각종 청소년 범죄는 심각하다 하겠다.

또한 일부 부도덕한 성인들 중 미숙한 청소년들을 교화하지 못할망정 오히려 술을 사 먹이고, 성범죄를 자행하는 등 파렴치한 범죄행위를 하는 사람도 있는 것 같다. 소위 인터넷 채팅사이트를 통하여 조건만남을 한 후 청소년들에게 해서는 안 될 성범죄를 자행하고 있는 사건이 다수 있다는 것을 모르는 사람은 없을 것이다. 지금 이 순간에 그들에게 告하노니, 자인소自引疏를 내는 심정으로 허물을 인정하고 반성하기 바란다.

술이 꼭 필요한 사람들에게는 명약名藥이 될 수 있지만, 그렇지 못한 사람들에겐 독배毒杯가 되지 않길 바란다. '까비 쿠시 까비 감'(카란 조하르 감독의 인도영화 제목으로 인도 말로 때론 기쁘고 때론 슬프다는 뜻)

〈생각해 보기〉

음주운전으로 인한 김연우(가명, 45세, 남) 씨의 사례

김연우 씨는 서울 모 기관에 근무하는 공무원이다. 출근하는데 날씨가 흐린 게 곧 비라도 내릴 것 같았다. 저녁에 지인들과 회식이 있어 차를 가지고 갈까 말까 고민 끝에 차를 가지고 출근을 하였다. 오늘따라 일도 밀린 것 없이, 일사천리로 잘 풀린다. 모처럼 만나게 될 지인들을 생각하니 마음은 벌써 저녁 회식자리로 가있다.

어느덧 시간이 흘러 퇴근시간이 되었다. 사무실 집기류를 정리하고 빠른 발걸음으로 사무실을 나섰다. 약속장소인 식당에는 벌써 많은 지인들이 와 있었다. 서로 인사하고 덕담도 나누고, 모처럼 만나니 너무도 기분이 좋았다. 식사자리에 빠질 수 없는 반주가 시작되고, 김연우 씨는 그날따라 흥에 겨워 술이 잘 받고, 합석한 지인들도 간만에 만나는 터라 연신 술잔을 권하였다.

점점 더 분위기는 무르익어 가고, 그중 누군가가 2차를 제안했다. 인근에 있는 맥주집으로 가서, 다시 술잔을 나누길 몇 시간……. 처음 만났을 때 말짱한 정신은 온데간데없고, 서서히 술기운으로 정신이 몽롱해진다.

'이쯤에서 끝내야 하는데……!'

마음속에서는 그만 끝내야 한다는 말을 계속 되뇌었지만, 벌써 마실 만큼 마신 술이 자제가 되질 않았다. 어느덧 술자리가 파하고, 참석한 일행들이 귀가하는 분위기에 김연우 씨도 귀가 준비를 시작했다. 일행들이 택시를 태워주겠다고 하였으나 그는 주차장에 두고 온 차가 생각이 나서 "먼저들 가세요, 저는 화장실 좀 다녀와서 바로 택시 타고 가겠습니다."라고 하고 일행들과 헤어졌다. 술이 들어가면 용감해진다더니 벌써 몸은 차를 가지러 가고 있었다. 운전대에 앉아서 시동을 켜고는 시내로 진입해서 차를 운전했다. 그날따라 비도 내리고 술도 무척이나 많이 마신 상태였지만, 집까지 무사히 갈 수 있다는 생각이었다.

그러던 중, 교차로에서 주행하던 택시가 갑자기 급정차하였다. 평소 같았으면 브레이크를 밟았겠으나 술을 먹은 상태라 미처 파악하지 못하고 택시의 후미 부분에 충돌하였다. 택시의 뒷좌석에는 승객이 2명 타고 있었다. 사고로 놀란 승객들과 택시기사는 차에서 내려 상대편 차 안에 있는 김연우 씨를 보고 어이 없어 했다. 사고가 났으면 차에서 내려 사고에 대하여 가타부타 이야기부터 해야 하는데 김연우 씨는 만취한 상태라 차 안에서 정신을 못 차리고 있었던 것이었다. 보다 못한 택시기사는 따지기 위해 김연우 씨의 차로 다가갔다. 하지만 술 냄새를 풍기며 비틀비틀하는 모습을 확인하고 음주운전으로 신고를 하고 만다. 이후 김연우 씨는 파면을 당해 공무원 신분상 불이익은 말할 것도 없고 퇴직금 등에 있어 재산상 불이익을 당하는 신세로 전락하고 만다.

〈생활 속 법률-음주운전〉

도로교통법상 음주운전의 기준은 혈중 알코올 농도 0.05% 이상이다(44조 4항). 이에 저촉되거나 음주 측정에 응하지 않은 사람은 3년 이하의 징역이나 1천만 원 이하의 벌금형을 받을 수 있고(148조의 2), 운전면허 정지나 취소의 사유가 된다. 혈중 알코올 농도 0.1% 이상이면 면허 취소, 0.36% 이상이면 구속의 사유가 된다. 음주운전으로 인한 사고는 교통사고처리특례법에서 피해자의 뜻에 관계없이 공소를 제기하도록 규정하고 있다.

한편, 음주운전에도 3회째 적발되면 무조건 운전면허가 취소되는 삼진아웃제가 적용된다. 음주운전으로 처벌받은 전력이 3년 이내에 2회 이상인 사람, 5년 이내에 3회 이상인 사람, 5년 이내에 2회 이상 처벌받고 3회째에 혈중 알코올 농도 0.1% 이상인 상태에서 무면허로 운전하다 적발된 사람, 음주운전으로 면허 취소 또는 정지 상태에서 또 음주운전으로 적발된 사람은 구속 처리된다. 또 혈중 알코올 농도 0.36% 이상인 음주운전자는 적발된 전력이 없더라도 구속 처리된다.

06

아직도 '왕따'가 있나요?

우리는 세상을 살아가면서 많은 추억에 잠기곤 한다. 그중에서도 가장 기억에 남는 것은 아마도 학창시절의 기억이 아닌가 싶다. 누구나 갖고 있는 추억이지만, 각자 가지고 있는 추억의 깊이와 내용은 다 다를 것이다.

나는 개인적으로 초등학교, 중학교 때의 학창시절이 많이 기억에 남는다. 학창시절, 많은 친구들을 사귀면서 좋은 추억을 가지고 있기 때문이다. 친구들과의 좌충우돌하는 생활상을 기억하면 즐거웠던 그때로 다시 돌아가고 싶다. 지금도 그 친구들을 한번씩 만나면 옛날의 추억거리를 이야기하며 한바탕 웃곤 한다.

소위 6070, 7080세대를 거친 분들은 아마도 지금의 학생들이 가지지 못한 추억이 있을 것이다. 난롯불에 도시락을 얹어 놓고 친구들과 옹기종기 모여 도시락을 먹던 기억……. 쉬는 시간에 친구들과 말뚝박기, 땅따먹기, 줄넘기놀이를 하며 유쾌하게 보냈던 일, 기타 방과 후에는 체육운동을 하며 시간 가는 줄 몰랐던 일 등……. 그야말로 재미있는 날들의 연속이었던 같다. 때론 서로가 의견이 일치하지 않아 말다툼을 하곤 했지만, 언제 그랬냐는 식으로 이내 친해지고 했던 것 같다. 그때를 이야기하라고 하면, 밤을 새고도 다 못 할 것 같은 무궁무진한 에피소드가 많다.

그런데 지금 세대는 갑작스런 인터넷 등 정보화 사회의 도래, 대가족사회의 몰락과 핵가족사회化의 도래, 기타 서구화 사회로의 변천 등으로 이기주의가 만연해진 것 같다. 이는, 학교·학원가에서도 예외는 아니어서, 많은 문제점을 야기하고 있는 것으로 보인다.

또한, 교내에서 일부 학생들 중에는 동급 학생을 괴롭히고 심지어 '왕따'를 시키는가 하면, 돈을 빼앗는 경우도 종종 있는 것 같다. '왕따'란 단어는 '왕따돌림'의 준말이다. '따'는 일반적으로 따돌림을 당하는 학생들을 부르는 말로, '따돌이'는 따돌림을 당하는 남학생을, '따순이'는 따돌림을 당하는 여학생을, '은따'는 학급이나 학교에서 은근히 따돌림을 당하는 학생을, '전따'는 전교생에게 따돌림 당하는 학생을, '개따'는 개인적으로 따돌림 당하는 학생을, '집따'는 집에서 따돌림을 당하는 학생을 지칭하는 말로 사용되고 있으며 또한 '쌩까'라는 행동은 집단에서 따돌리기 위해 피해 학생을 무시하는 행동을 말하는 은어이기도 하다.

학교 측에서 비위유형의 학생들을 상대로 근신, 교정조치를 하고 있으나 그 수는 날로 증가하고 있는 것 같아 안타깝기 그지없다. 그런 피해 학생들이 괴로움을 견디다 못해 자살하는 모습은 이제 어제오늘의 이야기가 아닌 것 같다. 관계기관이 나서서 왕따 등 학원문제에 대하여 발 벗고 나서고 있지만 완벽하게 개선하긴 현실적으로 한계가 있는 듯하다. 앞으로도 다양한 계층의 의견수렴 등 합리적인 대응방안이 필요할 것이다.

〈생각해 보기〉

왕따를 당한 박우형(가명, 15세, 학생)의 사례

박우형은 중학생으로, 어릴 적부터 내성적이며 남에게 지기 싫어하는 학생이었다. 학교생활도 모범적이며 공부도 상위권으로 교사, 부모님들로부터 사랑을 받고 있었다. 학교에 와서도 딴청 부리지 않고 열심히 공부하며, 매사에 솔선수범하는 자세로 지냈다. 하지만 유독 학교 내 힘 좀 쓴다는 불량서클에 가입된 아이들에겐 눈에 가시였다.

어느 날 박우형이 학교를 마치고 집에 가는데, 골목에서 그를 부르는 소리가 났다. 우형이가 돌아보니, 그곳에는 평소 자기를 못마땅하게 생각하는 패거리 학생들이 기다리고 있었다. 그들은 다짜고짜 우형이에게 "가진 것 있으면 다 내놔!" 하며 돈을 뺏으려고 했다. 우형이는 그들에게 "난 아무것도 가진 게 없어!"라고 이야기하고 집으로 가려는데, 난데없이 그들 중 한명이 발길질을 하며, 사정없이 우형이를 걷어찼다. 그리고는 "너, 내일은 꼭 돈 가져와."라고 하며, 우형이를 돌려보낸다.

그런 날이 지속되면서, 우형이는 학교생활에 점점 흥미를 잃어가고, 학교를 간혹 빼먹는 날도 부지기수였다. 이를 모르는 우형이의 부모님은 우형이가 그런 상황에 놓여 있는 줄도 모르고 성적이 떨어진 것에 대하여 윽박지르기만 하였다. 우형이는 방에 처박혀 매일 울면서 힘들게 하루하루를 보낸다.

그러던 어느 날, 우형이의 엄마가 방 청소를 하다가 우연히 우형이가 쓴 일기책을 보고 그간 학교에서 왕따를 당하는 등 힘들게 학교생활을 한 것을 알고는 그간 우형이를 괴롭힌 학생들에 대해 교사 등 관계자에게 조치를 요구하게 된다.

07

나와 다르지 않은데 다르다고 생각하는 불편한 진실!?

인생을 살아가면서 우리는 나를 중심으로 지역, 학연, 혈연 등에 얽혀 많은 갈등과 혼란을 겪기도 한다. 어느 지역에서 태어났는지, 또 어떤 학교를 다녔고, 어느 직장에서 근무하는지에 따라 내가 어떻게 처신해야 하는지에 대한 고민을 안 할 수 없을 것이다. 그러다 보니, 자연스럽게 패거리문화를 배우게 되고, 선배, 지인, 직장상사들을 통한 소위 모임문화에 익숙해질 수밖에 없는 것 같다.

예로부터 우리나라는 친족이나 주민 간의 결속을 강화하는 다양한 형태의 공동체 모임이 발달했다. 대표적인 것으로 '계'(우리나라에 옛날부터 전해 내려오는 상부상조의 민간 협동체), '향약'(조선시대 양반 지배층이 유교사상을 바탕으로 만든 향촌 사회의 자치규약, 농민들을 결속시키고 유교적 이념을 보급하여 사회를 안정적으로 이끌어 가는 것을 목표로 함), '두레'(우리나라 고유의 마을단위의 공동체, 주로 농번기의 모내기에서 김매기를 마칠 때까지 행해짐), '품앗이'(내가 남에게 일을 해준 것만큼 다시 받아온다는 뜻으로 친한 사람들끼리 서로 노동력을 주고받았던 협동체) 등이 있는데, 서로 간에 공동체 의식으로 모두 자발적으로 이루어졌다는 데에 특징이 있다 하겠다. 즉 개인이나 집안의 어려운 일이 발생하였을 때 이것저것 가리지 않고 진심으로 서로 도와주고 힘을 합하는 문화가 자연스레 발생, 이어져 왔다는 것을 알 수 있다.

그런데 지금의 사회는 어떤가? 어떤 단체든 모임이든 가 보면 지역적으로 뭉치는가 하면 사상적으로 보수냐, 진보냐 이분법적으로 대립하는 일이 비일비재하다. 또한 명문대를 나왔느냐 그렇지 못하느냐, 거주지, 학군이 강남권이냐 강북권이냐 등 모든 것에 동전의 앞과 뒤처럼 편향적인 사고를 가지는 것이 너무도 안타깝기 그지없다. 또 그것이 현실이기도 하다.

특히, 남북 간이 대립하고 있는 상황에서 식자층의 이념적 논쟁은 더욱더 진보와 보수의 각을 세우기도 한다. 이런 것들이 선거에 동원되고, 계층 간, 연령 간에 또다시 분열되는 상황이 이어지고 있는 것도 부인할 수 없는 사실이다. 사회 모임에서도 구성원들 간 태어난 출생지별로 화합하고 모임을 갖고 자기네들 지역의 단합을 과시한다. 이 과정에서 상대 지역의 사람들에 대한 비난을 쏟아내고 비아냥거리는 것도 이와 무관하지 않을 수 없다 하겠다. 물론 그것은 자유일 수 있다. 그러나 21세기를 살아가면서 좀 더 성숙한 인격수양의 마음으로 진일보한 가치관을 가져야 하지 않겠는가? 국민이 단합하고 서로 화합하고 하는 것이 요원한 일인가? 다음은 어느 책에서 본 재미있는 한 구절의 내용이다.

'자살'을 거꾸로 읽으면 '살자'가 되고, '내 힘들다'를 거꾸로 읽으면 '다들 힘내'가 된다.

살아가면서 여러 가지 생각하는 부분이 맞지 않아 상대편과 서로 갈등하고, 내가 주장하는 생각이 뜻대로 이루어지지 않아 화내고, 불평하고, 심지어 사랑하는 내 가족들과도 마음이 안 맞아 갈등을 겪는 경우가 허다할 것이다. 그럴 때일수록 역지사지易地思之의 입장에 서서 생각해보길 바란다. 또, 일이 뜻대로 이루지지 않을 때 '역발상'逆發想의 마음으로 다시 계획하고 실천에 옮겨보기를 권해본다.

제임스 딘이 출연한 영화 '이유 없는 반항'에 나오는 장면 중 주인공과 불량배 두목이 각각 차를 타고 절벽을 향해 질주하다가 먼저 멈추거나 핸들을 돌리는 사람이 패배가 되는 장면이 나온다. 이것을 빗대어 '치킨 게임'Chicken Game이라고 한다. 치킨Chicken이라는 단어에 속어로 어린애, 계집애, 겁쟁이Coward라는 뜻이 있는 이유다. 즉 자존심을 버리고 한 사람이 멈추면 게임에서는 지지만 살아남게 되고, 반대로 지지 않으려고 멈추지 않으면 죽게 된다는 식이다.

내가 소중하면 남도 소중하고, 내 집단이 소중하면 다른 집단도 중요하다. 양쪽 다 죽게 되는 치킨게임을 할 게 아니라 서로서로 조금씩 양보하고 서로를 위해 힘을 합쳐 윈윈Win-Win할 수 있다면 진일보한 사회가 될 것이라 확신한다.

08

서울역이여~~ 이제 안녕!

이한수(45세, 가명)는 점심시간이 되자 오늘도 늘 그래왔던 것처럼 서울역 근처에 있는 무료 배식소(쉼터)에 줄을 선다. 그곳은 점심시간, 저녁시간만 되면 어김없이 수원, 광명, 서울, 영등포, 여의도 등 서울·경인지역 노숙자들이 한 끼의 식사를 해결하기 위해 배식시간에 맞춰 수백 명이 원정을 와서, 식사를 하기 위해 줄을 서서 기다린다. 그야말로 노숙인들의 아지트이자 쉼터이다. 많을 때는 줄의 행렬이 무료 배식소 입구에서부터, 지하철역 구내까지 이어지는 진풍경이 벌어지기도 한다.

이한수는 서울역 일대에서 모르는 사람이 없을 정도로 유명하다. 속칭으로 노숙인들 중 짱이다.

"에이 XX, 왜 이리 줄이 길어."

줄이 많이 서 있는 날이면, 앞에서 기다리던 사람들을 밀쳐내고 앞쪽으로 이동하여 먼저 식사를 한다. 많게는 30분, 적게는 10분 이상 기다렸던 노숙인들이 이한수의 그런 행동에 속으로는 화가 나지만, 말 한마디 못 하고 그냥 지켜보기만 한다. 왜 새치기를 하냐고 한마디라도 했다가는 산적 같은 덩치에서 뻗어 나오는 주먹을 얼굴에 휘두르는 것은 기본이고, 구석으로 끌고 가 뭇매를 때리기 때문에 아예 못 본 척하는 것이다. 식사를 끝낸 이한수는 늘 그래왔듯이 지역 일대를 배회하는 노숙인들과 삼삼오오 어울려 가지고 있던 푼돈으로 인근에 있는 편의점에서 막걸리와 담배를 사서 서울역 계단 등지에서 걸쭉하게 한잔을 한다.

노숙인들이 다들 그렇겠지만, 이한수도 30대 초반까지는 시골의 부모님을 모시고 열심히 살아보려고 노력했던 사람이었다. 하지만 시골에서 서울로 올라와 마땅히 배운 기술도 없고 학벌도 짧아 제대로 취업이 되지 않자, 공사장 일용직으로 막노동을 하며, 근근이 하루 벌어 먹고살고, 마땅히 거처도 없이 고시원 등을 전전하며 생활하다 급기야는 이것저것 생각대로 되지 않자 본인의 신세를 한탄하며 노숙인으로 전락한 케이스이다.

술이 한잔 들어가는 날이면, 지나가는 모든 사람들에게 막가파식으로 욕설을 하며, 돈이 떨어지면 구걸행위를 하는 서울역 일대 노숙인들 사이에서는 유명인이었다. 특히, 비가 오는 날이면 더욱 행동이 심해져, 술을 한잔 걸치고 어디서 구했는지 모르지만 군복을 입고는 역 출입구 아래에서 휴가를 나온 군인들을 대상으로 구걸행위를 일삼았다. 또한 인근 화장품가게 등 상가에 들어가서는 고성방가를 하여 신고가 자주 발생하는 바람에 서울메트로 역무실 직원들이 골치 아파하던 인물이기도 하다.

하지만 제압이 쉽지 않고 노숙인이다 보니 마땅한 거주지가 없어 처리하는 데도 곤란함을 호소하며 우선 훈방하기 일쑤였다. 하지만 서울메트로 역무실 직원을 비롯해 서울역에 입점해 있는 상가에 근무하는 상인들의 애로사항이 이만저만이 아닌 상황이었다. 이에 더 이상 이한수의 그런 행동을 간과할 수 없다고 판단한 경찰에서 그간 피해를 입은 역무실 직원들 및 상가 상인들을 상대로 피해사례를 수집하던 상황이었다. 서울메트로 지하철역 내에 입점한 화장품가게에 이한수가 술에 취해 욕설을 하며 영업을 방해한다는 신고를 접하고 경찰은 현장에 출동하여 이한수를 검거, 피해자들의 그간 수집한 피해사례와 증거로 법에 의한 죗값을 치르게 하였다.

서울시 등 시민단체에서 노숙자들의 인권 등 복지후생에 대하여 관심을 가지고 노력하고 있는 것으로 알고 있다. 노숙자들을 위한 근본적인 대책도 계속 마련되어야 할 것으로 본다. 그러나 이유가 어떻든, 사정이 어떻든 시민들에게 피해를 주는 건 있을 수 없다. 누구든지 법에는 예외가 없기 때문이다. 이한수의 행위에는 정당한 공무를 방해한 행위로 공무집행 방해죄, 상인들에게 야간에 폭력을 행사한 행위로 폭력행위 등 처벌에 관한 법률 위반, 역사 내에서 구걸행위를 한 행위는 철도안전법에 의한 처벌이 가능한 범죄이다.

09

사랑이 그리운 사람?

얼마 전 방송에서 특별한 일을 하고 있는 사람을 보았다. 평범한 회사원이었던 김병철(남, 48세, 가명) 씨는 재테크를 해서 수백 억 원의 재산을 모았고 결혼도 안 하는 미혼으로 고령이 되신 아버지를 모시고 살고 있는 사람이었다. 그는 재산이 많은데도 부를 이용하여 허튼 짓을 안 하고 지극히 평범하게 살고 있으며 행색도 남루하여 전혀 재산이 많은 사람으로 보이지 않는데도, 벌어들인 재산으로 매일 갖가지 선물(우산, 장난감, 수건, 과일 등 기타)을 사서 사람들이 많이 모이는 곳에 가 지나가는 사람들에게 아무 이유 없이 나누어 주고 있다는 것이었다. 그로부터 선물을 받은 사람들은 왜 이유 없이 선물을 주는지, 그리고 무슨 의도가 있는지에 대해 추측과 억측만을 할 수밖에 없었다. 결국 이를 의아하게 생각한 주변 사람들이 방송사에 제보를 하여 방송사에서 취재를 하게 된 것이었다.

이후 방송사에서 직접 그를 만나려고 시도했지만, 번번이 거절당했다. 이후 끈질기게 며칠을 기다리던 중 그가 돌연 방송사 기자를 집으로 안내하여 이야기를 나누게 되었다. 방송사 기자가 "왜 그렇게 매일 선물을 아무런 인과관계가 없는 사람들에게 나누어 주느냐?"고 물어보자 김병철 씨는 "어릴 적부터 많은 사람들의 사랑을 받아 본 적이 별로 없고, 가족으로 단란하게 손을 잡고 가는 아이의 모습이 너무도 부러웠다."고 하며 "어른이 되어 성공하면 많은 사람들을 기쁘게 해주며 살려고 노력하겠다."는 생각을 항상 가져왔다고 운을 떼었다. 어른이 된 후 우연한 기회에 재테크를 하여 많은 재산을 벌 수 있었고, 그 돈을 자기 자신을 위해서 쓰기보단 남을 위해서 쓸 수 있는 방법을 고민하다가 선물을 매일 사서 사람들이 많이 모이는 곳에 서서 나누어 주기로 결정했고, 그걸 실천하고 있다는 것이었다. 이 방송을 본 대다수의 사람들은 '참 특이한 사람이다' 혹은 '대단한 사람이다' 등 많은 의견이 엇갈릴 것이라고 생각한다.

사심 없이 본인의 사비를 털어 선물을 나누어 준다는 것은 분명 쉽지 않은 일일 것이다. 부를 가졌다고 거만하게 행동하는 것은 어리석은 사고방식이며, 다른 사람들로부터 존경을 받기보다는 손가락질을 받게 된다. 오히려 자신이 가난하게 살았던 때의 설움을 생각해서 가난하게 사는 사람들의 심정을 이해해 주고 그들을 도와주며 겸손하게 행동하는 자세를 가지는 것이 중요할 것이다. 그렇기에 아직도 김병철 씨와 같은 따뜻한 마음을 가진 사람이 있다는 것은 세상이 아직도 살 만한 곳이라는 것을 말해준다고 생각한다.

10

웰빙Well-Being 시대에 걸맞은 삶의 자세

요즈음 각종 매스미디어나 방송 등에서 웰빙Well-Being이란 말을 많이 접하게 된다. 웰빙은 복지, 행복, 안녕의 사전적 의미가 있는 것으로 한마디로 말하면 잘 먹고 잘 사는 것이다. 세상에 태어나서 잘 먹고 잘 사는 것을 나쁘다고 말하는 사람은 없을 것이다. 그런데 '잘 먹고 잘 살자'의 의미가 자칫 집단적 개인주의로 흐를 가능성이 있어 심히 우려되고 있다. 물론 남에게 피해를 주지 않고 나만 좀 더 나은 생활을 추구하고 남보다 양질의 생활을 영위하겠다는 것이 문제가 있다고 할 수는 없을 것이다.

그러나 철저한 팀워크Team-Work를 중시하고 위계질서가 뚜렷한 공직사회에서는 이러한 웰빙 바람을 어떻게 받아들여야 할까 생각해 보지 않을 수 없다. 특히 다변화되고 경쟁화되는 공직사회에서 내가 능력이 없으면 바로 도태되고, 상대적으로 기수가 낮더라도 능력이 탁월하면 좀 더 높은 수직상승의 계기가 주어지고 그에 따른 인사상, 보수상의 특전이 주어지는 민간기업의 현재 구조적, 조직적 시스템을 우리 공직사회에서 점진적으로 반영하고 있는 이때에 과연 사회풍토의 웰빙 바람이 과연 좋기만 한 것인지가 의문시되고 있다.

기실 요즘 공직사회에서 남은 어떻든 간에 나에게 손해가 없으면 그만이지라고 생각하거나 또는 나에게 조금이라도 손해가 오면 상하 관계 없이 바로 이의를 제기하고 시정조치를 요구하는 그야말로 철저한 개인주의가 흐르고 있어 정이 메말라 가는 풍토 속에서 근무하고 있지 않나 하는 안타까움을 금할 길이 없다.

진정한 웰빙은 '더불어 잘 먹고 잘 살자'는 것이다. 처음에는 손해 보는 듯한 기분을 가지더라도 '이웃과 함께하는 기쁨'은 그 나눔의 횟수가 많을수록 더욱더 가치 있고 보람찬 웰빙이 될 것이다. 혼자 영화를 보기보다는 가까운 이웃을 데리고 함께 같이 가서 영화를 본다든가 혼자 놀러 다니는 것보다는 가까운 곳의 고아원, 양로원을 방문하여 같이 즐긴다든가 하는 남과 더불어 지내는 웰빙Well-Being 말이다.

언제부터인가 일부러 임사체험을 하는 사람들이 늘어나고 있다 한다. 관 속에도 들어가 보고 유서도 쓴다. 죽음을 퍼포먼스 하면서 삶과 죽음이 하나라는 것을 실감한다고 한다. 머릿속 생각만이 아니고 실제 죽음을 체감하려고 한다. 왜 그러는 것일까? 왜 어두운 생각을 일부러 하는 것일까? 죽음을 떠올리는 것 이상의 부정적인 상념도 없는데 비용 들여가며 일부러 하는 이유는 어디에 있는 것일까? 언뜻 생각하면 먹고 살 만하니까 별짓 다 한다고 하겠지만 사실은 한마디로 삶의 윤택함을 위해서이다.

즉 잘 살기 위해 죽는 체험을 하는 것이다. 죽음을 의식함으로써 삶이 황폐해지는 것이 아니라 좀 더 인간적이고 정신적으로 풍요로운 삶을 기대할 수 있기 때문이라고 생각한다. 경쟁 일변도와 결과 위주의 삶이 더불어 사는 삶과 과정 위주의 삶으로 바뀌고, 매사 빠르게, 빠르게 하던 삶이 느리게 사는 것의 묘미에 눈을 뜨게 되는 것이다. 즉 세상을 보는 시야와 사물에 대한 관점이 달라지는 것이다. 이쯤 되면 죽음의 효용이요, 죽음의 경제학이라고도 말할 수 있지 않을까?

알다시피 한때 잘 살기(웰빙) 위한 사회적 유행이 있었다. 먹는 것, 입는 것, 거주하는 것 등 모든 면에서 잘 살기라는 관점을 도입해 몸 건강, 정신 건강에 좋은 것만 골라 하는 것이 중산층 이상에서 크게 유행했고, 그 자체로 또 상업화되기도 했다. 하지만 이내 잘 살기는 잘 죽기(웰다잉)를 전제하지 않는 한 성립되지 않음을 알게 되었다. 한마디로 잘 죽기 위한 잘 살기이다. 임사체험이 잘 살기 위한 잘 죽기의 체험이었다면, 이번에는 잘 죽기 위한 잘 살기 차원에서 웰빙이 계속해서 성행하고 있는 것이다.

어떻게 보든 살기와 죽기, 죽기와 살기는 분리되기 어려운 하나의 실체적 개념임을 알 수 있다. 사람은 궁극적으로 같아진다는 데서 동질감을 느낀다. 궁극의 평등은 죽음이라고 할 수 있다. 현실에서는 경제적 차이와 신분의 차이로 고통을 받지만, 생명체는 예외 없이 죽는다는 사실에서 그 고통과 불합리를 보상받는다고 할 수 있다. 좀 더 오래 이어진 삶과 그렇지 못한 삶, 좀 더 건강한 삶과 그렇지 못한 삶이 있기는 하지만, 그것이 반드시 잘 사는지의 여부, 능력이 있고 없고의 여부를 따르지 않는다는 점에서 별 의미 있는 차이라고는 볼 수 없다.

생물학자들의 관찰에 따르면 모든 생명체는 반드시 죽게 되어 있으나 늙으면 죽는다는 것, 즉 자연사에 대한 인식을 하는 것은 오직 인간밖에 없다고 한다. 다른 동물이 되어보지 않았으니 정확히 알 수는 없는 노릇이지만 이것이 사실이라면 다가오는 죽음, 피할 수 없는 죽음을 의식할 수 있다는 것 자체가 인간만의 축복이라고도 말할 수 있을 것이다. 생로병사의 삶에서 하루하루 최선을 다해 살고, 또 때가 되어 죽음을 맞이할 때, 그 삶 자체로 경건한 삶이라고 말할 수 있을 것이다.

11

우리 시대의 진정한 멘토, 멘티란?

살아가면서 훌륭한 멘토가 있다는 것과 또 그들의 멘티가 된다는 것은 중요한 순간에 삶의 한 축이 될 수 있다. 멘토는 후견이면서 스승에 가깝지만 스폰서는 멘토보다는 왠지 어감상 저급한 느낌이 든다. 멘토는 어딘가 고상하고 꼭 필요하여 권장해야 할 것 같고, 반대로 스폰은 어쩐지 부적절하여 나쁜 영향을 끼칠 것만 같은 분위기가 느껴진다. 그럼 멘토와 스폰에는 무슨 차이가 있을까? 정신적, 물질적으로 스폰을 하는 것, 즉 일상에서 물심양면으로 도와주고 관심을 기울여 주는 것이 바로 멘토가 할 역할이 아닌가 싶다.

멘토는 정신, 법, 진실, 도덕, 시비, 선악, 정의 같은 덕목들을 가르쳐 준다. 반면 스폰은 물질적인 면의 도움이나 이해득실 같은 것을 가르쳐 준다. 하지만 스폰과 멘토가 궁극적으로 구분이 되는 건 아니다. 사실 누구나 살아가면서 멘토든 스폰이든 한 사람쯤 두고 있으면 좋을 것이다. 삶을 지배할 만큼 큰 영향력을 끼치지 않아도 정신적으로 나마 기댈 언덕이 있다는 것만으로도 축복이 아닌가 싶다.

누구라도 자기 편이 되어 살아가는 이야기를 해주고, 듣고, 다독거려 준다면 얼마나 좋은 일이겠는가? 누구에게나 애로사항을 털어놓을 수 있다는 것, 그리고 털어놓을 사람이 있다는 것이 얼마나 소중한지 알 것이다.

우리 주변에는 말 못 하고 사는 사람들이 많다. 하고 싶어도 하지 못하고, 벙어리 속앓이하듯 하는 사람들이 의외로 많은 것이 현실이다. 그렇게 되면 가슴 한구석이 갑갑하고 응어리가 지게 마련이다. 그럴 때 그 이야기를 들어줄 사람이 있어야 한다. 그게 멘토이다.

멘토가 반드시 자기보다 나이가 많고 배운 게 많고 경륜이 있어야 하는 건 아니다. 누구라도 멘토로 삼을 수 있고 누구라도 멘토가 될 수 있는 것이다. 요즘 가족과 친지, 동료, 친구들이 있는데도 의외로 혼자라고 느끼는 사람이 점점 많아지는 것을 볼 수 있다. 또한 외견상으로는 아무 일도 없는 것처럼 보이지만, 사회 속에서 외톨이가 되어 있다는 생각을 해본 적이 있을 것이다. 그럴 때 우리는 나를 잘 아는, 그런 사람들의 이야기를 듣고 싶을 때가 있다. 그런 관계가 아마도 멘토와 멘티가 아닌가 싶다.

그러나 요즘의 멘토는 약간 변질되어 있는 것 같다. 멘토가 단지 직장이나 사회에서 서로의 발전과 조직의 향상을 위한 단순한 상하 짝짓기는 결코 아니다. 멘토 못지않게 스폰도 중요하다. 여러 가지 이유로 물질적인 도움을 주는데 얼마나 고맙겠는가? 오히려 말로만 위로하고 관심을 기울이는 것보다 실질적인 협찬이나 후원(금)을 해주는 게 훨씬 더 고마울 거다.

살면서 누구나 한번쯤 그런 스폰이 있었으면 하는 생각을 가져 보았을 것이다. 어느 날 갑자기 재벌의 회장님을 알게 된다든가, 어쩌다가 우연한 귀인을 만난다든가, 기타 복권에 당첨되는 상상 등이 다 스폰을 기대하는 마음의 발현일 것이다. 사실 당당하게 스폰을 원하고, 또 능력만 있다면 기꺼이 스폰이 되어주는 게 건강한 사회나 심지어 소득의 재분배를 위해서도 바람직하겠지만, 역설적이게도 현실의 인식은 그렇지 않은 경우가 많다. 연예인에 대한 스폰, 미성년자에 대한 스폰, 정치인이나 힘 있는 자에 대한 스폰 인식을 생각해 보라.

그래서 일각에서는 우리 사회의 스폰 문화를 개선하자는 여론이 있다. 스폰에는 우리 사회의 어두운 면의 한 부분인 블랙 스폰이 있는가 하면, 우리 사회의 건전한 부분인 화이트 스폰도 있다. 매년 불우이웃을 도와달라며 인근에 있는 구청, 전화기 부스에 거액의 현금을 놓고 간다든지, 구세군 행사에 거액의 수표를 넣고 간다든지 하는 것들이 다 화이트 스폰의 형식이라 할 수 있을 것이다. 이런 화이트 스폰이 우리의 삶을 윤택하게 하기를 기대하지만 스폰은 현실사회에서 갈수록 음습한 곳으로 움직이고 있어 안타깝기만 하다.

스폰의 음습한 이미지는 아무래도 물질과 관계되기 때문일 것이다. 하지만 대가 없는 스폰이 어디 있을까? 흔히 대가성이 없다는 식으로 돈을 부당하게 받는 일을 합리화하기도 한다. 하지만 대가성 없는 스폰은 있을 수가 없다. 역설적이게도 가장 대가성이 없다고 볼 수 있는 것이 스폰을 통한 투명한 거래일 것이다. 미디어와 광고주의 관계 같은 급부와 반대급부의 관계 말이다.

어쨌거나 우리 시대는 물심양면으로 도와주는 진정한 후견인으로서의 스폰이 사라진 시대이다. 기부도 일종의 사회적 스폰이라고 볼 수 있다. 간혹 익명의 아름다운 기부 소식이 들리기도 하지만, 대부분의 기부 역시 스폰의 기본적 요소인 '교환'에서 자유로울 수가 없다. 특히 공익재단에 스폰을 하는 경우들이 그런 경우이다. 스폰을 한 사람이 다른 어떠한 목적을 염두에 두고 하는 경우가 있기 때문이다. 재단을 만들어 출연하는 행위, 교육사업에 쾌척하는 일, 사회 구제 활동에 나선다고 하는 일, 기타 기부사업 등의 좋은 일들이 본질을 호도하는 재산행위의 편법이 되는 경우도 분명 있기 때문이다.

어쨌거나 멘토와 멘티, 또는 스폰은 개인의 일생에 중요한 역할을 하게 된다. 멘토는 사회적 안전망 이상으로 무척 중요한 문화적 안전망이면서 계층 갈등의 완충 역할을 한다. 그렇기에 스폰이나 멘토가 꼭 힘 있는 사람만의 전유물이 되지 않기를 바라는 마음이다. 오히려 상처 입은 사람, 소외된 사람 등 사회적 약자들에게 스폰과 멘토가 꼭 필요할 것이다.

그런 사회가 진정한 노블레스 오블리주Noblesse oblige를 몸소 실천하는 사회가 아닐까 싶다. 노블레스 오블리주는 프랑스어로 '귀족성은 의무를 갖는다'는 의미로 보통 부와 권력, 명성은 사회에 대한 책임과 함께 해야 한다는 뜻이다. 많은 의미를 시사한다.

늘 응원해주는 멘토인 미래이비인후과 송병호 원장님과

12

학연, 지연, 혈연으로 뭉쳐진 사회에서 살아가기

중국을 다녀온 외교관 또는 사업가들은 중국의 인간관계를 의미하는 '콴시關係'를 알고 있을 것이다. 중국인들에게는 콴시는 결코 빼놓을 수 없는 가치관의 하나라고 할 수 있다. 중국에서는 콴시만 잘 형성되어 있으면 안 되는 일이 없다고 한다. 그들에게는 콴시가 법보다 우선한다고 해도 과언이 아니다. 그만큼 모든 것의 기초는 인간관계이고 좋은 인간관계가 형성된 사람이라면 능히 못 해낼 일이 없다는 것으로 이해된다.

우리에게 콴시와 유사한 말은 '끼리끼리'라고 할 수 있다. 굳이 한자 표현을 빌리자면 '유유상종類類相從'으로 같은 무리끼리 서로 사귀는 것이다. 물론 '끼리끼리 문화'에는 장점도 많다. 비슷한 여건이나 환경을 갖고 있는 사람들끼리 서로 힘을 합쳐 단결하고 협동해서 큰 시너지 효과를 거둘 수 있다. 그러나 우리 사회에는 끼리끼리 문화의 장점보다 문제점들이 너무 심각하다. 그들만의 리그가 될 수 있기 때문이다.

이미 각종 이권에 개입하거나 특혜를 주거나, 사내에서 승진인사 등에 밀어주기 등의 부작용이 속출하고 있다.

심지어 끼리끼리 문화는 일찍이 어릴 적부터 그 문제점이 나타난다. 이를테면 집단 따돌림, 즉 왕따가 그런 것이다. 청소년들이 편을 갈라서 마음이 맞는 친구와 마음이 안 맞는 친구를 자의적으로 선별하고 집단적으로 괴롭히거나 폭력을 행사하거나 한다. 당하는 사람은 그 괴로움에 심지어 목숨을 끊는 경우도 왕왕 있다.

우리의 사회 전반에 걸쳐있는 끼리끼리 문화는 일반적으로 지연, 학연, 혈연 등으로 이루어진다. 고향을 떠난 사람들은 출신지역에 따라 향우회, 종친회 등으로 결속되어 있다. 이런 모임들은 전국적으로 결성되어 끈끈한 모임을 갖고 서로 결속력을 다진다. 대표적으로 ○○도민회, ○○향우회, ○○고교, 대학 동창회, ○○종친회 등 수없이 흔히 볼 수 있는 단체들이 있다. 특정 지방이나 고교, 대학 출신들이 정권에 따라 우리의 정치와 행정에 많은 영향을 끼치고 있는 것은 어제 오늘의 일이 아니다. 심지어 특정 분야나 기업에서도 마찬가지이다. 간혹 언론에서 ○○마피아, ○○사단 등으로 표현하는 것 역시 그런 연유에서 부정적인 궤를 같이하고 있다.

이러저런 연고를 이유로 한 무리에 들어 유유상종하는 것을 탓할 수는 없다. 하지만 기업이나 직장에서조차 그러한 무리들이 주도권을 장악하고 세력화해서 배타적인 행동을 하는 건 큰 문제가 될 수 있다. 그런 세력으로부터 상대적으로 소외당하고 피해를 입는 사람들이 발생할 수 있기 때문이다. 심지어 능력이 있고 훌륭한 직원이라도 언제든지 이러한 피해를 당할 수 있다.

중국의 콴시는 인간관계가 형성되는 과정에서 마찬가지로 학연, 지연, 혈연을 무시할 수는 없다. 그러나 그들에게는 그보다 앞서는 것이 있다. 바로 이해관계를 떠나 진정한 인간관계를 구축한다는 것이다. 이를테면 정직과 신용을 바탕으로 변함없는 우정과 의리와 신뢰를 형성해야, 즉 진정한 친구여야 콴시가 이루어진다는 것이다. 그런 신의를 바탕으로 형성된 인간관계는 지금 이 시대를 살아가면서 가장 중요한 무형의 자산이자 인적 네트워크가 되기 때문이다. 그런 돌처럼 단단한 인간관계를 맺는다면 살아가면서 어떤 일도 쉽게 풀어낼 수 있는 Key가 될 것이다.

13

SNS로 소통하기, 그리고 올바른 사용법

대중교통을 이용하다 보면 진기한 풍경을 볼 수 있다. 비단 우리나라만의 이야기는 아닌 것 같고, 전 세계 어디를 가도 비슷한 광경을 종종 목격할 수 있다. 출퇴근시간의 지하철이나 시내버스를 타면 마치 어느 언론사의 기자실에 온 것 같은 느낌을 받을 때가 있다. 청소년, 어른, 연세 드신 분 등 너 나 할 것 없이 스마트폰을 보고 있는 탓이다. 문자메시지를 주고받거나 인터넷에 올라온 각종 관심 있는 정보를 검색하고, 카톡을 통하여 채팅을 한다. 거의 모든 사람들이 승차해서 목적지에 내릴 때까지 누가 보든 말든 줄기차게 스마트폰을 들여다보니 그야말로 스마트폰 천국이다.

우리나라는 세계적인 인터넷 강국이다. 인터넷 보급률도 세계에서 다섯 손가락 안에 들어가는 나라로 우리는 의심할 여지없이 최첨단시대, 디지털시대에 살고 있다. 인터넷을 통하여 전 세계의 모든 정보를 실시간으로 검색하고, 모든 지식을 인터넷에서 찾아낸다. 백과사전을 비롯한 각종 사전류가 자취를 감추기 시작한 것은 이미 오래전 이야기다. 어떻게 보면 무척 자랑스러운 일이기도 하다.

인터넷 시대는 우리가 소통의 시대에 살고 있다는 것을 말해 주기도 한다. 세계와 소통을 하는 시대인 셈이다. 누구나 인터넷을 통하여 세상과 우리 사회에서 벌어지는 온갖 상황과 현상들에 대하여 자신의 생각을 피력할 수 있다. 시골의 초등학교 학생이 대통령이나 정부 각 부처의 장관에게도 자기 의견을 밝힐 수 있다. 우리는 얼마나 편리하고 좋은 세상에 살고 있는가? 생각만 해보아도 너무 즐겁다. 그러나 인터넷 시대에 반드시 뛰어난 장점들만 있는 것은 아니다. 모든 사물에는 장점과 함께 피할 수 없는 단점도 있기 마련이다.

우리는 인터넷, 특히 손쉽고 편리한 SNS를 통해 가까운 친지나 지인들, 세상의 모든 사람들과 소통한다. 또 다른 대표적인 소통 수단으로 카카오톡, 페이스북, 트위터 등이 있다. 우리가 현대사회에 살면서 사회에서 일어나는 모든 사안들에 대하여 비록 개인이지만 자신의 의견을 개진하는 것은 당연한 일이기도 하다. 전혀 잘못된 일이라고 할 수 없다. 그러나 최첨단의 소통수단들이 더없이 간편하고 손쉬울 뿐만 아니라, 광속도로 불릴 만큼 번개처럼 빠른 속도와 무한한 전파력을 갖고 있다는 것이 장점이자 단점이 되고 있다는 이야기이다.

물론 많은 순기능들이 있다. 어떤 사회적인 돌발 상황이나 민감한 사안들에 대하여 적극적으로 많은 의견을 개진함으로써 해결책을 찾을 수 있으며 바람직한 방향을 모색할 수 있게 한다. 또한 온정주의를 확산시켜, 어렵고 안타까운 처지에 놓인 사람, 좋은 일을 하다가 오히려 피해를 보게 된 사람들에게 성금, 격려 등을 보낼 수 있는 메신저로 우리 사회를 따뜻하게 만들기도 한다.

그러나 역기능도 많다. 무차별적이고 일방적인 인신공격, 이른바 '신상 털기'로 당사자에게 큰 불이익을 가져다주는가 하면, 거짓 정보, 잘못된 정보, 과장되고 가공된 정보 등 바람직하지 못한 정보들도 순식간에 확산시킬 수 있는 수단이 되기도 한다. 또한 사회발전이나 단합과 협동을 저해하는 터무니없는 불만의 표출, 불필요한 사회 긴장감 조성이나 사회 양분화, 지나친 장난에 불과한 신뢰성 없는 가십거리 소문 등을 얼마든지 퍼 나를 수 있는 등 단점들도 무수히 많다. 그로 인한 악플, 즉 악성 댓글로 마음의 상처를 입는 사람들도 많다. 특히 어느 특정개인을 인신공격하는 악플이 사회문제가 되고 있는 것은 잘 알려진 사실이다. 근거 없는 악플을 퍼뜨리는가 하면, '신상 털기' 등으로 굴욕감을 주고 사생활 파괴로 곤경에 빠뜨려 그것을 견디지 못하고 스스로 목숨을 끊은 인기 연예인들도 여럿이 있다. 당연히 악플은 법적으로 처벌의 대상이 되는 위법이지만 좀처럼 사라지지 않고 있다.

인터넷에 악플을 올리는 비뚤어진 누리꾼들은 온갖 악플을 쏟아 놓음으로써 자신은 통쾌감을 느끼고 즐거워할지도 모르지만, 악플에 시달리는 사람은 오래도록 지울 수 없는 마음의 상처가 되고, 즐거움을 잃어버리게 된다. 자신의 즐거움을 위해 다른 사람의 즐거움을 희생시키고 고통 받게 한다면 그것은 진정한 즐거움이 아니다. 익명의 장막에 숨어 어떤 특정한 인물을 험담하고, 모략하고, 있지도 않은 사실을 꾸며내고, 비난하는 등 비겁하고 흉악한 짓을 하고 있는 것이다.

더욱이 최근에는 전문적으로 악플을 다루는 단골 누리꾼들이 적지 않다고 한다. 이른바 '악플러'들이다. 이들은 어느 분야나 인물을 가리지 않고, 어디든지 끼어들어 온갖 악담을 쏟아낸다. 남에게 큰 상처를 주는 행위를 하는 시간에 자신을 위한 진정한 성공 목표를 세우고 열심히 노력했다면 성공할 텐데 말이다.

악플로 얻는 악의적인 거짓 즐거움보다 성공으로 얻는 즐거움이 얼마나 큰 즐거움인가는 설명할 필요조차 없다. 즐거움은 저마다 차이가 있을 수 있지만, 우리 모두가 함께 느끼는 즐거움도 많다. 좋은 현대문명의 기구를 잘 활용하여 아름다운 사회의 공동선의 통로로 이용할 수 있기를 바라는 마음이다.

〈생각해 보기〉

친구로부터 사이버상 허위사실로 비방당하고 명예를 훼손당한 김미인(가명, 24세, 여)의 사례

서울 ○○대학교에 다니는 김미인(가명, 24세, 여)은 대학 내에서 친구들로부터 인기가 많은 학생이었다. 대학 내에서 공부도 상당히 잘했고 성격도 좋아 여자 친구들뿐만 아니라 남자 친구들한테도 상당히 인기가 많았다. 대학 내 여러 가지 동아리 모임도 활발하게 활동하고 매번 시험에서도 우수한 성적을 거두어 담당 교수들로부터 칭찬도 끊이지 않은 학생이었다. 그러다 보니 자연스럽게 동급생들한테 시기를 받게 되고 자연스레 친구들과도 멀어지게 되었다.

그러던 어느 날 대학 동아리에서 자칭 대학 내에서 훈남으로 추앙받는 김미남(24, 남)을 우연히 만나 동아리 활동을 하면서 자연스레 친해졌다. 둘은 가까워지면서 교내에서 데이트도 하게 되었고, 그런 모습이 김미인을 시기하던 학생들 사이에서 종종 목격되었다.

안 그래도 친구들 사이에서 꼴불견이었던 친구가, 대학 내에서 가장 훈남인 김미남을 만나고 다닌다는 것에 다른 학생들은 격분한 나머지 어떻게든 둘 사이를 떼어놓으려고 궁리하게 된다. 결국 그들은 친구들 사이의 SNS를 통해 김미인을 비방하는 글을 올리기 시작한다. '둘이는 갈 데까지 간 사이다', '둘이 잠도 같이 자는 사이다' 등……. 처음 사소한 허위사실 및 비방이 갈수록 내용이 혐오스러워지고 내용의 수위도 더욱더 높아지는 등 파장이 일기 시작했다. 급기야 대학 내 사보에 둘 사이를 비방하는 글이 붙기 시작하고, 사실을 확인해달라는 학생들의 요구사항이 빗발치기 시작했다.

김미인과 김미남은 그로 인하여 굉장한 정신적 충격을 받았고 정신병원에서 치료를 받는 등 더 이상 학업에 전념할 수 없는 지경에 이르게 된다. 결국 둘은 더 이상 사태를 묵과할 수 없다고 판단, 경찰의 도움을 요청하고자 신고를 하게 되고, SNS에 허위 비방글을 올린 학생들은 법의 처벌을 받게 된다.

〈생활 속 법률-사이버 명예훼손〉

명예훼손죄는 형법상의 법리이지만, 이 행위가 사이버상에서 행해지면 가중처벌 요건을 두는 것이 바로 정보통신망 이용촉진 및 정보보호 등에 관한 법률 제70조입니다.

정보통신망 이용촉진 및 정보보호 등에 관한 법률

[시행 2012.8.18.] [법률 제11322호, 2012.2.17., 일부개정] 제70조(벌칙)

① 사람을 비방할 목적으로 정보통신망을 통하여 공공연하게 사실을 드러내어 다른 사람의 명예를 훼손한 자는 3년 이하의 징역이나 금고 또는 2천만 원 이하의 벌금에 처한다.

② 사람을 비방할 목적으로 정보통신망을 통하여 공공연하게 거짓의 사실을 드러내어 다른 사람의 명예를 훼손한 자는 7년 이하의 징역, 10년 이하의 자격정지 또는 5천만 원 이하의 벌금에 처한다.

③ 제1항과 제2항의 죄는 피해자가 구체적으로 밝힌 의사에 반하여 공소를 제기할 수 없다.

[전문개정 2008. 6. 13]

모든 조건은 일반 형법상의 명예훼손죄와 같습니다. 다만 차이점은 두 가지입니다.

1. '사람을 비방할 목적'이 있어야 성립됩니다. 똑같이 온라인상에서 벌어진 행위라도 만일 이 목적이 없다면, 그냥 명예훼손이 됩니다. '사람을 비방할 목적'이 없다고 해서 아무 처벌을 받지 않는 게 아니라는 이야기입니다. 사이버 명예훼손죄는 '이 사람을 비방할 목적'이 있어야 하지만, 일반 형법상의 명예훼손죄는 이 목적이 필요 없고 결과적으로 상대의 명예를 훼손하면 성립하는 범죄이기 때문에 '사람을 비방할 목적'이 없어도 일반 형법상의 명예훼손죄에는 얼마든지 해당될 수 있습니다. 다만, 가중 처벌되는 사이버 명예훼손죄에 해당하지 않을 뿐입니다.

2. 정보통신망을 통해야 합니다. 즉, 사이버상의 행위만이 인정됩니다. 사이버상의 커뮤니티에서 해당 행위가 발생하였고, 이로 인한 실제적 피해가 현실상에서 발생하

더라도 해당 명예훼손의 행위가 발생한 장소는 사이버상이기 때문에 사이버 명예훼손죄가 성립할 수 있습니다.

14

불법 심부름센터와의 전쟁, 이제는 민간조사 제도 도입이 필요할 때

논란의 중심에 서 있던 간통제 폐지 이후 통계에 의하면, 사람들이 배우자의 불륜 등의 사생활을 확인하기 위해 현행법상 불법인 흥신소에 의뢰하는 사례가 급증하고 있다 한다. 잘 알다시피 소위 심부름센터 또는 흥신소라고 불리는 곳의 활동은 법에 의해 인정되지 않는 엄연한 불법이다. 그럼에도 그 수요는 증가하고 온갖 탈법, 불법이 판을 치고 있는 것도 현실이다. 경찰에서 그에 관한 단속을 지속적으로 하고는 있지만, 그 행위는 줄지 않고 있다.

선진국에서는 일부 사생활 침해 우려에도 불구하고 민간조사제도를 도입해 중요한 서비스업으로 자리매김하고 있다. 사생활 침해에 대한 우려가 있음에도 불구하고 선진 외국의 여러 나라가 민간조사제도를 도입하고 있는 이유는 민간조사제도를 통해서 얻는 사회적, 경제적 이익이 더 크기 때문이다.

개인의 사생활 및 신분을 고려하여 공기관에 정식으로 수사를 의뢰하기보다는 민간의 전문적인 조사기관에 의뢰하고자 하는 경우가 많아지고 있다. 이러한 필요성에 따라 국회의원들이 입법 발의 등 꾸준한 노력을 했음에도 불구하고 아직 공식적으로 국회에서 법안이 통과되거나 인정되지 않아 미궁의 상태에 있다.

이제는 국민들 개인의 사생활 보호 및 인권을 위해서도 국민적 공감대 속에 민간조사제도의 도입 필요성이 그 어느 때보다 중요한 시점이 되었다고 볼 수 있다. 이 문제는 단순히 특정 기관의 입장을 대변하거나 특정 기관의 이해관계가 상충되는 유·불리 문제가 아니라고 본다. 불법적 기관으로부터 해방되어 정부가 인정한 공인 자격증을 소지한 전문가들에게 공식적인 요구를 하도록 할 수 있게 해주는 국민의 기본적 취사선택권의 확보라고 할 수 있겠다.

때마침 2014년 3월 18일 국무회의에서 '신직업 육성 추진계획'이 발표되고, 신직업 40여 개 발굴, 새로운 일자리 창출 육성 지원 예정인데 이어 정부가 육성, 지원하는 신직업 중 하나로 민간조사업이 보고된 바 있다. 이런 점에서 독자들의 이해를 돕기 위해 언론의 기사 및 과거 개인적으로 책을 출간한 전문가의 내용을 출판사에 사전 동의를 받고 발췌하니 참조하기 바란다.

민간조사란 영어 Private Investigathion Service를 번역한 용어로, 고객의 요청에 의해 사私 경제주체가 대가를 받고 사실조사행위를 하는 것을 뜻한다. 그러나 시민단체에 의한 사실조사 활동, 언론기자의 사실조사 활동 등도 민간에 의한 활동에 해당되므로 정확한 개념적 용어를 사용하자면 '민영조사'가 더 적합한 명칭이 될 수 있다. 다만, 우

리나라에서는 1993년도에 '공인탐정', 2008년도에 '민간조사'라는 용어를 입법안에 사용하여 왔기 때문에 '공인탐정', '민간조사' 등으로 현재 널리 사용하고 있다.

우리나라의 민간조사는 일제 치하의 '신용고지업 취재 규칙(조선총독부 규칙 제82호)'에 의한 신용고지업과 1961년 제정된 '흥신업단속법'에 의한 흥신업이 해당된다고 볼 수 있으나, 신용고지업이나 흥신업은 '경제상의 신용조사'업무에 한정하고 있으므로, '흥신업'이나 '신용조사업'을 민간조사업의 근원이라고 판단하기에는 무리가 있다.

오히려 현재 자유업으로 행해지고 있는 심부름센터가 현실적으로 다양한 사실조사 행위를 하고 있기 때문에 오늘날 우리가 생각하는 민간조사업과 가장 유사한 업종으로 볼 수 있다. 그러나 이들은 아무런 법적 규제 없이 영업을 해오고, 영세업체가 난립하는 가운데 불법적 행위까지 행해 온 탓으로 부정적 이미지가 강하다. 이러한 이유로 선진 외국에서는 당연하고 자연스러운 서비스업이 우리나라에서는 입법을 통해 공식적 직업으로 인정하는 것 자체가 우려스러운 일이 되고 있다. 한편 민간조사제도의 필요성은 다음과 같다.

첫째, 현실적 수요를 감안한 사실조사업 육성이 필요하다. 한국 사회의 발전과 다변화에 따라 사실조사업에 대한 수요가 증가하고 있으므로 소비자가 신뢰하고 의뢰할 수 있는 건전한 업체를 육성해 나갈 필요가 있다. 범죄와 관련성이 낮은 실종, 미아, 가출인 수색 등에 있어 경찰이 할 수 있는 부분은 분명한 한계점이 있다.

국가기관의 활동과 더불어 피해 당사자도 피해 회복을 위한 활동을 추가적으로 할 수 있어야 한다. 국가 수사기관이 실종에 대한 장기 미제사건을 새롭게 발생하고 있는 실종사건이나 강력사건과 같은 수준으로 수사하는 일은 현실적으로 어려움이 있는 것도 사실이다. 이러한 사정이 민간조사제도 도입이 요구되고 있는 이유이기도 하다.

미아, 가출인, 실종자와 관련된 문제 이외에 민사적 성격이 강한 분쟁 사안에 있어서도 권리구제 및 피해 회복을 목적으로 한 사실관계 조사 서비스 수요가 점차 증가되고 있다. 현재의 고비용 법률 서비스만으로는 사실조사 수요를 충족하는 데 한계가 명백하기 때문에 외국 선진국과 같은 사실조사 서비스 도입이 필요하다. 민간경비, 민간방범 등 현재 시행되고 있는 민간 용역분야가 국가 기능과 보완관계를 형성하며 치안 사각지대를 보완하고 성공적으로 정착되고 있는 점을 감안할 때, 민간조사 분야에서도 충분히 타당성이 인정된다고 보아야 할 것이다.

둘째, 심부름센터의 불법 행위에 대응할 국가관리체제 도입이 필요하다. 현재 사실조사업을 행하고 있는 심부름센터의 폐해가 심각하다는 것은 널리 알려져 있다. 이에 대한 적극적 대응수단으로서 사실조사업에 대한 국가관리체제 도입이 필요하다. 우리나라의 소위 '심부름센터'는 발생 초기 민원서류 대행이나 택배 서비스 등 단순 대행업무를 그 목적으로 하였으나 최근에는 개인 뒷조사, 신상정보 유출, 도청 등 사생활 침해는 물론이고, 청부살해, 납치, 협박 등 속칭 해결사의 역할까지 자행하고 있다. 특히 심부름센터는 영세업체 난립에 의한 과당경쟁으로 그 불법행위가 점점 증가되고 있는바, 심부름센터의 불법조사 행위를 근절할 수 있는 법적 근거 마련이 시급하다.

셋째, 새로운 일자리 창출로 고용이 증대될 것이다. 민간조사업이 도입되어 하나의 직업으로 자리를 잡고 육성하게 되면 새로운 일자리가 창출되어 국가 경제에 기여할 수 있다. 경찰청 내부 자료에 의하면 민간조사제도 도입 시 사실조사업 양성화로 최소 1만 2천여 명의 고용(6천여 개 업체)과, 4천 억의 시장 창출이 가능하다고 한다. 현재 심부름센터의 경우 심부름센터가 별도 관리되지 않고, 세무관계 신고도 제대로 이루어지고 있지 않기 때문에 시장 규모 추산이 어렵다. 민간조사제도가 도입되면 음성적으로 불법을 행하는 심부름센터와 달리 하나의 직업으로 떳떳하게 자리 잡게 되고 관련 산업이 육성될 것이며 경찰청이 추산하는 것 이상으로 이와 관련된 경제 시장도 형성될 것으로 보인다.

외국의 민간조사업 시장규모를 살펴보면 영국은 국민인구 6,308만 명에 민간조사관 1만 명 정도가 있으며 등록된 업체 수는 465개에 달한다. 프랑스는 국민인구 6,655만 명에 민간조사원수는 4천 명 정도가 있으며 사업자 등록 수는 2,750개에 달하고, 독일은 인구 9,012만 명에 민간조사업을 하는 사업자가 1,412개가 등록되어 있다 한다. 가까운 나라 일본은 인구 12,435명에 전국에 3,887개의 사업자가 활동하고 있는 것으로 파악된다.

최근 한국노동연구원에서 발표한 체감 청년실업률 보고서에 따르면 2011년 2월 대학 졸업자는 18만 8천 명이며, 이 중 66,000명은 일자리를 얻었으나, 41,000명은 실업상태이고, 81,000명은 구직준비 중 또는 대학원 진학 중이라고 한다. 이러한 자료를 감안할 때 민간조사 제도 도입에 따른 고용창출효과의 사회적 파급력은 상당히 크다고 볼 수 있다. 또한 40~50대의 젊은 나이에 퇴직하는 사람들, 특히 경찰학과, 경호학과 출신 학생들의 꿈을 펼칠 수 있도록 하기 위해서 꼭 필요하다. 물론 부작용에 대한 우려도 짚고 넘어가야 한다.

첫째, 사私경찰 도입으로 우리 법체계와 맞지 않는다는 우려가 있다. 민간조사제도는 영미법계에서 발달한 제도로 사적자치를 기반으로 한 사경찰을 의미하며, 유럽법계에 가까운 우리나라에는 맞지 않는 제도란 우려이다. 법무부는 민간조사제도는 사인소추를 전제로 한 영미법계 제도로서 우리 형사법체계는 사인의 권리구제를 불허하고 수사권을 국가에 귀속시키고 있어 우리와는 부조화되는 제도이고, 대륙법계인 독일이 비록 관련 제도를 인정하고 있으나, 면허조건을 엄격히 규정하고 있으며 일본은 특정인 소재 또는 행동에 대한 정보로서 당해 의뢰에 관계되는 것만을 수집하는 것으로 제한하고 있다고 밝혔다.

민간조사, 경비 등 개인의 안전 확보를 위한 민간보안산업Private Security Indutry이 미국 등 영미법계에서 시작되어 발달해 온 것은 사실이다. 그러나 독일, 프랑스, 스페인 등 대륙법계 국가는 물론 일본 등에서 이미 정착되어 상당기간 동안 발전되어 온 제도로서 영미법계와 대륙법계 등 법체계와 달라 제도 도입이 불가하다는 주장은 그 설명력과 타당성이 미약하다.

특히 사私 경찰 도입논란과 관련하여서는 민간조사 업무는 형사사건만을 전제로 한 제도는 아니며 일상생활에서 일어날 수 있는 민·형사 사건을 포함한 모든 권리관계와 관련한 사실조사를 행하는 것으로, 설혹 국가에 의해 형사사건이 진행 중이더라도 사건 당사자가 자신의 권리구제를 위해 스스로의 노력으로 국가 활동을 보완하는 것이다. 이는 헌법 제10조에 규정된 국민의 행복추구권에 근거한 것으로 볼 수 있다.

둘째, 사생활 침해가 더욱 심화된다는 우려가 있다. 과거 흥신업의 경우 일정한 규제 법안이 있었으나 불법행위가 근절되지 않았다. 이러한 역사적 경험으로 흥신업과 유사하다고 인식되는 민간조사업이 도입될 경우 아무리 국가관리시스템을 도입한다고 해도 탈법은 근절될 수 없다고 하는 우려가 존재한다. 법무부는 민간조사제도가 도입되면 일반 국민에게 '민간조사 종사자'를 수사기관원으로 오인케 할 소지가 있고, 미행, 불법 도·감청 등에 따른 사생활 침해 및 개인정보 유출 우려도 있으며, 일방에게 유리한 왜곡된 조사결과를 도출할 가능성도 상존하고, 선거 관련 반대파 감시 수단, 악덕 사채업자의 배후 조직 등으로 사회적 혼란을 가중하게 할 소지가 많다고 우려를 표시하고 있다.

그러나 민간조사 종사자의 공무원 사칭, 불법도청, 권한 없는 개인정보 열람행위는 형법 등 관계 법률에 의하여 제도 도입 후에도 여전히 형사처벌 대상이 되며, 이러한 문제들은 민간조사제도 도입에 따른 문제가 아니라 현재 자유업으로 방치되고 있는 심부름센터에서 더 많이 발생하는 문제이며, 민간조사제도는 오히려 문제점을 해소시키기 위해 국가관리 시스템을 도입하려는 것이다.

경찰청은 국가관리시스템 도입을 통한 문제 해소 사례로 대부업의 경우를 들고 있다. 2002년 〈대부업의 등록 및 금융 이용자 보호에 관한 법률〉을 제정하여 대부업자에 대한 등록제 도입 및 사금융 시장 양성화 조치를 시행한 후 대부업자와 여신 금융기관의 불법적 채권추심 행위 및 이자율 등이 규제됨으로써 건전한 사금융시장 육성 및 법적 실효성을 확보하게 되었다는 평가를 내리고 있다.

셋째, 치안 서비스 편중 및 국가 책무 전가 우려가 있다. 민간조사업의 업무는 국가기관이 수행해야 할 업무와 중복되는 경우가 많고, 이러한 민간조사업이 허용될 경우 서비스에 대한 대가를 지불할 수 있는 경제력 있는 사람들만 민간조사제도를 이용할 수 있게 되므로 치안 서비스에 대한 편중 현상이 발생한다는 우려이다.

법무부는 민간조사 제도가 도입될 경우 재력이 있는 자만이 유능한 민간조사관을 고용할 수 있게 됨으로써 서민들의 상대적 박탈감을 가중시켜 '부익부 빈익빈' 비난을 초래할 가능성이 크고, 미아·실종자 수색문제 등은 국민보호를 위한 국가의 기본적 책무로서 수사 인력 보충과 예산 증액 등을 통하여 해결하는 것이 타당하고 민간조사제도 도입은 국가 책임을 국민에게 전가하는 결과를 초래한다고 반대 이유를 명시하고 있다.

그러나 경제력에 의해 차별화된 서비스를 제공받는 것은 법률서비스, 의료서비스 등 타 분야 서비스 시장에서도 마찬가지이며 민간조사제도만의 문제는 아닌 데다가, 제도 도입 시 의뢰인의 부담을 최소화하기 위해 보수기준을 법정화 하는 등 사회적 약자를 배려한 제도적 장치를 함께 추진하고 있다. 민간조사제도가 공공부문과 상호 보완적 협력관계를 형성함으로써 국가 수사기관은 민생침해범죄 예방 수사 등 사회적 약자 보호에 더 많은 역량을 투입할 수 있을 것이다. 그뿐만 아니라 민간조사제도가 도입되더라도 국가가 해야 할 일은 경찰 등 해당기관에서 변함없이 수행하게 될 것이다.

넷째, 유사 직업과의 업무 충돌로 인한 혼란 야기 우려가 있다. 민간조사제도가 새롭게 도입되면 기존의 직업과 업무가 충돌하여 갈등이 유발된다는 주장이다. 이와 관련하여 변호사법 제109조와의 충돌이 가장 문제가 되고 있다. 변호사법 제109조는 '변호사가 아니면 금품·향응 또는 그 밖의 이익을 받거나 받을 것을 약속하고 또는 제3자에게 이를 공여하게 하거나 공여하게 할 것을 약속하고, 소송사건, 비송사건, 그 밖의 행정기관에 대한 불복신청 사건, 수사기관에서 취급중인 수사사건, 법령에 따라 설치된 조사기관에서 취급중인 조사사건, 그 밖의 일반의 법률 사건에 관하여, 감정·대리·중재·화해·청탁·상담 또는 법률관계문서 작성, 그 밖의 법률사무를 취급하거나 이러한 행위를 하여서는 아니 된다."고 규정하고 위반 시 형사처벌 하고 있다. 이와 관련하여 '의뢰인의 피해 확인 및 원인에 관한 사실조사'란 민간조사의 업무 범위와 중첩된다는 점이 논란이 될 수 있다.

법무부는 민간조사관의 업무범위는 현행법에 규정되어 있는 전문조사 분야와 중복되어 조사 결과에 따라 상호 간 마찰이 우려된다고 설명하고 있다. 구체적인 예로서 손해사정에서의 손해 발생 사실의 확인 업무(보험업법 제188조)와 신용정보업자의 신용조회, 조사, 평가 및 그에 부수하는 업무, 채권추심업무를 허가받은 신용정보업자가 동 업무의 수행을 위하여 특정인의 소재를 탐지하는 경우 등을 들고 있다. 이러한 업무충돌 주장들은 다음과 같은 이유로 크게 걱정하지 않아도 될 것으로 판단된다.

첫째, 변호사업과의 충돌과 관련하여 〈변호사법〉에서 규정하는 변호사의 업무범위는 지극히 포괄적이고 추상적이어서 민간조사업과의 충돌을 피할 수 없으나, 민간조사업은 법률사무를 주로 하는 변호사의 업무와는 차별성이 인정되고, 오히려 민간조사를 통해 변호사 업무를 보다 성공적으로 수행할 수 있는 기반을 형성할 수 있기 때문에 민간조사업과 변호사업 역시 건전한 협력관계를 형성할 수 있을 것으로 본다.

둘째, 신용정보업과의 충돌과 관련하여 〈신용정보의 이용 및 보호에 관한 법률〉상 신용정보업은 민간조사도입법안이 상정하고 있는 미아, 가출인, 실종자에 대한 소재 탐지는 포함하고 있지 않으므로 신용정보업자의 소재 탐지 업무와 충돌이 일어나지 않는다고 보아야 하며, 동 법률에 의한 채권추심업무는 채무자의 재산조사뿐만 아니라 채권자를 대신하여 추심채권을 행사하는 행위로 구성되며 이 중 추심채권을 행사하는 행위가 핵심이 될 수 있으므로, 민간조사업자가 추심채권을 행하지 못하는 상태에서 사전적 조사행위만을 수행한다고 하여 채권추심 업무를 잠식한다고 보기 어려울 것이다. 오히려 민간조사업자와 채권추심업자 간에 사업 협력관계 형성도 가능한 부분이라고 볼 수 있다. 결론적으로 민간조사업은 변호사업, 채권추심업 등 신용조사업과는 갈등관계의 소지를 가지고 있다 하더라도 얼마든지 발상의 전환을 통해 상호 건전한 협력관계를 형성하여 상호 시너지 효과를 통한 양질의 서비스를 제공할수 있는 윈-윈 전략관계를 형성할 수 있을 것으로 판단된다.

셋째, 보험업법에 의한 손해사정업과 관련하여, 보험업법은 손해보험과 관련한 손해사정은 손해사정업자만이 할 수 있도록 독자적 지위를 보장하고 있어 민간조사와의 갈등문제는 미약하다고 보아야 할 것이다.

민간조사제도 도입에 대한 입법적 노력은 15대 하순봉 의원이 공인탐정제도 도입을 검토하면서 본격적으로 시작되었다. 그리하여 17대 국회에 들어 본격적으로 관련 입법이 국회에 제출되었으나, 도입 필요성에 대한 사회적 공감대 형성 미흡 및 소관 부처 논란으로 입법안 내용에 대한 실질적 검토가 이루어지지 않고, 17대 국회 임기 만료로 자동 폐기되었고, 18대 국회 들어 역시 입법발의 하였으나 폐기되었다. 한편 19대에서는 윤재옥 의원 대표 발의로 '경비업법 전부 개정 법률안', 송영근 의원 대표 발의로 '민간조사업에 관한 법률안'이 제출된 바 있다. 2014년 3월 18일 정부는 사설탐정 등 신직업 40여 개를 육성해 적극 지원하겠다고 밝혔다.

【2014.4.29. 발행/저자 이인기, 인생은 도전이다. 연인M&B 출판사. p.258~271쪽 발췌】

이후 그간의 경과사항은 다음과 같다.

▲ 사설탐정제 도입을 추진하는 '전·현직 경찰관 공인탐정연구회'의 정수상 회장은 2016년 7월 13일 '신용정보의 이용·보호에 관한 법률'(신용정보법) 일부 조항의 위헌 여부를 확인해달라며 헌재에 헌법소원 심판청구서 청구

▲ '2005년 이상배 국회의원, 『민간조사업법』 발의

▲ '2006년 최재천 국회의원, 『민간조사업법』발의

▲ '2008년 이인기 국회의원, 『경비업법 일부 개정 법률안』 발의

▲ '2009년 강성천 국회의원, 『민간조사업법』 발의

▲ '2012년 윤재옥 국회의원, 『경비업법 전부 개정 법률안』 발의

▲ '2013년 송영근 국회의원, 『민간조사업에 관한 법률안』 발의

아서 코난 도일의 추리소설 주인공인 '셜록 홈즈'를 모르는 사람은 없을 것이다. 미궁에 빠진 사건을 명쾌하게 풀어 나가는 과정을 보면서 셜록 홈즈와 같은 명탐정이 되고자 하는 꿈을 꾸는 이들도 적지 않다. 하지만 국내에는 공식적으로 탐정이 없다. 증거를 수집하며 단서를 꿰맞춰 가는 탐정 업무 자체가 불법이기 때문이다. 최근 경찰을 중심으로 탐정 제도를 입법화하자는 목소리가 커지고 있다. 과연 한국판 '셜록 홈즈'가 탄생할 수 있을까.

남의 사생활을 불법으로 캐 온 흥신소 일당과 의뢰인이 경찰에 붙잡혔다. 서울지방경찰청 사이버수사대는 흥신소에 배우자 등의 위치

정보나 미행을 부탁한 의뢰인들을 불구속 입건하고 의뢰인이 지목한 차량에 위치 추적기를 몰래 설치해 실시간 위치 정보를 수집한 흥신소 업자들을 검거했다고 지난 7월 4일 밝혔다.

업계에 따르면 전국에 영업 중인 흥신소는 3,000여 곳에 이른다. 지난해 2월 간통죄 폐지 이후 수요가 급증하면서 흥신소도 두 배 가까이 늘어난 것으로 파악된다. 이들은 60만 원 정도면 일반인도 쉽게 구할 수 있는 위치 추적기를 구입해 실시간 위치 정보를 불법으로 수집한다. 흥신소를 찾는 대부분의 의뢰인은 이혼을 앞둔 부부로, 이혼 귀책사유가 상대방에게 있다는 것을 법원에 입증하기 위해 증거 수집 차원에서 흥신소 문을 두드린다. 이혼 소송 시 법원은 결혼관계 파탄의 원인 및 파탄에 기여한 책임 정도에 따라 위자료를 책정하고 있기 때문이다.

이렇게 흥신소의 주된 업무가 외도가 의심되는 배우자의 뒷조사인 만큼 '흥신소=탐정'이라는 부정적인 등식이 성립됐다. 이처럼 국내에선 흔히 탐정이라고 하면 음성적으로 행해지는 심부름센터나 흥신소를 자연스레 떠올리기 마련이다.

국내와 달리 해외에서는 오래전부터 탐정이 공식적으로 활동해 왔다. 미국에선 1850년 처음 탐정 업체가 등장했다. 앨런 핑커턴이란 탐정이 자신의 이름을 따 설립한 핑커턴 탐정 사무소가 그 시초다. 핑커턴은 에이브러햄 링컨 대통령의 암살 기도 음모를 사전에 알아낸 공로를 인정받아 나중에 링컨 대통령의 경호를 맡기도 했다. 미국 내 탐정업은 각 주마다 탐정업의 효율적 규제와 활성화 방식이 혼용되고 있고 소송 절차에서 변호사를 돕는 역할을 하고 있다. 현재는 경호·경비·민간조사 등이 결합된 보안 업체 형태로 발전했다.

셜록 홈즈의 고향인 영국은 2001년 '민간보안산업법'을 제정했다. 과거 특별한 면허나 자격 없이도 자유롭게 탐정업을 수행할 수 있었지만 법의 사각지대에 놓여 있어 업무의 질이 크게 떨어졌다는 판단에 따라 법으로 제도화했다. 현재는 국가 직업 인증을 받아야만 탐정 업무를 수행할 수 있다.

일본에선 '탐정업 업무의 적정화에 관한 법률'을 기반으로 탐정이 일반인의 실생활에 자리 잡았다. 2015년 9월 경찰청이 발간한 입법정책 설명 자료인 '민간조사제도 어떻게 도입해야 하나'에 따르면 약 1억 2,000만 명의 인구를 지닌 일본에는 총 6만여 명의 탐정이 활동하고 있는 것으로 나타났다. 인구 10만 명당 탐정이 50명으로 탐정업이 합법화된 주요 국가들 중에서 가장 활발한 모습을 보였다.

지난해 12월 한국을 방문한 기쿠치 히데미 일본 조사업 협회장은 경찰청 민간조사업정책 태스크포스TF 관계자들과 만난 자리에서 일본에선 간단한 신고서만 제출하면 탐정업을 할 수 있다고 말했다. 불륜 관련 업무가 주요 수익원인 국내 흥신소와 달리 업무의 범위도 넓다. 기쿠치 회장이 운영하는 탐정 업체 '아자부리서치'의 활동 분야를 보면 불륜 관련 업무는 10%에 불과하다. 재판 증거 수집, 상속인 소재 조사 등 변호사 위탁 업무가 절반을 차지하고 인수·합병M&A 조사와 같은 기업 관련 업무가 나머지를 차지한다.

또한 미국의 탐정 업체인 크롤은 전체 사건의 약 50%를 법무법인으로부터 의뢰받는다. 풍부한 인적자원과 네트워크를 구축한 탐정 업체에서 외근 활동 조사를 수행하는 것이 보다 경제적이고 효율적이란 판단에서다. 의뢰인이 법률 자문을 필요로 할 때에는 고객과 로펌을 연결해 주기도 한다.

◆ 연거푸 무산된 탐정업 법제화 움직임

한국은 경제협력개발기구OECD 34개국 중 유일하게 탐정 제도가 없는 나라다. 국내는 '신용정보의 이용 및 보호에 관한 법률' 제40조 제4호 및 제5호에 따라 사실상 탐정 활동이 금지돼 있다. 과거 이를 법제화하려는 움직임이 10번이나 있었지만 번번이 무산되고 말았다. 2005년 9월 이상배 당시 한나라당 의원이 국내 최초로 '민간조사업법'을 정식으로 발의했다. 앞서 민간조사업법은 1990년대 후반부터 국회 공청회 등을 통해 조금씩 논의돼 왔지만 실제 법안으로 발의된 것은 이때가 처음이다.

이후 2008년 9월 이인기 한나라당 의원이 18대 국회에서 발의한 '경비업법 일부개정법률안'이 소관 행정안전위원회 심의를 거쳐 법제사법위원회까지 회부되는 등 진전을 보였지만 회기종료로 폐기됐다. 19대 국회에선 새누리당 윤재옥 의원과 송영근 의원이 민간조사업 법제화 관련 법안(일명 탐정법)을 각각 대표 발의했다. 하지만 이 역시 국회 법안심사소위원회에서 논의만 거듭해 오다 결국 자동 폐기됐다.

2013년 3월 '민간조사업에 관한 법률안'을 대표 발의한 송 전 의원은 제안 이유에 대해 "심부름센터의 불법 조사 행위를 근절할 수 있는 법적 근거를 마련하는 한편 민간조사업자들의 활동을 관리·감독하고 권한 오남용에 따른 불법행위 시 가중처벌을 통해 국민의 권리를 보호하기 위한 것"이라고 밝혔다.

송 전 의원은 "미아나 실종자에 대한 조사, 분실하거나 도난당한 재산의 회수 외에 변호사의 의뢰를 받은 민·형사 사건의 소송 준비 자료 수집과 조사 등의 분야에 대한 필요성이 높아지고 있다."며 "국가 수사력은 시간적·물리적으로 한정돼 있어 실종된 가족의 소재 탐지를 의뢰하거나 지식재산권 피해자가 피해 상황을 파악해 손해배상 소송을 준비할 때 수사기관에 신고·고소해도 만족스러운 결과를 기대하기 어렵다."고 말했다.

◆20대 국회, '공인탐정법' 입법발의 등 대응방안 논의

윤재옥 새누리당 의원이 사설탐정(민간조사업)을 제도화하는 '공인탐정법 제정안'을 지난 8일 대표 발의했다. 공인탐정법이 발의된 것은 지난 17대 국회부터 이번이 10번째이다. 윤 의원(2건)을 포함해 이상배, 이인기, 성윤환, 최재천, 이한성, 강성천 등 8명의 의원들이 9건의 탐정법을 발의했으나 사생활 침해 우려의 이유로 번번이 철회되거나 임기 만료로 폐기되었다.

윤 의원은 "OECD(경제협력개발기구) 34개 가입국 중 탐정업이 제도화되지 않은 나라는 우리나라가 유일하다."며 "사실조사 수요가 폭발적으로 증가하고 있지만 국민들은 합법적인 탐정 서비스를 이용할 수 없는 실정에서 탐정업이 도입되면 국민권익 보호에 기여하고, 우리나라 사회경제의 투명성과 안정성을 제고할 것"이라고 법 제정 취지를 밝혔다.

제정안은 국가 공인탐정 자격제도를 도입해 민간조사 서비스를 활성화·대중화하고 탐정 업무에 대한 구체적 규제 및 처벌규정을 마련해 기존에 제기되었던 사생활 침해 문제를 최소화하는 것을 골자로 하고 있다.

제정안에 따르면 공인탐정은 경찰청장이 실시하는 '공인탐정 자격시험'에 합격하고 등록 절차를 밟아 경찰청장에게 등록증을 교부받아야 활동이 가능하다. 단, △경찰공무원 △검찰청 △국가정보원 △군수사기관 직원 중 수사·정보 등 유사 업무에서 10년 이상 종사한 경우 자격시험의 일부를 면제받을 수 있다.

공인탐정의 업무 범위는 △미아·가출인·실종자·소재 불명인·불법행위자에 대한 소재 파악과 관련된 사실조사 △도난·분실·도피자산의 추적 및 소재 확인과 관련된 사실조사 △의뢰인의 권리보호 및 피해 사실과 관련된 사실조사 등으로 규정했다. 동시에 '다른 법령에서 금지·제한하는 행위 및 개인의 권리 이익을 침해하는 일이 없도록 해야 한다'고 명시하고 이에 따른 처벌규제도 마련했다.

국가 안보 또는 기밀 관련 정보를 수집하거나 사실조사를 할 경우 10년 이하의 징역 또는 1억 원 이하의 벌금, 사실조사 관련 상대방을 △폭행 △협박 △체포 △감금하거나 위계 또는 위력을 사용한 경우 5년 이하의 징역 또는 5,000만 원 이하의 벌금에 처하게 된다.

윤 의원은 "탐정은 박근혜 정부의 '신직업 발굴 프로젝트' 41개 직업 중 하나"라며 "일자리 창출이라는 현 정부 창조경제의 핵심전략으로서 조속히 국회 통과가 필요하다"고 말했다.

[매일경제, 2016년 9월 9일 기사 발췌]

참고로 관련 내용은 2014년 저자인 이인기 前 국회의원(16·17·18대, 경북 칠곡)이 당시 시대적 상황에서 저자의 판단과 자료, 통계 등을 토대로 주관적으로 작성한 내용인 만큼 지금과의 내용이 다소 상이할 수 있음을 양지 바라며, 저자의 입장과는 다를 수 있음을 알려드린다. 어디까지나 큰 틀에서 민간조사업의 개괄적인 내용의 이해를 도모하고자 작가가 출판사의 동의를 얻어 발췌한 내용이고, 민간조사업 도입이 필요한 시기가 되었다는 것을 알리기 위한 생각이므로, 순전히 이 글을 읽는 독자들의 독자적인 판단에 맡기며, 객관적으로 참고하여 주길 바란다.

〈생각해 보기〉

배우자의 불륜을 의심, 흥신소에 부탁하여 오히려 피해를 당한 이성현(50세, 남)의 사례

의사로 일하고 있는 이성현(50세, 남)은 매일 환자들로 병원이 넘쳐나 눈코 뜰 새 없이 바쁘게 지내고 있다. 어느 날 집안 살림을 하고 있는 배우자를 위해 큰맘 먹고 차를 한 대 사주게 된다. 그간 집안에 소일했다는 이유로, 대학생이 된 자녀들을 학교에 데려다 준다는 명목으로 통 크게 한방 쏜 것이다. 부인은 남편의 호의에 너무 감사했고, 차의 성능도 테스트해볼 겸 시내 쇼핑 겸 드라이브를 하기로 마음먹고, 남편이 병원에 출근한 날, 차를 몰고 시내를 달리기 시작하였다.

그런데 신호대기로 정차중이다 신호가 바뀌어 출발하려는 사이, 차선을 바꾸는 차량을 발견하지 못하고 추돌사고가 발생하게 된다. 차량이 고가이다 보니 부득불 보험처리를 하여야 해서, 차량의 보험회사에다 신고를 하여 보험적부를 받고 처리를 하기 위해 기다리니 훤칠한 키의 보험회사 직원이 상냥하게 사고의 자초지종 등을 물으며, 걱정스런 말과 함께 사고처리를 깔끔하게 해주는 것이 아닌가. 사고로 당황하여 정신없었는데, 보험회사 직원의 친절함과 외모에 호감을 느낀 나머지, '언제 저녁이나 한번 하시죠?'라고 제의를 하고 날짜까지 잡게 된다. 그리고 정해진 날짜에 테라스가 있는 조용한 레스토랑에서 식사를 같이 하였다. 초면이지만, 와인도 한잔 하며 사고처리를 잘해주어 고맙다고 인사도 전하며 그렇게 즐거운 시간을 보냈다.

그리고 나서 헤어졌는데, 1주일 후 그 보험회사 직원으로부터 사고 때문에 그런데 한번 만나자고 연락이 오게 된다. 약속장소로 나간 박보경(가명, 48세, 여)은 식사를 같이 한 후 보험회사 직원의 집에까지 태워주겠다는 호의에 같이 차량을 타고 오던 중 깜박 잠이 들었는데 일어나 보니 믿을 수 없는 일이 벌어졌다는 걸 알게 되었다. 자신은 옷이 벗겨져 있고 보험회사 직원은 자신을 물끄러미 바라보고 있는 것이었다.

그 이후 그 보험회사 직원은 수시로 전화를 하고, 박보경은 그와 말할 수 없는 관계를 지속하는 사이로 전락하고 말았다. 본래 원만한 부부관계도 아닌 데다가 준강간을 당했음에도 그런 광경을 촬영하고 그것을 약점으로 잡아 이러지도 저러지도 못하게끔 만들어버린 것이었다. 이를 알 리 없는 남편 이성현은 매일 병원으로 출근했고 그렇게 세월은 지나가는 듯했다.

이후 보험회사 직원인 박수길(가명, 35세, 남)은 그녀의 몸을 탐하는 것도 모자라 가진 재산을 하나둘씩 줄 것을 요구하며 더 나아가 시댁의 금쪽같은 땅도 본인 소유로 이전하는 등 극도로 파렴치한 범행을 저지르고 만다.

그러나 그것도 오래 가지 못했다. 병원으로 날아온 재산압류 통장으로 이성현은 그간 부인의 불륜 사실을 알게 되었고, 심부름센터를 통해 부인의 불륜 사실의 증거를 확보하려고 하였다. 거액을 주고 초조하게 그 결과를 기다리던 중, 심부름센터로부터 만나자는 제의에 만나 보니 여러 가지 불륜을 의심할 만한 사진들 및 음성녹취를 받을 수 있었으나 심부름센터에서 본래 약속했던 금액보다 훨씬 높은 거액을 요구하여 눈물을 삼키며 내어 줄 수밖에 없었다. 이렇듯 우리 주변에는 많은 심부름센터가 난립하고 검은 유혹의 손길을 뻗을 순간을 기다리고 있다.

〈생활 속 법률－개인정보보호〉

심부름센터에서 불륜현장 등의 사진 등을 촬영해 의뢰인에게 제공하고 부당이득을 챙긴 경우는 '신용정보보호법 위반 등'으로 처벌을 당하게 된다.

15

K-POP 열풍의 언저리에서

요즘 케이블 방송을 보다보면 K-POP 열풍이 대단하다는 것을 느낀다. 간간이 딸과 함께 음악방송을 보는데, 출연자들이 많은 노력을 한 결과로 상당히 노래를 잘 부르고, 춤도 잘 추는 등 보는 재미가 쏠쏠하다. 얼마 전 둘째 딸이 일산에서 개최된 K-POP 노래 콘테스트에 나간다 하며 지원서를 작성하여 지원하였는데, 1차 심사에서는 합격이 되고, 2차 심사 때는 탈락을 하였다는 이야기를 들었다. 많은 지원자들의 틈바귀에 끼어서 도전했다는 것만으로도 결과를 떠나 의미 있는 도전이었다고 말해주고 싶다.

많은 청소년들이 각자 꿈과 희망을 가지고 연예인이 되기를 희망하고 있는 듯하다. 전국 곳곳에서 예비 연예인이 되기 위해 음악 소속사에 지원하여 심사도 받고, 능력을 인정받으면 오랜 기간 연습생으로 소속된 회사에서 가수가 되기 위한 자질을 검증받고 능력을 발굴하여 키워주어 당당히 연예계에 발을 디디는데, 그 과정을 통과하기가 여간 힘든 게 아니라는 것을 알고 있다. 그런데도 많은 청소년들이 그곳에 들어가려고 온갖 수단과 방법을 가리지 않고 도전하는 모습이 안쓰럽기까지 하다. 그런 열풍을 보며, '왜 그렇게 열광하는지?' 자못 궁금해졌다.

생각건대, 태어날 때 소위 금수저의 집안에서 태어나지 않고 흙수저의 집안에서 태어나 살아가면서 성공하기란 여간 어렵지 않은 게 현실이다. 그럼에도 인간은 누구든 남에게 자신의 능력을 발휘할 수 있고, 그로 인해 많은 사람들의 박수갈채를 받을 수 있다면 그게 성공한 것이라고 믿게 된다. 그렇게 많은 사람들의 스포트라이트 받기를 희망하고, 그런 희망이 곧 기성세대가 이해 못 하는 K-POP 열풍으로 이어지는 것 같다.

많은 걸그룹, 남성 그룹들의 외모도 한몫하는 것 같다. 여신, 꽃미남으로 불리는 연예인들을 만나기 위해 몇 날 며칠을 방송국 앞에서 기다리다 만나고 싶어 하던 연예인들이 지나갈 때 환호성하는 모습은 이제 어제오늘의 광경이 아니다. 너무도 자연스런 광풍이 불고 있는 것이다. 그런 연예인을 보며 '나도 연예인이 되면, 저런 대우와 선망을 받게 될 텐데……' 하는 심리도 이런 광풍의 저변에 깔려 있는 것 같다. 도심의 연기학원이라든가, 음악학원에 많은 사람들이 모이는 것도 그와 무관하지 않다는 생각이 든다.

그러나 자신이 가지고 있는 능력의 마지노선을 인정하고, 고려하여 희망하는 것에 대하여 노력은 해보되, 그 길이 아니라고 생각되면 바로 방향을 선회하는 현실성 있는 대안도 고려해야 한다. 공부를 하여야 할 중요한 시기에 '친구 따라 강남 간다'라는 식으로 무작정 동경의 늪으로 빠진다면 자칫 돌이킬 수 없는 후회를 하게 되기 때문이다. 인생을 살면서 내가 희망하는 삶에 대하여 방향을 결정하고 도전해야 하는 무수한 선택의 기로에 우리는 서게 된다. 그 선택에 나의 능력과 주변 환경이 맞아 떨어지면 희망대로 성공하게 되는 것이고, 여러 가지 제반여건이 반겨주지 않을 시에는 원대로 이루어지지 않는 것이 다반사이다.

'순간의 선택이 10년을 좌우한다'는 이야기가 있는데, 자칫 '순간의 선택이 평생을 좌우할 수 있다'는 것을 항시 고려해야 한다. 나는 어릴 적 성격이 내성적이었다. 중학교 때 음악시험을 볼 때 친구들 앞에서 노래를 몇 소절 부르면 선생님이 그걸 듣고 평가를 하는 과정이 있었는데, 성격이 소심하고 내성적인 탓에 남 앞에 나가기가 무서워 친구들 앞에 서지도 못했고, 노래도 못 불렀던 기억이 있다. 그만큼 내성적인 성격 탓에 남들 앞에 나서는 것이 두렵기까지 하였다. 하지만 군대를 갔다 오고 나서 성격이 완전 외향적으로 바뀌어, 오히려 지금은 남 앞에 서야 할 일이 있다면 제일 먼저 서려고 하는 능동적인 마음으로 바뀌어 있어, 나 자신도 성격 변화에 놀랍기만 하다. 그래서 남자는 군대를 갔다 와야 한다는 이야기가 있는가 보다.

요즘 한류스타들이 많이 해외에서 활동을 하고 있다. 해외에서도 많은 팬들이 한국을 방문하여 한류스타를 만나려고 하고, 팬 사인회라든가 자리를 빌려 해외 팬들과의 교류도 하고 있는 것을 보며 한국가수들의 위상이 많이 높아진 것을 알 수 있다. 다양한 걸그룹과 남성 인기 아이돌들이 한류스타로서 세계 방방곡곡 다니면서 좋아하는 노래를 부르고 한국을 대표하여 문화의 대사가 되어 소개하는 형국이 되니, 그야말로 일석이조의 활동을 하고 있다는 생각이 든다. 공인으로서 힘든 점도 많겠지만, 그들의 노력은 글로벌사회에서 한국을 알리는 알림이 역할을 하고 있다는 데 그 의미가 있다고 본다.

세계 각국의 많은 성공한 사람들의 삶을 여러 가지 다양한 콘텐츠를 통하여 들을 수 있다. 사업으로 성공한 사람, 음악으로 성공한 사람, 공직자로서 출세한 사람, 기타 많은 분야에서 본인의 능력을 발휘하여 사회적 저명가가 된 사람이 많다. 그들의 삶을 가까이서 접하기는 쉽지 않다.

나는 책 읽기를 좋아한다. 평소 틈날 때마다 많은 책을 읽는다. 좋아하는 파트도 딱히 없다. 그냥 도서관에서 손에 잡히는 대로 책을 읽는다. 요즘 인터넷이 발달하여 서점에서 책을 많이 안 사 보는 것 같다. 업계에서도 책을 사는 인구가 많이 줄어들어 울상이라고 들었다. 그럼에도 불구하고, 세상과의 다양한 경험을 할 수 있는 유일한 방법은 독서라는 생각이 든다. 책을 통하여 많은 이들의 사상과 인생철학을 공유하게 되고, 알지 못했던 다양한 지식을 얻게 되고, 많은 지식능력도 증가하는 등 독서를 함으로 얻게 되는 효용성은 이루 말할 수 없다는 생각이 든다. 민족주의자였던 안중근 의사가 '하루라도 책을 읽지 않으면 입 안에 가시가 돋는다'고 옥중에서 말씀하셨는데, 그만큼 책의 중요성을 강조한 것이라고 본다.

독서는 우리의 삶 속에서 해도 되고 안 해도 되는 선택사항이 아니라 필수라는 생각이 든다. 우리는 살아가면서 과연 어느 정도의 책을 읽고 있는가? 대다수 사람들은 바빠서 또는 이런저런 이유로 책 읽기에 투자할 시간이 많지 않은 것이 현실이다.

성공과 행복을 원한다면 책 읽기에 시간을 할애해보자. 보통 어떤 분야의 달인이 되려면 1만 시간이 필요하다고 한다. 내가 생각할 때 굳이 1만 시간이 아니더라도 책을 읽는 데 시간을 많이 투자한다면, 내가 선택한 책의 무게와 시간의 양만큼 나의 인격과 품격이 결정될 것이다.

여러분들은 지금 무슨 책을 읽고 있는가? 세상에 존재하는 모든 책 속에는 자그마한 진실 하나, 내가 배울 수 있는 새로운 가치가 숨어 있고, 내가 보물찾기하듯 그 속에서 가치를 찾아내기만 한다면 그로부터 우리는 새로운 통찰력과 지혜를 얻을 수 있을 것이다.

책 속에 내가 원하는 모든 답이 있고, 책 속에는 내가 갈 수 있는, 내가 가고 싶은, 내가 선택할 수 있는 수많은 길이 열려 있다고 본다. 독서는 살아가면서 앞으로 남은 인생의 준비와 삶의 생존도구로서 우리가 갖추어야 할 기본이고, 최고 수단이자 방법이라는 생각이 든다.

16

웃고 있지만, 웃는 게 아닌 슬픈 현실

가족여행 등 기타 공무로 해외에 나가면서 매번 비행기를 탈 때마다 흥분되었던 기억이 있다. 아직까지도 비행기라는 교통수단은 일반인들이 자주 이용하지 못하는 관계로 비행기를 탄다는 것은 선망의 대상이 되기 때문이다. 옛날에 비해 해외여행이 자유로워져서 휴가철을 맞이하여 많은 사람들이 해외로 나가고는 있지만, 보통 특별한 계획, 일정을 세워 나가고 있는 것이 현실임을 감안할 때 늘상 자주 이용하는 대중적인 교통수단은 아닌 것 같다. 요즘 어린이들 사이에서 비행기를 몇 번 탔는가를 가지고 자랑거리 및 비교 대상이 될 정도라고 하니 비행기를 탄다는 것만으로도 자랑거리가 될 법도 하다.

비행기를 탈 때 처음 기내 입구에서 맞이하는 사람은 아마도 스튜어디스일 것이다. 국적기의 스튜어디스들이 기내 입구에서 상냥한 웃음으로 승객들을 맞이하는 모습을 볼 때면 자연스레 기분이 좋아진다. 비행기가 이륙하여 목적지까지 가는 내내 기내 서비스를 하며 승객들의 불편함을 수시로 물어보고, 승객들의 요구사항을 낮은 자세로 들어주는 모습을 볼 때, 몸에 밴 직업적 자세일지 모르지만, 쉬운 일이 아니라는 생각을 종종 해보았다. 특히, 주변 지인들 중에 스튜어디스가 되기 위해 열심히 학원을 다니고 노력하는 이들의 말을 들어보면 현직에 있는 스튜어디스들의 행동이 그냥 평범하게 보이지 않았던 것도 사실이다.

2012년에 프랑스로 교육을 갈 기회가 있어, 국적기를 타고 간 적이 있다. 13시간의 긴 비행 내내 기내 스튜어디스가 친절하게 응대해주며 편의를 봐준 적이 있었는데, 다른 승객들을 응대하면서도 수시로 불편한 점이 없는지 물어보며, 진심으로 대해주는 모습에 너무 감동을 받은 적이 있다. 그렇게 노력하는 스튜어디스를 보면서, 승객 한 사람 한 사람에 대한 스튜어디스의 응대는 개인의 승객에 대한 기본적인 응대일지 몰라도, 비행기 내에 국내인을 비롯하여 다양한 해외에 거주하는 승객들이 탑승하여 있는 것을 감안하면, 결국 그런 노력들이 한국인의 친절함을 전 세계에 알리는 계기가 될 것이라는 생각이 들었다. 교육을 마치고 귀국하여 그때 기내에 있었던 스튜어디스의 친절에 감동하여, 홈페이지에 감사의 글을 남겼던 적이 있다.

우리 사회엔 소위 '감정노동자'들이 많이 종사한다. 대표적으로 스튜어디스, 대형마트 직원, 식당 종업원, 호텔에서 종사하는 분 등 일일이 열거하기 어려울 정도로 많은 분야에서 감정 노동자들이 근무를 하고 있다. 이들은 힘들고, 기분이 상해도 승객·고객·손님들에게 화를 내지도 않고 마냥 웃음으로 응대하며 근무를 하고 있다.

현대사회엔 다양한 직업군이 존재한다. 소위 화이트칼라 등 엘리트 집단으로 형성된 직업군은 사회에서 성공한 부류라고 인식되어, 그들만의 아우라가 있다. 그러나 감정노동자들을 비롯하여 많은 비정규직 노동자들도 우리 사회의 중요한 축을 구성하며, 각자 직장에서 열심히 일하고 있다. 이들의 웃음이 결코 가볍지 않다는 것을 알아야 한다. 그들의 입가에서 나오는 힘든 웃음을 우리는 존경해야 한다. 또, 그들을 격려하고 응원해야 할 것이다.

17

통일,
이젠 되었으면 좋겠습니다

'통일'이라는 단어를 늘 어릴 적부터 듣고 자랐던 세대이다. 그래서인지, 통일이라는 말을 할 때도, 들을 때도 그다지 낯선 단어가 아니라는 생각이 든다. 세계에서 유일한 분단국가인 우리나라가 반세기 동안 남과 북으로 나뉘어 적대적 대치를 하고 있는 상황에서 전쟁의 상흔은 아직도 우리에게 많은 것을 남기고 있다. 이제, 동족상잔의 비극을 끊고 한 몸과 한뜻으로 치유를 하는 길은 오직 통일뿐일 것이다.

어릴 적 유행가처럼 불렀던 노래 중 '우리의 소원은 통일'이라는 노래가 있다.

"우리의 소원은 통일. 꿈에도 소원은 통일, 이 정성 다해서 통일, 통일을 이루자. 이 겨레 살리는 통일, 이 나라 살리는 통–일. 통일이여 어서 오라. 통일이여 오라……."

기성세대들은 많이 불러 보았던 노래일 것이다. 그만큼 통일에 대한 열망이 컸기 때문일 것이다. 이 노래가 유행할 당시, 방송국에서 '이산가족 찾기' 프로가 있었고, 방송에서 남북에서 각각 헤어져 살다가 만난 형제들이 수십 년 만에 서로 껴안고 우는 모습을 볼 때, 눈시울을 붉혔던 적이 한두 번이 아니었던 것 같다. 지금도 실향민들은 북한에 두고 온 가족들을 그리워하며, 날마다 걱정스런 마음으로 하루하루를 보내고 있을 것이다. 그렇듯 전쟁으로 인하여 남북으로 갈라져 서로 대치상황에서 많은 상처가 남아있다. 그로 인한 물적 · 인적 피해는 가히 상당하다 하겠다.

통일이 되면 우리에게 도움이 될 좋은 부분은 많다. 무엇보다 반세기 동안, 북한의 남한에 대한 도발로 인하여 군비경쟁이 가열화 되고, 그에 따른 국방비 지출도 어마어마한 상황이다. 그 모든 것은 세금으로 갹출되고 유지되고 있으니, 통일이 되지 않는 이상 막대한 국방비 책정으로 국민적 부담금이 상당하다.

또한 매년 휴가철 해외의 수려한 자연경관을 구경하기 위해 더 많은 사람들이 해외여행을 다니는 추세이다. 하지만 통일이 된다면, 금강산 같은 천혜의 자연 경광이 있는 북한을 자연스레 구경 갈 수 있을 것이고, 압록강에 유람선을 띄워 관광코스로 개발할 수도 있을 것이다. 북한에는 아직 개발이 이루어지지 않은 자연 그대로의 풍경이 좋은 곳이 많을 테니, 충분한 관광개발로 새로운 여행코스를 개발하면 외국인을 비롯하여 많은 국내 여행객들이 북한을 여행할 수 있고 국내여행 증가로 인해 대한민국의 수입도 증가할 것이다.

또 다른 면도 있다. 바로 취업문제 해결이다. 요즘 우리나라는 청년 실업률이 사상 최고치를 기록하고 있다. 대학을 졸업한 우수한 자원들이 매년 물밀듯이 배출되는데, 막상 취업을 하려고 보면 바늘구멍 들어가기보다 어려운 것이 현실이 되어 버렸다. 명문대를 졸업하고도 아르바이트를 하는가 하면, 집에서 빈둥빈둥 지내는 고급인력들이 많은 것도 사실이다.

대기업에서 매년 신입사원을 뽑지만 턱없이 모자라다. 그렇기에 취업을 준비하는 모든 젊은 세대의 취업이 되지 않아, 하루하루 힘들게 살아가고 있다. 정부에서도 많은 노력을 기울이고 있지만, 글로벌 경제위기 등 국내 경기도 악화 일로에 있어 취업하기가 만만치 않은 것도 현실이다.

하지만 통일이 된다면, 바로 이런 문제는 일소될 것이다. 풍부한 천연자원이 많은 북한에 대기업들이 진출하여 새로운 일자리를 창출하고, 많은 신종직업이 늘어날 것이며, 공직자들의 진출도 늘어나는 등 취업문이 활짝 열릴 것이다. 북한의 젊은 인재들과 남한의 우수한 인재들이 교류하고 화합하여 각자 적재적소에 배치되고, 저마다의 역량을 발휘할 수 있는 가장 이상적인 선진국으로서의 도약이 이루어질 것이다.

통일이 된다면, 남북한의 이제까지의 적대적 관계가 해소되어 무장해제가 이루어지고, 방위비 부담이 없어져 군 입대로 인해 우수한 자원들의 역량이 사장되는 일이 없어지면, 불필요한 군대 문제도 충분히 사그라질 것이다. 또한 효율적인 군 조직 정비 및 군 문화의 개

편도 이루어져, 그로 인한 인력 효율화 및 예산 확보로 다른 곳에 예산을 투입하여 일등 선진국으로 가는 기틀을 마련하게 될 것이다. 그야말로 통일이 된다면 이루 말할 수 없는 잠재적 자산이 많아질 것이다. 우리가 예상치 못한 다양한 문화적, 사회적 혜택이 주어질 것이고, 전 세계가 주목하는 일등 국가로서의 위상도 제고될 것임에 틀림없을 것이다. 그것이 바로 '통일은 대박'이라고 할 수 있는 이유이다.

2장

경찰로서 살아온 나의 삶

01

산을 오르며

모든 것은 마음먹기에 달렸다!

날씨가 쾌청한 날이면, 간간이 짬을 내어 서울 근교 산을 오른다. 등산을 하는 사람이면 누구나 한 번쯤은 느꼈을 법한 여러 가지 좋은 점이 있다. 우선 연령·계층 상관없이 저마다 심신 단련을 위한 더없이 좋은 유산소 운동이다. 또한 이런저런 이유로 생각이 복잡해지면 모든 시름을 잊고 많은 생각을 하며 걸을 수 있는 운동은 등산만 한 것이 없다는 생각이 든다.

개인적으로 前者는 물론이거니와 後者에 더 등산의 참맛을 느낀다. 가끔 이런저런 고민이 있을 때마다 간단한 등산복 차림에 마실 물도 챙기고 복장과 등산장비까지 갖춘 후 집 근처 가까운 산을 오르곤 한다. 산자락을 한 걸음 한 걸음 걸으며, 주위의 많은 거목巨木의 잎새가 펄럭이며 바람을 간간히 불어주면 너무도 기분이 상쾌하다. 늘 다니는 코스지만 갈 때마다 새롭게 느껴지는 것은 등산만의 묘미가 아닌가 싶다.

산 입구 매표소에서 능선을 경유하여 걷는 동안 산길을 떠나 한 발자국, 한 발자국 걷는 발걸음은 힘들지만 소나무, 참나무, 물푸레나무 등 수려한 환경에 도취되어 바라보고 있노라면 어느새 피곤은 싹 가시고 새로운 기운이 다시 용솟음치는 것을 느끼곤 한다.

지나가는 등산객들에게 가벼운 목례를 하고 내가 지나간 흔적을 남기기라도 하듯이 나무의 중턱을 손바닥으로 치며 그렇게 산을 오른다. 8부 능선을 지나 정상에 다다르면 몸은 땀으로 흠뻑 젖는다. 중간중간 약수터에서 목을 축이고 다시 발걸음을 재촉한다. 오르면 오를수록 힘겹게 느껴지고 정상이 곧 목전에 왔다는 생각이 들면서도 동

아차산 산행을 하며

시에 '이젠 그만하고 하산할까?' 하는 생각이 끈질기게 들며 나의 인내심을 테스트하곤 한다.

누군가 '인생은 산을 오르는 것과 같다'라고 한 말이 정말 정확한 비유인 것 같다. 산자락 입구에서 다 같이 저마다의 목적지를 정해놓고 산을 오르지만 정상이 다가올수록 험난하고 협곡도 많다. 등산은 오르면 오를수록 아무도 돌아보지 않는 외로운 자기와의 싸움을 하고 있는 것 같이 느껴지니 우리네 인생사와 흡사하게 맞아떨어지고 있다는 생각이 든다.

여기서 포기하면 난 아마 정해놓은 산행 레이스에서 낙오가 되며 정상의 희열을 맛볼 수 없게 되지만, 참고 견뎌내 정상에 오르면 온 세상을 다 얻은 것 같은 자아도취自我陶醉의 기쁨을 맛볼 수 있으니 이래서 등산을 '인생의 축소판'이라고 하는가 보다.

산을 오르는 동안 내 앞에 먼저 가고 있는 등산객의 발걸음을 따라 걷다가 조금 더 빨리 가고 싶은 마음에 앞서서 갈 때가 있다. 하지만 어느 지점에 도달해 잠시 휴식을 취하려다 보면 뒤처져서 오던 등산객이 어느새 나보다 앞서가고 있는 것을 본다. 욕심은 과욕을 부르고 먼저 앞서갔다고 결코 그것이 앞선 것이 아니라 사실은 '오십보백보五十步百步'라는 평범한 이치를 깨닫게 되는 것이다.

산을 내려오면서 문득 행복이라는 것을 생각해 보았다. '행복의 기준은 무엇이며, 어떤 것이 과연 행복한 삶일까?' 하는 주제넘는 생각을 하며 상념에 빠져본다. 하산하는 중간에 누군가 나무 자락에 써놓은 글귀 하나가 눈에 들어왔다. "이 세상에서 가장 무서운 병은 '사랑받지 못한다고 느끼는 병'이에요……. 나 자신이 스스로 소중하고 행복하도록 하세요." 나만의 행복의 비법이 정리되는 순간이었다. 산을 오를 때 정상까지는 힘들었지만, 내려올 때의 발걸음은 너무도 가벼웠다.

비록 많은 재물을 가지지 못하고 남보다 높은 관직에 오르지는 못했지만, 건강하게 태어나서 하루하루 자기만의 만족을 누리고 단란한 가족과 알콩달콩한 삶을 영위해 나간다면, 그것이야말로 진정한 행복이 아니겠는가?

옛날 신라의 승려로 일심一心과 화쟁和諍 사상을 중심으로 불교의 대중화에 힘썼으며 수많은 저술을 남겨 불교 사상의 발전에 크게 기여한 원효대사(617~686)가 당나라로 유학을 가던 중, 어느 무덤 근처에서 잠을 자다가 새벽 잠결에 목이 말라 물을 마셨다는 이야기는 유명하다. 그 맛이 참으로 꿀맛 같았는데, 아침에 깨어나 확인해보니 해골에 고인 물이었음을 알고 구역질을 하고 말았다는 것이다. 하지만 그런 더러운 물을 마시고도 처음에 그렇게 꿀맛이었다는 생각을 한 것에 대해 '모든 것은 마음먹기에 달렸다'라는 '일체유심조'一切唯心造의 깨달음을 갖게 되었다는 이야기이다.

요즘 많은 사람들이 세상은 좋아졌는데 행복해하지 않는다고 한다. 큰 욕심 안 부리고 작은 것에 만족할 줄 알고 긍정적으로 건강하게 산다면, 그것이 바로 진정한 행복이라는 것을 느끼며 상쾌한 산행을 마쳤다.

친한 친구인 김병철, 김민규와 함께한 산행 사진

02

한강고수부지를 걸으며

국회에 근무하면서 국회의사당 부근 한강고수부지를 간간히 걸으면서 이런저런 생각을 많이 한 적이 있다. 국회 주변 남문을 지나, 여의서로를 총총걸음으로 걷다가 보면 주변의 많은 꽃들과 나무들이 푸른 자태를 과시하며 도심에 지친 많은 시민들을 가슴으로 안으며 우리를 반겨주고 있다. 하루 일상에 지쳐 그나마 심신을 달래기 위해 한강변의 유람선, 수상 스키를 즐기는 사람들을 보고 있노라면 삶이 풍요로워지는 느낌은 물론 행복한 마음이 들 때가 많다.

하루하루 다람쥐 쳇바퀴 돌듯이 무미건조하게 보내다 보면 나 자신을 돌아볼 시간이 부족한 것이 사실이다. 평범하지 않은, 그러나 평범한 삶을 살면서 하루의 일과를 돌이켜 볼 수 있는 유일한 시간은 가볍게 산책을 하며 묵상에 잠기는 때이다. 한강 주변에서 많은 다정한 연인들이 자리를 펴놓고 간단한 음식을 먹는다든지, 한강둔치에서 노래를 부른다든지, 자전거를 탄다든지, 달리기를 한다든지…… 눈에 들어오는 한강 주변의 풍경은 그야말로 생기가 돈다.

언제부터인가 우리의 삶은 '빨리빨리'로 익숙해져 버리고 하루하루가 초스피드로 변화하는 시대에 살고 있다. 그러다 보니 진작 나의 삶도 그런 초스피드의 시대에 던져져 세월이 너무도 빨리 지나가고 있다는 것을 느끼고 있다. '느림의 미학'이라는 말처럼 잠시 몇 초라도 좋으니 자신을 돌아볼 수 있는 시간을 가져보길 권하고 싶다. 꼭 그것이 산책 등이 아니더라도 기도, 묵상, 나만의 상념의 시간을 가지면서 하루의 삶을 반성하고 더 나은 내일을 위해 고민하고 계획하는 시간을 가져보길 희망한다.

많은 사람들이 매일 한강고수부지를 걷고 있다. 연령층도 다양하다. 소일거리도 다양하다. 생각하는 것도 다양할 것이다. 처한 상황도

한가로이 요트가 떠다니는 한강 풍경

다양할 것이다. 그러나 그 누구도 시간의 흐름을 거역할 수 없는 것은 똑같다. 그렇기에 주어진 하루하루를 즐겁고 행복하게 보내길 바란다. 그 행복이 거창할 필요는 없다. 가까운 가족 또는 지인들과 알콩달콩 알토란 같은 시간을 가지며 즐겁게 보낸다면 그게 행복한 삶이 아닌가 싶다.

개인적으로 약속을 잡거나 이동 시, 대중교통인 지하철을 많이 이용한다. 지하철을 타기 위해 플랫폼에 서 있다 보면 간간히 더듬더듬 지팡이를 두드리며 전동차 안으로 걸어가는 사람들 혹은 신체가 부자유스러워 남의 도움을 받아야만 움직일 수 있는 사람들을 본다. 물론 그런 분들을 무시하거나 폄하하려는 것이 아니니 오해가 없길 바란다.

그런 사람들을 보면서 '내가 건강한 신체로 생활할 수 있다는 것'만으로도 나는 행복한 사람이라고 느낀 적이 있다. 남의 불행이 나의 행복이라는 것이 아니고, 남의 불행을 내 일처럼 여기고 나도 그렇게 되지 말라는 법이 없으니 그런 사람들에게 많은 빚을 지고 산다는 생각으로 남을 도울 수 있다면 기쁜 마음으로 도우면서 살아가는 삶이 필요하다는 것이다.

재산이 많다고 행복하지 않고, 명예가 높다고 결코 행복하지 않다. 행복은 채움이 아니라 비움이다. 많을수록 좋은 것이 아니라, 비울수록 좋은 것이다. 불가에서 강조하는 것 역시 소유에 대한 집착을 내려놓으라는 것이다. 소유에 대한 집착과 탐욕이 나를 괴롭히기 때문에 이러한 세속적인 것들에서 해방되어야 진정한 자아를 찾을 수 있다는 것이다. 무언가를 갖고자 하는 것은 그 무엇에 대하여 집착하는 것을 말한다.

우리는 돈에 대한 집착이 너무 강한 현실에 살고 있다. 돈은 생계가 보장되는 단계만 지나면 사실 행복에 별다른 영향을 미치지 않는다. 오히려 돈에 집착할수록 더 이기적이며 경쟁심과 비교심리로 우울해진다는 전문가들의 이야기도 있다. 많은 돈을 소유하고 있어도 그 행복감과 성취감은 그리 오래 가지 못한다고 한다. 결국 그 집착을 내려놓아야 행복해질 수 있다 는 것이다.

지나침은 모자람만 못하다는 말이 있다. 요즘은 지나침이 너무 많은 것이 문제다. 물질이 행복을 위한 필요조건은 될 수 있지만, 충분조건은 아니다. 아무리 가진 것이 많아도 자기만족이 없으면 결코 행복할 수 없다. 행복은 내가 가진 것에 만족하고 더 이상 욕심을 내지 않을 때 비로소 오는 기쁨이다. 우리는 이미 부자이다. 행복은 스스로 만족하는 자의 몫이다. 다만 자꾸 주변의 남과 비교함으로써 스스로를 불행하게 만들고 있는 것이다.

지금 처한 상황이 아무리 힘들고 어렵더라도 우리의 인생을 즐겁고 아름답게 가꾸어 가려고 노력해야 하지 않을까? 한 번뿐인 인생을 소중하게 가꾸어 가야겠다. 인생이라는 시간은 짧다. 그렇기에 누군가 죽음에 다다르면 살아왔던 한평생이 주마등처럼 순식간에 지나간다고 한다. 한 편의 영화처럼 말이다.

지금 건강하게 살아있다 해도 누구에게나 공평하게 죽음이 다가온다. 그건 거역할 수 없는 인간의 숙명이다. 하루살이에게 주어진 시간은 하루뿐이다. 아침에 태어나 저녁이면 죽음을 맞이한다. 삶이 시작됨과 동시에 삶의 종말이 다가온다. 삶과 죽음은 동질선상에 있다고 해도 과언이 아니다. 죽음은 삶의 마지막 종착지이다. 그래서 인생의 하루하루를 어떻게 잘 사느냐, 즉 어떻게 살다가 죽어야 하느냐는 문제만이 남게 된다.

우리가 아무리 죽음을 회피한다 해도 결국 100살 언저리에서 다 죽음을 맞이하게 된다. 아무리 건강하게 살았다 해도 90살이 넘으면 혼자 생활을 하기에 힘이 들 정도로 건강이 노쇠해질 수밖에 없다. 무병장수하면서 오래 사는 것도 좋지만, 결국 사는 동안 하루하루 최선을 다해서 보람되게 사는 것이 더욱 중요하다 하겠다.

만일 하루살이의 인생이라고 하면, 하루밖에 살지 못할 터인데 원망만 하고 신세타령만 하고 있기엔 너무도 짧은 시간이 아니겠는가? 고통 없는 인생은 없다. 그 고통을 느끼며 삶을 부정하기엔 너무도 짧은 인생이다. 하루하루를 감사하는 마음으로, 열심히 사랑하며 행복하게 살아가야 하겠다.

영화 '죽은 시인의 사회'에서 키팅 선생이 아이들에게 희망과 용기를 주기 위해 자주 해주었던 말로 '카르페 디엠'이 있다. 현재에 만족하고 현재에 충실하라는 라틴어이다. 결코 행복을 미루지 마라. 지금 이 순간을 즐겨라! 카르페 디엠…….

〈김수환 추기경의 '우리가 서로 사랑하는 것' 의 일부 내용〉

아침이면 태양을 볼 수 있고 / 저녁이면 별을 볼 수 있는 / 나는 행복

합니다.

잠이 들면 다음 날 아침 깨어날 수 있는 / 나는 행복합니다.

기쁨과 슬픔과 사랑을 느낄 수 있고 / 남의 아픔을 같이 아파해 줄 수 있는 가슴을 가진 / 나는 행복합니다.

한강고수부지의 행복한 남매상

03

인생의 황혼기에서

행복은 나이순이 아니잖아요?

요즘 지인들에게 가장 많이 듣는 이야기 중 하나는 '세월이 너무 빠르다'라는 것이다. '엊그제 20세 같았는데 벌써 40, 50, 60을 훨씬 넘었다'는 등, '세월이 화살 같다'라는 등……. 생각해봐도 정말 시간이 화살 같아서 세월이 빨리 흘러가고 있다는 것을 실감한다. 아이들이 커가는 모습을 보면서도 나이를 먹어가고 있구나 하는 생각을 하게 된다.

마음은 늘 청춘이지만, 나이에는 장사가 없는가 보다. 연세 드신 어르신들을 볼 때마다 힘겹게 걸어가는 모습, 계단을 오르시면서도 한 계단, 한 계단 조심스레 오르는 모습을 보며 단순히 그 광경이 남의 일이 아닌 것처럼 느껴진다. 지하철을 탈 때도 경로석에 앉아있는 어르신들을 볼 때마다 왠지 측은하게 느껴지고, 어떤 분들은 젊은이들

못지않게, 아직 충분한 골격을 유지하고는 계시나, 백발로 뒤덮인 머리 모습을 볼 때 세월의 무상함을 느끼지 않을 수 없다. '누구나 나이를 먹어가는데', '세월을 비켜갈 수 없는데', 그런 생각을 하면, 하루하루 건강하게 살고 곱게 늙어가야겠다는 나만의 마음속 다짐을 하지만 자연의 힘에는 한없이 약한 것이 인간일 수밖에 없다는 생각을 하니 내 자신이 너무도 초라해진다.

고향에 있는 어머니께 안부전화를 드릴 때마다 제일 먼저 물어보는 것이 '건강은 어떠세요?'이다. 늘상 마음으로 '당신도 언젠가는 돌아가실 건데 살아생전에 최대한 성심성의껏 자식의 도리는 해야겠다'는 생각 및 다짐을 하곤 한다. 간간이 방송이라든가 언론에서 자식이 가정 문제로 부모를 살해하였다는 사건이나 부모의 꾸지람에 화가 나서 폭행을 하였다는 이야기 등을 접할 때마다 너무도 화가 나고 천륜天倫을 무시한 그런 패륜아들을 가만두어선 안 된다는 생각으로 울화가 치밀곤 한다. 살아생전 부모님에게 효도는 못 할 망정 그런 비정非情의 행위를 한 자식들의 입장을 도저히 이해할 수

존경하는 어머니와 사랑하는 딸과 함께

가 없다. 안타깝게도 그런 사건이 많이 발생하고 있다는 것이 심각성을 더하고 있다. 아마 모르긴 몰라도 언론에 보도되지 않은 사건이 비일비재할 것으로 생각된다.

우리나라는 예부터 동방예의지국東方禮義之國으로 부모님에 대한 공경심과 효도를 몸소 실천하여 왔고, 대가족 시대를 거쳐 집집마다 어르신들을 모시고, 어르신들의 가르침을 배우며, 孝사상이 몸에 밴 예절의 나라였다. 하지만 언제부터인가 핵가족이 되고, 인터넷 및 서양의 저질문화가 급속도로 보급되면서 상하 간, 가족 간 동질감이 해체되어 많은 병폐를 야기하고 있다는 생각이 든다.

부모님들이 안 먹고 못 입고 어렵게 자식들을 키워 좋은 대학에 보내고 취직이 되도록 도와주며 장가에 시집까지 다 보내주어도 그 은덕을 모르고, 부모님을 멀리하고, 부모님에게 제대로 자식 된 도리를 못 하는 그런 풍토가 조성되고 있는 것 같아 안타깝기 그지없다. 그로 인한 고부갈등姑夫葛藤도 상당하여 자식에게 부모가 오히려 짐이 되는 세상이기도 한다. 물론 부모님에게 성심성의껏 효도하여 효부상 등을 받을 정도로 훌륭한 분들도 많지만, 전체적 사회풍조로 볼 때 인정하고 싶지 않은 사회의 현 상황이기도 하다.

더욱 심각한 것은 우리나라가 다른 나라에 비해 교육열이 심하여, 자식들을 위하여 가진 것을 다 교육비 등으로 지출하여 정작 당신들은 노후 준비 없이 지내는 '워킹 푸어'Working Poor로 전락해버리는 경우가 많다는 데 있다. 그러다 보니, 나이가 들어 이런저런 이유로 생활비가 필요한데 자식들에게 부탁도 못 하는 그런 상황이 되어 혼자 쓸

쓸히 죽어가는 비극이 연출되고 있다. 지금이라도 살아계신 부모님께 따뜻한 밥이라도, 살가운 안부전화라도, 가까운 곳에 여행이라도, 무엇이든 좋으니 몸소 실천해보자…….

〈어머니〉

– 鄕川 이광재 –

그대 계신 자리에도
이름모를 꽃들이 피어서
향기를 자아냅니다.
하늘나라에서도
세상 속에 아름다움을
보고 계시지요.
영원히 마르지 않을 것 같은 눈물이
흐르는 시간을 속에서 잡아둡니다.
유년의 꿈을 간직한 채로
우리 영원히 함께
오순도순 살자꾸나.
생전의 이 말씀은
지금도 살아있는데
이젠

어머니와 떨어진 날들만큼
깊게 자란 잔디만
나를 반겨줍니다.
어머니, 어머니 아시지요
제가 많이 보고 싶어 한다는 거.

〈생각해 보기〉

자식들을 위해 노력하다 저세상으로 간 박갑성(가명, 65세)의 이야기

시골 농촌에서 태어난 박갑성 씨는 한 끼 끼니를 걱정해야 하는 농부의 아들로 태어났다. 늘 부모님은 밭으로 일하러 나가고 혼자서 집을 지키며 있는 것이 일상이었다. 그러다 보니, 어린 박갑성 씨는 가난을 탈피하는 것은 오직 공부뿐이 없다는 기특한 생각을 하고는 늘상 공부에 매진하였다. 목표가 있고, 하고자 하는 의욕이 강하다 보니 성적이 쑥쑥 올랐다. 초등학교, 중학교를 우수한 성적으로 졸업하고 서울에 있는 외삼촌의 권유로 서울에 있는 고등학교로 전학을 가게 된다. 역시 서울에서도 열심히 공부하여 고등학교에서도 상위권을 줄곧 유지하고 부모님을 비롯하여 친척들에게 사랑을 한 몸에 받았다. 늘 공부하는 습관이 몸에 배고, 꿈도 원대하여 당당히 서울 명문대에 입학하였다.

성적이 좋아서 전액 장학금을 타게 되어, 아무 걱정 없이 공부만 하면 된다는 생각으로 열심히 공부하였다. 대학 졸업 후 군대를 다녀와서 대기업 입사시험에 당당히 합격하여 부모님을 비롯하여 친척들의 기대에 부응하게 되었다. 이후 결혼도 하여 아들 두 명을 낳고 탄탄한 가정을 꾸려나갔다. 그야말로 남부러울 게 없는 집안이었다. 대기업 입사 이후, 승승장구하여 결국 임원도 되었으니 경제적으로도 풍족하게 되었으나, 한 가지 걱정거리가 있었다. 아이들이 아버지의 바람처럼 공부를 잘하지 못하여 항상 마음이 편치 못했던 것이다. 동료나 상사, 부하직원들은 다 아들이 공부를 잘할 거라 예상하지만 실상은 그렇지 못하여 집안 이야기만 나오면 꿀 먹은 벙어리처럼 입을 다물기 일쑤였다. 또, 회사 임원이다 보니, 회사일로 바빠 자식들에 대하여 그다지 관심을 가져줄 수 없었고, 부부 사이도 썩 좋지 못하여 자식들은 방류상태였다.

그렇게 세월이 지나가고 어느덧 회사에서 퇴사를 하게 되었다. 이제부터는 개인 소일거리도 좀 하고, 운동도 하면서 집에서 편히 지내야겠다는 생각을 가지고 집에서 지내기로 했으나, 실상은 그렇지 못했다. 같이 있던 부인부터 대학생이 된 자식들까지 누구 할 것 없이 퇴직한 아버지를 살갑게 맞이하기는커녕, 집에 있어도 말 한마디 안 하는 그런 냉랭한 사이로 지내게 되었다. 명색이 회사 대기업 임원이었는데 집에서는 꾸어다 놓은 똥자루처럼 대하니, 자존심이 상하기가 이루 말할 수 없었다.

집안의 가장인데 오히려 가족들의 눈치를 보며 매일 일상은 등산이나, 아는 친구들을 만나 술잔을 기울인다든가 하여 밖에서 지내는 날들이 하루하루 늘어만 갔다. 그러던 어느 날, 아는 친구에게 '시골에 좋은 땅이 있는데 투자 좀 하라'는 권유를 받고 가지고 있던 일부 목돈을 투자하게 된다. 이후 알고 보니 그건 사기였다. 믿었던 친구가 그렇게 사기를 친 것이다.

한동안 실의에 빠져 사람 만나기가 겁이 났고, 설상가상으로 가족들의 외면은 극에 달했다. 그러다 보니, 술을 먹는 횟수가 잦아지고, 술을 먹고 들어온 아버지와 자식 간의 말다툼도 이어지고, 점점 더 분위기가 악화되었다. 급기야, 자식들이 잦은 술자리를 하는 아버지에게 덤벼들게 되고, 손찌검까지 하는 상황으로 이어졌다.

이제 더 이상 집은 그만의 보금자리가 될 수 없었고, 한시라도 있으면 가시방석 같은 이방인이 된 듯한 입장이 되었다. 혼자 있는 날이면 아무런 이유 없이 눈물이 나고, 자식들을 생각하며 옛날처럼 부자지간으로 잘 지냈으면 하는 생각을 하면서도, 더 이상 옛날로 돌아가기에는 늦어버린, 돌이킬 수 없는 감정악화로 치달아 있는 현실이 너무 슬프고 괴롭기만 했다.

그러던 어느 날, 이렇게 살아서는 안 되겠다는 극단적인 마음이 불현듯 드는 순간 그를 말리는 사람은 옆에 아무도 없어 한치의 고민도 없이 아파트 옥상에서 몸을 던지고 만다. 주검으로 돌아온 영안실에서 부인과 자식들은 때늦은 후회 아닌 후회를 하고 만다…….

04

긍정적인 생각으로 하루하루 최선을 다하는 삶

오늘 한 친구로부터 '좋은 저녁자리가 있으니 오라'는 연락을 받았다. 그 자리에 가면 현란한 네온사인이 비추고 신나는 음악이 함께하며 그야말로 재미있는 엔터테인먼트가 기다리고 있는 놀이판이 벌어질 게 분명했다. 그러나 나는 그런 자리는 될 수 있는 한 가리는 편이어서 친구들에게 미안하지만 사양했다.

'생각하는 갈대' 프랑스의 철학자인 파스칼의 위대한 말을 빌려 조용히 사색에 잠겨 보았다. 우리의 생활은 미래를 지향하면서 참되고 값있게, 아름답고 명랑하게, 그리고 모든 것을 긍정적으로 생각하면서 생활해야 한다고 본다. 그러나 우리 인간은 현실에 유혹되고, 모든 것에 약한 것이 사실이다. 무엇을 보거나 생각하는 것이 사람 따라 차이는 있지만 인간은 신이 아닌 이상 현실의 유혹에 빠져들기 십상이다. 부정적인 생각을 하게 되면 우리의 두뇌에서 부정적인 행위와 생각이 맴돌고, 긍정적인 생각을 하게 되면 긍정적인 사고가 생활화된다.

우리들의 생활은 조각가가 심혈을 기울여 그 조각품을 예술적 가치로 만들기 위해 온갖 정성을 다하여 완성했을 때 기쁨을 맛보듯 나날이 반성하면서 하루하루 최선을 다해 살아가야 세상에서 제일 값있고 존경받는 사람이 되지 않는가 생각한다.

부유하고 가난한 차이는 아무 의미가 없다. 잘나고 못나고의 가치관을 어디에 두든 역시 무의미하다. 부유하고 외관이 잘났다고 올바른 인격자가 될 수 없으며 또 행복일 수 없다. 또 가난하고 외관이 못났다고 불행한 것만은 아니다. 돈 많고 저 혼자 잘났다고 으스대며 무절제하고 오만하게 살면서 못된 짓만 하는 이들 역시 불행한 사람이다. 특히 도로에서 교통법규 위반행위를 하여 단속하는 경찰관에게 자기의 잘못은 모르고 "너 XX, 높은 사람에게 알려 목을 자르겠다." 고 큰소리치거나 서민들에게 돈 있다고 과시하는, 소위 갑질을 하는 사람들을 만날 때는 허탈감과 자괴감이 많이 들 것이다.

될 수 있으면 어려운 사람을 돕고, 남을 위해 항상 긍정적인 생활습관에 젖어야 한다. 자기만 잘 살면 된다는 독선적 이기주의나 한 자리를 잡으면 '이때다'하고 온갖 부정과 권모술수를 자행하며 독식하는 추한 위정자들! 이 모두가 윤리와 도덕성이 결여된 데서 비롯되고 있는 것이다.

우리는 현실에 대해 '어떻게, 좀 더'라는 부사구를 생각하면서 '생각하는 갈대'가 되어야 한다. 인간의 기본 욕구에만 집착하는 생활을 떠나야 한다. 시간과 공간의 위치를 잘 이용하는 만물의 영장으로서 우리는 인간다운 값있는 생활을 해야 한다. 부러워해야 할 것은 대통령이나 고관대작이 아니다. 이기적 자아를 망각하고 남을 사랑하면서 이웃과 남을 위해서 살아가는 보통 사람이 되어야 한다. 최선을 다해 정직하고 성실하며 긍정적인 사고로 어떤 어려움에 부딪치더라도 올바른 행동과 생각으로 이를 극복해 나가는 삶이 중요하다 하겠다.

05

밤으로의 초대

"분대장님 근무시간입니다. 일어나시죠."

오늘도 어김없이 밤잠을 깨우며 근무시간을 독촉한다. 서울청 경비부서에 들어온 지도 벌써 3개월이 다 되어 가는데, 아직도 나는 밤과의 전쟁을 하고 있다. 이 부서에 들어오기 전까지는 늘 일근근무를 해서 밤에 규칙적으로 자는 버릇이 있어서인지, 아직 밤 근무가 익숙지 않다. 그러나 눈을 비비며 부스스 일어나 정해진 야간근무 시간에 초소를 왕래하며 분대원들과 이야기도 하고, 분대원들의 일상사도 듣고, 애로사항도 들으며 점점 밤의 시간들이 익숙해져 간다. 오히려 이 시간들이 나에게는 소중하게만 느껴진다.

그러는 와중에 초소 부근을 매일 정해진 시간에 와서 따뜻한 차 한 잔과 초코파이를 주면서 "근무하시느라 수고 많이 하십니다."라는 말을 건네고 가는 성명불상의 할머니를 만날 때면 이 밤을 거쳐 가는 귀한 손님이라고 느껴지며, 그 따뜻한 마음에 저절로 고개가 숙여진다. 할머니는 벌써 몇 년째 그렇게 새벽시간에 온정을 베풀고 계시며 독실한 기독교 신자라는 것 외에 아무것도 아는 게 없다는 것이 직원들의 설명이다. 감사의 마음에 사시는 곳과 성함만이라도 알아보려고 몇 번 질문을 하였다가 된통 혼쭐만 났다고 한다. 그야말로 오른손이 하는 일을 왼손이 모르게 하는, 진실한 마음속에서 우러나오는 사랑을 베푸시는 분인 것 같다.

그런가 하면 인근에 위치한 통닭집 아저씨는 근무를 마치고 밤늦게 복귀하는 직원들을 보며 "너무 고생들 많으세요. 문 닫으면서 한 마리 튀겨왔으니 근무 끝나시고 맛있게 드세요."라며 들고 있던 통닭을 건네주고 깍듯이 인사를 하며 지나가시곤 한다. 적막하고 고요한 심야, 근무 후 먹는 '통닭'은 그야말로 꿀맛이었다.

이렇듯 깊은 밤 시간에도 초대받지 않은 손님인 경찰들에게까지 자신의 가족처럼 사랑과 온정을 베풀어 주는 주민들에게 더욱더 감사하는 마음이 든다. 더불어 맡은 바 임무에 충실하겠다는 다짐을 해 본다. 오늘도 적막을 깨는 버드나무 위의 참새소리가 귓가에 은은히 들려온다.

(2004년 서울경찰청 직할대 경비부서 근무 당시, 월간지에 기고한 수필)

06

100세 시대에 즈음하여

얼마 전 신문을 보니, 한 지방의 시골에 장수한 사람들이 많이 사는데, 그 노인정에서 80세는 막내 축에 해당하여 이런저런 허드렛일을 한다는 기사를 본 적이 있다. 요즈음 현대사회에 사는 사람들은 의학기술의 발달과 자기관리 등으로 평균수명이 많이 늘어났다고 한다. 100세 시대가 온 것이다.

알다시피 요즘의 부음(부고장)을 보면 거의 80대 중·후반이 많다. 구순을 넘긴 경우도 적지 않고, 갈수록 수명이 늘어날 걸 생각하면 대부분의 사람들이 별일이 없는 한, 평균적으로 그 언저리일 확률이 높다. 축복이나 다행으로 생각하기엔 왠지 갑갑하고 두려운 생각이 든다. 이 많은 세월을 뭘 하고 지낼지 생각해 보니 말이다.

당장의 일도 감당하기 어려운데 한가한 생각을 하고 있다고 욕을 들어도 할 수 없다. 남은 세월을 따져보는 게 지금의 일과 그렇게 무관하다고는 보지 않는다. 체력적으로 그렇고, 무엇보다 사회경제적 차원에서 볼 때 무슨 일이든 내가 손수 해낼 수 있는 실질적 삶의 기간은 얼마 남지 않았다고 본다. 잘해야 60대 중반이 아닐까 싶다. 반드시 경제활동만을 이야기하는 것만도 아니다. 세상 돌아가는 걸 보면 그 이전에 생산활동에서 떠나는 게 대부분이기 때문이다. 친구도 만나고 취미생활도 하고 구경도 다니고……. 대충 이런 식의 은퇴 후의 삶까지도 최대한 의미를 두어 생산활동, 즉 일이라고 볼 수도 있다. 설령 단조롭고 뒷방 늙은이 같은 한심함이 배어 있더라도 말이다. 그것도 다 삶의 한 형태라고 할 수는 있을 거다.

하지만 그런 일조차 나는 특별히 복 많고 집요한 사람이 아닌 한 60대 중·후반이면 끝날 것이라고 본다. 그런 다음 20년 이상을 어떻게 보내야 할까? 병치레 상태에 있거나, 한없이 외롭거나, 한없이 곤궁하거나……. 그런 상태인 경우가 많지 않은가? 나이가 들어갈수록 친구나 옛 동료를 비롯한 사회적 관계는 단절되고 소원해질 수밖에 없을 것이다.

그럴수록 존재 그 자체에 집착하지 않을까 생각한다. 이 시기에 접어들면 존재의 이유나 목적을 따지는 것도 그만 사치스런 일이 되지 않을까? 다 건강하고 할 일이 있고, 아직은 존재감을 느낄 수 있을 때 가져볼 수 있는 질문이라는 생각이 든다. 하지만 동물적인 존재 자체에 급급할 때 삶은 더 이상 의미가 없어지는 것이다. 그러니 쓸데없이 늘어나기만 하는 자연적 생명이 전혀 달갑지가 않다. 고민이요 짐일 뿐이다. 발상과 관점의 전환으로 해결될 문제는 결코 아니라는 것이다.

사는 이유나 목적이 나는 이래서 중요하다고 본다. 그것이 종교적인 것이든, 철학적인 것이든, 돈이나 명예, 권력, 쾌락과 같이 지극히 세속적인 것이든, 살아야 할 이유가 있어야 그 긴 세월이 천덕꾸러기로 전락하지 않는 것이기 때문이다. 목숨을 스스로는 마음대로 할 수 없다. 그래서 살기는 해야 되는데 사는 것이 너무 힘들 수도 있을 것이다. 그럴 경우 별 수 없이 그냥 있어야 하는 사람들이 많다. 하지만 한 생명이 별 수 없이 그냥 있어야 한다는 게 얼마나 불행한 일이고 힘든 일이겠는가?

하지만 이렇게 사는 이유나 목적이 꼭 필요하다고 이야기하는 나 역시 지금 그 목적을 갖고 있다고 말할 수는 없다. 갖가지 불안이나 상실에서 벗어나고 싶다거나, 생활을 좀 더 윤택하게 만들고 싶다거나, 자식의 장래가 잘 풀렸으면 하는 현실적인 바람은 있지만, 이것이 삶의 이유이고 목적이라고 할 수는 없기 때문이다. 이런 것들은 그저 삶의 과정이지 결코 지향이 될 수는 없는 것이다. 그렇기에 사는 것도 어렵거니와 목적을 갖고 살아야 한다는 건 더더욱 어려운 것 같다. '왜 사느냐고 물으면 웃지요'라는 이야기는 다 그래서 생긴 말인가 보다.

은퇴 후에도 사회활동을 왕성하게 하다가 갑자기 연락이 뜸해지는 선배들이 왕왕 있다. 건강이 나빠지거나 우환이 생기거나 스스로 침잠하는 그런 경우이다. 그때부터 그들은 오랜 세월 무엇을 존재 이유로 삼고 살아갈까? 궁금해진다. 고민이 된다. 존재에 대한 궁극적 고민이기도 하면서 삶의 조건을 타개하기 위한 현실적 고민이기도 하다. 사람들은 쉽게 말한다. 할 일이나 취미를 만들어야 한다고. 맞는 이야기이다. 그러나 그 할 일이라는 게 목적은 아닐 것이다.

목적이나 이유를 할 일이 대신할 수 있을까? 아무 일 없이 지낸다는 게 정말 힘든 일이라는 것은 안 겪어본 사람은 모른다. 그렇다고 해서 소일이든 생업이든 억지로 만들어 하는 일이 세상 사는 이유가 될 수는 없을 것이다. 그저 버티는 수단이 아닐까 생각한다.

세상 모든 일을 다 아는 것처럼 간섭하고 떠들며 속으로 갈등하면서도 정작 나는 왜 사는지를 모른다. 왜 사는지를 모른다면 왜 괴로운지도 몰라야 하는데 그 이유는 또 안다고 여기는 데에 인간의 딜레마가 있다. 그렇기에 사회적 맥락에서, 인간관계에서, 또 물질적인 것에서 그 이유를 찾게 되어 버린다.

이제 와서 새삼 삶의 이유나 목적을 알아 무슨 구원을 얻자는 건 아니다. 다만, 별일이 없다면 앞으로도 상당한 세월을 살아 있을 수밖에 없는 존재가 '무의미하게 그냥 있게 되는 게' 싫고 두렵다. 그래서 지금이라도 살아가야 할 이유를 찾는 것이 필요하겠다. 참된 삶은 나 자신만이 영위할 수 있기 때문이다. 나이는 숫자에 불과하다지만, 고령의 사회가 도래하면서 폐단도 속출하고 있다. 그중 가장 심각한 것은 가족 간의 단절이라는 생각이 든다.

옛날에는 대가족 사회에서 한 집에 할아버지, 할머니를 모시고 같이 사는 것이 보편화된 분위기였는데, 지금은 핵가족 시대에 연세 드신 어른들을 모시고 사는 경우는 극히 드문 것으로 본다. 그럼에도 불구하고, 일부에서 연세 드신 어르신들을 모시고 살다 보면 겪는 갈등이 종종 있는 것 같다. 몸이 불편하신 어르신들을 병원에까지 모시고 다니고, 집안에서 간병을 하다가 지쳐버리면 가족 간·형제간에 서로 모시지 않으려고 분란이 일어나고, 그로 인하여 부모님을 요양원에 맡기는가 하면, 아예 집안에 놔두고 팽개치듯 무관심으로 대하는 자녀들도 있는 듯하다.

물론 연세 드신 분들을 모시고 같이 살다 보면 흔히 일어날 수 있는 갈등과 어려움이 있을 수 있겠다. 하지만 나를 낳아주고 길러준 부모님을 생각하면, 자식으로서 기본적인 공경의 마음은 있어야 하고, 금도를 넘는 행위를 하여서는 절대 안 되는 것 아닌가. 우리가 태어난 것이 부모님 덕이요, 그간 우리를 어렵게 키워주셨고 온갖 어려움 속에서도 울타리가 되어 주셨고 버팀목이 되어 오늘의 나를 있게 하신 분이 부모님이기 때문이다.

부모님은 우리들의 삶의 뿌리인 것이다. 뿌리를 평안하게 잘해 드려야 거기서 자라는 나무가 잘 자라서 많은 열매를 맺을 수 있다. 그 분들이 없었다면 오늘의 나는 존재할 수가 없을 것이다. 그래서 정말 고마운 분들이요, 존경할 분들이요, 내가 평생에 그 은혜를 갚아도 부족할 그런 분들이기 때문이다.

〈어버이 살아신제〉

– 정철 –

어버이 살아신제 섬길 일란 다하여라
지나간 후이면 애닯다 어찌하랴

평생에 고쳐 못할 일이 이뿐인가 하노라

송강 정철의 훈민가訓民歌 중의 '자효子孝'이다. 효도는 백행百行의 근본이며, 불효不孝는 죄罪 중의 대죄大罪이다. 그러니 효도는 미루었다가 하는 것이 아니다. 살아 계실 적에 효孝를 게을리해선 안 된다는 내용이다.

〈생각해 보기〉

치매에 걸린 이난희(가명, 80세, 女) 할머니의 사례

유난히도 따뜻한 초여름에 오늘도 이난희 할머니(가명, 80세, 女)의 집에선 한바탕 소동이 벌어졌다. 올해로 연세가 80세인 할머니는 평소에는 멀쩡하다가도 한 번씩 치매로 집 안을 뛰쳐나와 온 동네를 돌아다니시며, 여기저기 기우뚱기우뚱하시다가 이를 알아본 동네 주민들의 손에 이끌려 집으로 돌아오곤 하셨는데, 이날도 역시 집 밖으로 나가서 이리저리 돌아다니다가 동네 야산에 걸음을 옮기시고 한참을 앉아 계셨다. 집에 있던 아들, 며느리는 온종일 할머니를 찾으러 다니시다가 급기야 112신고를 하게 되었다. 동네 지구대에서 출동하여 경찰관들이 동네 구석구석을 샅샅이 뒤졌지만 발견할 수 없었고, 저녁 늦게까지 집으로 돌아오지 않아 가족들은 발만 동동 구르고 있게 되었다. 그러던 중, 동네 앞산을 산책하던 주민에 의해 할머니를 발견하게 되었고, 할머니를 데리고 지구대로 모셔 와서 그날의 해프닝은 마감을 하게 되었다.

이후 가족들은 잦은 할머니의 치매로 인한 외유에 힘겨워한 나머지 가족회의를 하게 되었고, 아들인 김경석(55세, 가명)은 어머니의 방을 열쇠로 잠그고 식사 시나 병원에 모시고 갈 때만 열쇠를 열어 할머니를 데리고 나오는 방향으로 결정을 하게 되었다.

이후 그렇게 방안에서 은둔 아닌 은둔생활을 하시다가 시름시름 앓는 어머니가 걱정이 되어서 다시 열쇠를 개방하고 어머니를 지켜보게 되었고, 고등학교에서 수능시험을 준비하며 유독 귀여움을 받던 손자가 자주 할머니를 찾아뵙고, 말동무가 되어주는 생활이 지속되고 있었다.

그러던 어느 날, 잠시 할머니를 놔두고 시장에 간 사이 할머니는 집을 다시 나가게 되었다. 시장을 갔다가 집에 돌아온 아들과 며느리는 할머니가 없어진 것을 알고는 또다시 온 동네를 뒤졌으나 찾지를 못하자 지구대를 방문하여, 경찰의 도움을 청하게 되었다. 경찰과 같이 여기저기 할머니를 찾던 중, 우연히 동네 교회에서 나오는 할머니를 발견한 아들은 할머니에게 "왜 집 밖에 나가지 말라고 했는데……. 또 나갔냐."고 고래고래 고함을 질렀다. 며느리는 "이게 무슨 동네 망신이냐."고 넋두리를 하면서 다시 할머니를 집 안으로 데리고 와서 재차 방의 열쇠를 잠그려고 했다. 순간 할머니가 울면서, "내 손자…… 내 손자…… 잘 돼야 해! 시험이 얼마 안 남았잖아, 내 손자 위해 기도해야 해! 내 손자, 내 목숨보다 귀한 손자야…… 손자를 위해 기도할 수 있게…… 교회를 갈 수 있게…… 좀 해줄 수 없겠니." 하면서 문을 잠그지 말라고 부탁을 하는 것이 아닌가. 이에 현장에 있던 경찰관, 아들, 며느리는 말을 잇지 못하고 눈시울이 붉어졌다.

07

내 인생의 전부인 사랑하는 가족

누구에게나 가족은 소중한 혈연의 공동체이다. 나에게도 어머니를 비롯하여 처, 사랑하는 딸 둘이 있다. 초임시절 의성에서 근무를 하였는데, 거기서 지금의 부인을 만났다. 우리 직장에서는 '초임지가 처갓집'이라는 속설이 있다. 우연하게 복사를 하러 사무실 인근을 들렀다가 지금의 부인을 보았고, 첫눈에 반해 오랜 구애 끝에 결혼까지 하게 되었다. 그리고 사랑의 결실인 지금의 두 딸을 낳았고, 두말할 것도 없이 나에게는 소중한 보물 1, 2호를 갖게 되었다.

첫째 딸은 조용하고 차분하며 스튜디어스란 직업에 대하여 관심이 많다. 열심히 영어공부 등 어학공부에 매진하고 매사에 성실히 임하고 있다. 최근에는 대학 등 현실적인 진로문제 등으로 고민을 많이 하고 있어 많은 대화를 나누고 있다. 둘째 딸은 성격이 외향적이고 활동적이라 아빠처럼 경찰 또는 능동적인 직업을 갖기를 희망하며 열심히

사랑하는 가족들과의 순간

공부 중이다. 자녀들과는 어릴 적 여행을 많이 다녔던 것 같다. 여기저기 전국을 돌아다니며 느낀 에피소드 등 많은 추억을 가지고 있다. 자녀들이 어릴 때는 많은 시간을 보낼 수 있었으나, 최근에는 자녀들이 학원 등 공부를 하여야 하는 관계로 많은 시간을 함께할 수 없어 개인적으로 아쉽다는 생각이 든다.

첫째 딸이 수능을 끝내면 가족 유럽여행을 계획하고 있다. 비용이 많이 들 테니 지금부터 조금씩 용돈을 적금해야겠다. 공부로 고생한 딸과 함께 오붓한 시간을 보내려고 한다. 자녀들이 매일 늦은 시간까지 공부를 하는 모습을 보면 안쓰럽기 그지없다. 경쟁의 시대에서 공부를 안 할 수 없는 현실인지라 부모로서 독려할 수밖에 없다.

그러나 솔직한 심정으로 자녀들이 늦은 밤까지 매일 공부하는 모습을 보고 있으면 너무도 안쓰럽다는 마음이 든다. 공부를 잘하지 않으면 성공할 수 없다는 중압감에 기계적으로 공부를 할 수밖에 없는 사

사랑하는 딸의 어릴 적 사진

회구조 때문일 것이다. 치열한 경쟁의 시대에서 뒤처지지 않으려면 공부를 안 할 수 없을 것이다. 그럼에도 불구하고 내면의 만족감이 가장 우선이라는 생각이 든다.

나는 부모로서 자녀들에게 '잘할 수 있는 것, 하고 싶은 것을 하라'고 늘 독려하고 있다. 설령 그래서 소위 대기업에 취직을 못 하더라도 결코 실패한 인생이라고 생각하지 않는다. 내 자신의 만족이 없는데 단순하게 외부에 보이기 위한 직업을 가지고 하기 싫은 일을 한다는 것은 자녀들에게 재앙이라고 생각하기 때문이다.

부모가 될 자격이 없는 사람들이 부모가 일찍 되어 자녀들을 키우는 것이 미숙하고 자녀들을 제대로 관리하지 못하여 큰 불행을 자초하는 가정을 왕왕 본다. 부모는 아무나 되는 것이 아닌가 보다. 결혼을 하고 자녀를 낳아보아야 부모의 마음을 안다는 이야기를 많이 들어 왔다. 실제로 나의 어머니와 같이 이야기를 하거나 여행을 가거나 했을 때 괜히 아무것도 아닌 것을 가지고 투정을 부리거나 짜증을 많이 내었던 기억이 있다. '그러지 말아야지' 하며, 늘 다짐하고 만날 때마다 잘해드리고 와야지 하면서도 늘상 어머니와 보내다 돌아오는 길에는 후회와 반성이 가득했다.

점점 더 노쇠해 가는 어머니를 바라보며 늘어만 가는 흰머리와 주름살을 간과하기엔 나도 한 가정의 가장으로서 부모의 마음을 이해할 수 있는 무수한 세월이 흘러 버렸다. 부모가 된 이후 많은 시간이 지나면서 부모의 마음을 알게 된 미숙함으로 지금 당신의 삶에 자식이 얼마나 잘되기를 바라고 자식에게 무진장 퍼주는 것이 가능한지를 깨닫게 되었다.

여느 부모들도 마찬가지로 손수 농사지은 농작물들을 차 트렁크에 한가득 실어 주고, 시시때때로 집으로 보내주고 하는 광경들이 특별하지 않다. 부모의 마음은 다 그런가 보다. 근데 그런 부모의 무한 사랑에 길들여진 우리 자식들은 늘상 부모의 사랑을 받으면서도 고마움의 내성이 무뎌져 감사의 마음을 그렇게 못 느끼는 안타까움이 있는 것 같다. 당연히 주시는 것으로 치부해버리며 부모의 마음을 깨닫지 못하고 있는 것이 너무도 서글픈 현실이기도 하다.

살아계실 때 조금 더 부모님을 찾아뵙고, 같이 알토란 같은 시간을 보내도록 하자. 또 자녀들을 데리고 할머니와 같이 시간을 보내는 광경을 연출해보자. 그것이 바로 산교육이 될 것이다. 내가 자녀들에게 그런 모습을 보여주어야 자녀들도 부모의 행동을 따라 하기 때문이다.

교육이란 거창한 것이 아니다. 늘 평소에 존경심을 가지고 진심으로 부모의 마음을 편하게 해주는 것이 바로 효도라고 생각한다. 『탈무드』에 '하느님이 너무 바빠 우리 인간에게 대신 어머니를 주었다'라는 이야기가 나온다. 이 이야기는 어머니의 사랑은 신의 사랑을 대신할 정도로 성스럽고 고귀한 사랑의 의미가 담겨 있다는 것을 의미한다.

어머니의 사랑에는 아무런 조건이 없다. 무조건적이다. 지금까지 내가 한 인간으로서 존재할 수 있었던 것은 바로 어머니의 무조건적인 사랑과 희생의 바탕 위에서 이루어진 것이다. 험난한 세상을 살아오면서 그래도 지금껏 건강하게 몸과 마음을 지니고 살아갈 수 있었던 힘의 원천은 바로 어머니였다는 생각이 든다. 어머니의 사랑은 절대적이고 희생적이다. 도무지 자신을 생각할 줄 모른다. 물이 오직 위에서 아래로 흘러내리듯 무한정 자연스럽게 포용해주고 어루만져 주는, 오직 주기만 하는 그런 백옥 같은 순수한 사랑이다.

'열 손가락 깨물어 안 아픈 손가락이 없다'라는 말이 있다. '자식은 눈에 넣어도 안 아프다'는 말도 있고……. 그렇지만 눈에 넣어도 안 아픈 자식을 잃은 부모의 고통은 어떡하겠는가? 그 부모의 마음은 견딜 수 없는 고통일 것이다. 누가 그런 부모의 마음을 달래 줄 수 있겠는가? 부모를 잃은 자식의 허망함도 비통하지만, 자식을 먼저 떠나보낸 부모의 마음은 더욱 비통할 것이다.

그래서 가족이란 너무도 소중하고 귀한 존재이다. 가족은 나에게 힘을 주는 원천이기도 하지만, 내가 열심히 가꾸어야 할 꽃밭 같은 존재이기도 하다. 그렇기에 즐기려고 꽃을 꺾으려고만 하면 꽃밭은 엉망이 된다. 서로가 실타래처럼 묶여 있어 끊으려야 끊을 수 없는 사이이기 때문이다. 늘 힘들고 지칠 때 마음의 안식처가 될 수 있는 가족이 있다는 것만으로도 큰 위안이 된다. 가족은 신이 우리에게 준 가장 소중한 선물이다. 만일 신에게 그런 선물을 받지 못했다면 나는 지금 존재조차 할 수 없을 것이다. 사랑하는 사람이 내 곁에 건강하게 존재하고 있다는 그 사실 자체가 가장 큰 선물이다. 부모에겐 자식이라는 존재가 가장 큰 선물이며, 자식에게는 부모라는 존재가 큰 선물이다.

가족의 소중함을 다시 한 번 생각해 보는 계기가 되었으면 한다.

장래 경찰관을 꿈꾸는 소중한 딸

08

천직인 경찰관의 삶으로 살아가기

나는 경찰관으로 근무하고 있다. 많은 훌륭한 선·후배 경찰관들에게 감히 주제넘게 나의 걸어온 길을 쓴다는 것이 어설프기도 하고 너무 부끄럽기도 하다. 정말로 훌륭한 직원들과 같이 근무하며 많은 것을 배웠고 덕분에 내 인생에 있어 보람되고 의미 있는 시간들도 많았던 것 같다.

경찰인으로 살아오면서 그 어떤 직업보다 국가관이 투철하고 사명감이 없으면 할 수 없는 직업군이기에 늘 언제나 자부심을 가진다. 지금도 많은 곳에서 밤낮 가리지 않고 음지에서 묵묵히 자기 일을 다하고 있는 동료 경찰관들을 생각하면 그 노고에 저절로 고개가 숙여진다.

지금도 고시원이라든가 독서실에서 경찰관이 되기 위해 공부하고 있는 많은 예비 경찰관들에게 자신 있게 말할 수 있다. 경찰관은 그 어떤 직업보다 좋은 직업이고 경찰공무원을 선택한 것은 분명 탁월한

신의 한 수였다고 말이다.

내가 경찰관이 된 것은 나 자신의 희망도 있었지만, 돌아가신 아버지께서 적극 추천한 이유도 있었다. 아버지는 어릴 적 많고 어려운 일을 도맡아 해야 하는 경찰관 직업이 쉬운 일은 아니지만 당당히 불의와 맞서 싸울 수 있고 사회 어디서든 약자로서 도움을 필요로 하는 사람들에게 힘이 될 수 있는 거리의 판사인 경찰관이 멋진 일이라고 말하신 바 있었다. 더불어 세월이 변하면서 경찰관의 근무 여건과 인식 등이 많이 변화한 것을 보시고 내가 군을 제대하자마자 나에게 적극 공부하라는 말씀을 하셨다. 두말할 것도 없이 나는 경찰관이 되기 위해 열심히 공부했고 당당히 합격을 하여 현재 근무를 하고 있는 셈이다.

초임지는 경북 의성서였다. 원기 왕성한 약관의 나이에 의성서로 배치 받아 열심히 근무했다. 의성서는 경북의 3급서라 인구가 많지 않고, 노약자, 어르신들이 많이 거주하고 있는 전통적인 농촌으로 치안 여건은 한적한 편이었다. 순찰을 도는 내내 많은 주민들의 농사짓는 모습을 볼 수 있었고, 지나가는 나에게 '김 순경, 좀 쉬었다 가세……. 새참 좀 먹고 가게……'라며 인정어린 말씀들을 많이 하시기도 했다 또한 순찰 중 논두렁에서 할아버지, 할머니들의 손을 잡고 가족 이야기, 살아가는 이야기 등 많은 이야기를 나누었던 기억이 있다.

지금도 의성서 하면 기억나는 게, 순찰을 돌다 보면 지역의 이장님 등 어르신들이 간간히 蛇酎(뱀을 잡아 당근 술)를 한 잔씩 주었던 기억이 있다. 귀한 손님이 오면 주려고 잡아서 담가 놓았던 귀한 술을 나에게 선뜻 내준 것이었다. 그런 인심이 좋은 고향 어르신들과 많은 이야기를 나누며 고향의 인심을 느낄 수 있었던 곳이다. 지금도 휴가철에는 꼭 의성에 들러 인근 안동까지 구경을 하고 오곤 한다.

이어 고향인 김천으로 전출이 되어 고향에서 경찰 생활을 했다. 예부터 고향에서 경찰관 생활을 하지 말라는 선배들의 조언이 있었다. 이유는 고향에서 경찰 생활을 하다 보면 많은 부탁을 받게 되고, 잘해줘도 본전으로 많이 힘들 것이라는 이유에서 그런 이야기를 했던 것 같다. 그러나 개인적으로 고향에서 근무하는 동안 많은 선·후배들을 만나 관계가 돈독하게 되었고, 비번날에는 같이 어울리며 고향의 정을 만끽할 수 있었던 나에게는 의미 있는 근무기간이었다.

언젠가는 고향에 내려가서 근무하며 고향의 어르신들, 선후배들의 관심과 격려 속에 공직생활을 마감하고픈 희망이 있다. 고향에는 사촌과 삼촌을 비롯하여 친척들이 아직도 있어 명절날에는 고향을 방문하여 많은 덕담을 듣곤 한다. 갈 때마다 고향의 풍요로움을 만끽하고 지인들과 석별의 정을 나누기도 한다.

서울에 올라와서 고향사람을 간혹 만나기도 하는데, 태어나고 자란 곳이 고향인 만큼 그 누구에게나 고향은 마음의 안식처가 되는 곳이 틀림없는 것 같다. 이후 서울에 올라와서 경찰청, 서울청 등을 거치면서 현재 국회경비대에 근무 중이다. 짧지 않은 기간, 지방에서 서울에 이르면서 근무를 하는 동안 무수한 상사들, 선후배들과 같은 좋은 동료직원들을 만났다.

많이 부족했던 시기에 자상하게 업무를 가르쳐준 상사, 선배들과의

현재 경찰관으로서 근무 중인 국회의사당

근무처인 국회에서 기념촬영

추억. 또 나와 같이 신임순경으로 갓 들어온 후배직원들에게 동생처럼 살갑게 업무를 가르쳤던 것도 근무 내내 좋은 추억이었던 것 같다. 근무를 하면서 악성 민원들에 시달리고 업무를 처리하면서 다양한 상황에서 힘들었던 적도 있다. 그러나 지금 돌이켜보면 경찰관이라는 직업은 상당히 매력적이라고 단언하고 싶다. 가정이 작은 사회라면, 경찰관이라는 직업은 한편의 영화와 같은 직업이라고 말하고 싶다.

경찰관은 최일선에서 각종 사건, 사고를 처리하는 공권력을 가진 직업이다. 만나는 사람도 다양하다. 경찰관을 필요로 하는 이유도 다양하다. 그러다 보니, 그들을 만나면서 간접적으로 인생의 한 단면을 많이 보고, 듣고, 느끼게 된다. 서울역 부근을 담당하는 부서에 근무할 때 노숙자들의 신고사건에 간간이 간 적이 있었는데, 그분들이 처음부터 노숙자가 아니었던 것처럼, 상대에 따라 그 삶의 희로애락을 고스란히 알 수 있기 때문이다. 많은 이야기를 듣다 보면 상상이 안 가는 부분도 있고, 이해하기 힘든 상황도 많다. 이렇듯 저렇듯 다양한 계층과 다양한 민원을 접하면서 민원인들의 다양한 삶을 간접적으로 체험하게 되었고, 사회의 어두운 단면도 많이 볼 수 있었다. 또 어려운 가정환경에서 자수성가한 사람들의 삶을 볼 때면 자연스레 존경심이 들 때도 많았던 것 같다.

한편 경찰관이라는 직업으로 근무하면서 불법행위에 대해서 법이 정한 엄정한 잣대를 적용하여 처리할 수 있다는 것에 대해서는 소위 말하는 '거리의 판사'라는 강한 자부심을 가지게 된다. 위법에는 그 어떤 누구도 예외일 수가 없기 때문이다. 또 약자, 취약계층, 노약자, 여성들이 당한 피해사례 및 애로사항 등을 들어 주고 같이 이야기를 나누면서 고맙다는 말을 건넬 때는 경찰관이기에 당연한 일을 한 것이지만, 대민 접점부서에서 느낄 수 있는 뿌듯함도 있다. 물론 지금도 경찰관뿐만 아니라 다양한 분야의 공무원들이 묵묵히 자기의 일에서 공복으로서 소임을 다하고 있음은 물론이다.

간혹 동료직원들이 불미스런 사건, 사고에 연루되어 국민적 지탄을 받을 때면 안타까울 뿐만 아니라 같은 동료로서 얼굴을 들지 못할 때도 있다. 공인으로서 국민들의 따끔한 회초리 같은 질타의 여론도 감수해야만 할 때도 있다.

지금 많은 청춘들의 경찰에 대한 선호도가 높아진 상태로 직업군으로서도 호의적이다. 경찰관이 되려면 힘들게 공부해야 하고, 체력도 좋아야 한다. 그 무엇보다도 경찰청에서는 좋은 인성을 가진 사람들을 선정하기 위한 시스템을 우선시하고 있다. 면접 등 전문적인 시스템으로 채용시험을 치르고 있어 좋은 인성뿐만 아니라 실력 있는 인재들이 많이 입직하고 있다. 이는 우리나라의 미래를 위해 좋은 현상이라고 말하고 싶다. 지금도 골목골목 순찰을 돌면 어린아이들이 제일 좋아하는 게 경찰이다. 유치원에서도 아이들에게 '커서 뭐가 되겠냐'고 물어보면 '경찰관이 되겠다'는 이야기를 많이 하고 있다고 한다. 투철한 국가관과 공명심으로 정신무장하여야만 능히 해낼 수 있는 직업이라고 감히 말하고 싶다.

지금까지 경험한 바에 의하면, 공직자로서 경찰관이라는 직업은 분명 명예도 있고, 자부심도 가질 만한 멋있는 직업이라는 생각이 든다. 그럼에도 불구하고, 일선 현장에서 다양하고 위험한 일을 처리하는 대민접점부서에서 근무하면서 힘든 일도 많고, 스트레스도 많이 받기도 한다.

최근 경찰관의 '외상 후 스트레스장애'PTSD를 치유하기 위해 2014년 1월부터 설립된 '경찰 트라우마센터'를 이용한 경찰관이 약 2년 반 만에 4,500여 명을 넘어선 것으로 나타났다. 또한 경찰청 자료에 의하면, 2011~2015년 사이 스스로 목숨을 끊은 경찰관은 87명으로, 연평균 17.4명에 이르는 것으로 나타났다. 경찰관의 자살에는 여러 가지 이유가 있겠지만, 직무 특성상 충격적인 사건을 수시로 목격하는 경찰관들이 '외상 후 스트레스장애'PTSD 위험에 노출되는 것이 주요한 이유인 것으로 나타났다.

경찰청에서 이와 관련, 많은 대책과 트라우마 센터 운영, 확대계획 등으로 대비 중이나, 일선에서 직원들을 대상으로 한 '전문적 강사'의 심리적 면담치료·강의 등 역할도 더욱 필요한 시점이 된 것 같다. 가까이 있는 동료 직원들의 외상 후 스트레스를 최대한 줄이고 건강한 정신으로 활기차게 근무할 수 있도록 역할이 필요할 것 같다. 많은 분야에서 활발한 활동을 하는 분들이 많은 것으로 안다. 기회가 된다면 그런 상담사로서 역할 및 강의도 한번 해보고 싶다. 그건 단지 그들의 문제가 아니고, 나의 문제일 수 있고, 남의 문제가 아니고, 우리들의 문제일 수도 있기 때문이다.

요즘 취업이 많이 어렵다고 한다. 그에 따른 공시생들이 증가하고 있는 것도 사회적 현상이라고 한다.

직업을 컨설팅하는 많은 전문가들은 자기가 하고 싶은 일을 선택해서 직업을 가지는 것이 중요하다고 한다. 다시 말해 하기 싫은 일을 하면 금방 싫증을 내고 그 직업에서 오래 버티기도 힘들고, 또 버틴다 해도 하루하루 근무하기가 힘들어질 것이라는 것이 그 이유인 것 같다.

어느덧 경찰관 생활을 한 지 20년이 되었다. 강산이 2번이나 바뀌었다. 현재까지 근무하는 동안 힘든 경우도 많았지만, 단언컨대 한 번도 경찰관이 된 것을 후회한 적이 없다. 어쩜 나에게는 경찰관이 천직인 듯하다. '다시 태어나면 무슨 일을 하고 싶냐'고 묻는다면 난 역시 '경찰관을 할 것이다'고 말할 것이다. 또 자녀들에게도 경찰관이 좋다고 말하고 있다.

미래의 꿈나무 고등학생들에게 강의하다

지금 이 책을 읽는 순간, 경찰에 대한 부정적인 생각을 가진 분들이 있으시다면, 단속이라든가 기타 사정으로 경찰관들에 대한 안 좋은 마음을 가지고 있는 분들이 계시다면, 지금부터라도 경찰관들을 너그러이 봐 주시길 기원해 본다. 지금 이 순간에도 국민의 생명과 재산을 지키기 위해 노력하고 있는 그들을 위해서 말이다. 사회 속에서 나의 가정과 식구를 지킬 유일한 수호신은 경찰관이기 때문이다. 20대의 젊은 나이에 경찰관에 입문하여 중앙경찰학교에 입소하였을 때 본관 위에 쓰인 글이 아직도 나의 심장을 두드리고 있다.

"조국이여…… 그대를 믿노라."

서초경찰서장 우철문 총경과 함께

09

1달의 시간만이 남았다면 하고픈 나의 버킷리스트

언제부터인가 죽기 전 하고 싶은 자기의 버킷리스트Bucket list를 작성하는 것이 유행이 된 적이 있다. 나에게 주어진 시간으로 1달의 시간만이 남았다면 무엇을 할까, 버킷리스트를 작성해 보았다. 우선 어머니에게 전화를 걸어 어머니와 같이 3박 4일로 가까운 근교 여행을 갈 것이다. 많이 걸으면서 어머니와 못다 한 이야기도 하고, 맛있는 음식도 먹고, 같은 방에서 어머니의 손을 꼭 잡고 하룻밤을 지낼 것이다. 그리고 사랑하는 가족과 같이 하루 동안 알차게 도심 주요 명소에서 사진도 같이 찍고 식사도 하면서 하루를 보낼 것이다.

저녁에는 촛불을 켜고 맛있는 케이크를 먹으면서 서로 살아가면서 하고 싶었던 이야기, 서운했던 이야기를 듣는 시간을 가질 것이다. 그리고 서로 부둥켜안고 "그간 열심히 살아줘서 고마워! 당신이 있어 행복했어…….."라고 말할 것이다. 그리고 하루는 나에게 큰 힘이 되었던 선생님, 선배, 지인, 후배들을 만나 차 한잔 하며 마지막 작별을 고할 것이다. 그리고 그들에게 부족했던 나를 응원해주고 격려해주어 너무 고마웠다고 말할 것이다. 또, 정성껏 준비한 선물을 건네며 같이 사진도 찍을 것이다.

그리고 집에 와서 옷가지를 챙기고 무작정 바닷가로 혼자 여행을 떠날 것이다. 장소가 어디가 되었든지, 핸드폰을 끄고, 마지막 나만의 독백에 사로잡혀 볼 것이다. 걷다가 또 걷다가 지치면 아무 데나 누워서 가면假眠을 취하고, 배고프면 부근에서 제일 맛있는 집을 찾아가 식사를 할 것이다. 그리고 소주 한잔을 하며, 핸드폰을 개방하여 살아가면서 나에게 안 좋은 기억으로 남아있는 그 누구이든지 "내가 잘못한 것이 있으면 용서해 주세요."라고 화해를 요청할 것이다. 용서를 빌 것이다. 그리고 남은 시간은 교회에서 가장 순수한 마음으로 내가 살아온 과거를 반성하고, 남은 나의 가족을 위해, 친척 등 지인들을 위해 기도할 것이다. 그리고 내가 살아온 삶의 추억들을 되새기며, 한 권의 책을 작성할 것이다.

버킷리스트를 작성하고 있다 보니, 내가 죽기 전 해야 할 것에 사람과의 관계에서 정리해야 할 회한이 있다는 것이 특징이다. 결국 죽기 전에 후회하느니, 지금 살아있는 동안에 조금 양보하고, 조금 이해하고 하면서 상대방의 입장이 되어 '그럴 수도 있겠구나!'라고 너그러이 용서해주면서 사는 것이 중요하다는 생각이 든다. 짧은 기간에 나의 버킷리스트를 작성하여 실행에 옮기기엔 부족한 시간이지만, 나만의 버킷리스트를 만들어 보는 것도 의미 있을 것 같다.

여러분들의 버킷리스트는 무엇인지?

사랑하는 어머니와 제주도 여행

10

노력하는 사람은 즐기는 사람을 이길 수 없다

누구보다도 골프 운동을 좋아하고, 골프의 대중화에 앞장서며, 미래가 촉망되는 골프 선수들을 후원하는 등 사회공헌에도 이바지하고 있는 골프업계의 신화와 같은 CEO가 있어 인생철학을 소개하고자 한다.

'볼빅Volvik'은 우리나라의 대표적인 골프공 생산업체이다. 철강 유통사업으로 성공한 문경안 회장은 지난 2009년 다 쓰러져가던 볼빅을 인수해 연 매출 300억 원, 업계 2위의 골프공 생산업체로 탈바꿈 시켰다. 업계 1위는 외국산 브랜드이기 때문에 골프공 하나만 따진다면 국산 골프공 생산 기업으로는 업계 1위를 달리고 있는 셈이다. 문 회장은 당시에는 업계에서 생소하였던 색깔공의 탄생배경을 이야기했다.

"아마 시기적으로 이맘때쯤이었을 거예요. 한여름에 동료들과 야간

라운딩에 나갔는데, 볼이 잘 보이지 않는 거예요. 그래서 '아, 이거 야광공을 만들면 좋겠다'고 생각했죠. 사무실로 돌아와 회사 연구원들한테 당장 야광공을 만들어 보라고 지시했어요. 그런데 야광공은 빛 반사가 심해 만들어도 활용하기 어렵다는 거예요. 그래서 '형광공'으로 아이템을 바꿨죠."

문 회장의 이런 아이디어 덕에 연두색의 형광공이 탄생하게 된 것이다.

"골프장에 형광공을 갖다 주고 공짜로 쳐보라고 했어요. 반응이 폭발적이었죠. 이후 다양한 색깔의 컬러공이 만들어지게 된 거예요."

기존에 컬러공에 대한 이미지는 한겨울에 치는 '빨간 공' 그것뿐이었다. 눈 위에 흰색 공이 떨어질 경우 잘 보이지 않기 때문에 기존의 흰색 공에 페인트로 빨갛게 칠한 공이 유일하게 유통됐던 것이다. 그런데 페인트로 칠한 빨간 공은 골프장에서 몇 홀 돌다 보면 금세 칠이 벗겨지는 단점이 있었다. 볼빅에서 만드는 골프공은 아예 처음부터 플라스틱 수지에 염료를 넣어 칠이 벗겨지지 않게 고안됐다.

"그동안 골프 치는 사람들에게 컬러공은 편견이 있었어요. 흰색 공에 비해 비거리가 안 나간다는 것이지요. 수차례의 실험을 반복한 결과 컬러공도 흰색 공과 똑같은 비거리로, 아니 오히려 더 많이 나갈 수 있게 만들었어요. 우리가 만든 컬러공을 일선 골프장에 써보라고 무상으로 줬습니다. 그랬더니 차츰 편견이 깨지기 시작했어요. 골퍼 4명이 모두 흰색 공으로 치다가 자신들의 공을 헷갈려 남의 것을 치기도 하고, 실제 프로경기에서도 이런 실수 때문에 벌타를 받는 일이 생기거든요. 그리고 깜빡하면 햇빛에 반사돼 공이 어디로 갔는지 찾기도 어려운 경우가 종종 있는데, 우리 제품을 쓰면 이런 문제가 다 해결돼요. 특히 요즘엔 여성 골퍼들이 많이 늘어났는데, 여성분들은 소위 '깔맞춤'을 좋아하거든요. 그날 골프 복장에 따라 공의 색깔까지 맞출 수 있는 거예요."

문 회장의 이런 예상은 보기 좋게 들어맞았다. 컬러공의 엄청난 매출 신장에 힘입어 볼빅은 연두색은 물론 빨강, 파랑, 노랑, 초록, 심지어 만화 캐릭터, 이모티콘, 유명 골프선수들의 캐리커처가 들어간 골프공까지 생산하고 있다. 컬러공의 성공 덕에 기존의 흰색 공에 대한 매출도 훨씬 늘었다. 더구나 볼빅은 '국내산=저가'라는 이미지를 깨기 위해 기존의 저가제품 수출을 중단하고 기술력에 집중, 단가를 오히려 올린 후에 수출을 재개하는 역발상 마케팅에도 성공했다. 그 결과 문 회장은 회사 인수 1년 만에 시장 점유율을 5배나 성장시켰다.

"기술력에 투자하고 공격적인 마케팅을 한 것도 시장에서 한몫 했다고 봅니다. 국산 골프공은 그 품질에 비해 인지도가 매우 낮았거든요. KLPGA 투어에서 선수들에게 볼빅 골프공으로 우승하면 1억 원의 보너스를 주겠다고 했더니 인지도 상승에 큰 도움이 됐습니다. 품질에 대해 그만큼 자신이 있었거든요."

사실 문 회장은 원래 잘나가던 상사맨이었다. 20여 년간 유통업계에서 크고 작은 업무를 맡아 불철주야 일했지만, IMF를 비껴가기는 힘들었다. 결국 40대 초반에 회사를 그만두니 남는 것은 퇴직금 5천만 원밖에 없었다. 흔한 커피숍 하나 차리기 힘든 금액이었다. 결국 비슷한 시기에 퇴사한 동료 한 명과 퇴직금을 모아 1억 원의 자본금으로 'BM스틸'이라는 철강 유통회사를 만들었다. 그리고는 곧 기회가 찾아왔다. 굵직한 철강회사들의 연쇄 부도로 현찰을 주면 철근 자재를 싸게 살 수 있었던 것이다. 그는 이러한 기회를 잘 살려 기존의 인맥을 활용, 적극적으로 세일즈에 나섰고 사업 규모는 금세 커졌다. 그리고 그 성공을 바탕으로 다른 사업에 투자해야겠다고 생각하던 차에 볼빅 인수 제안이 들어온 것이다.

"제가 골프를 워낙 좋아합니다. 업무 때문에 30대에 배우기 시작했는데, 처음 골프 배울 때 3명의 코치에게 하루 5시간씩 배우고 그렇게 8개월을 연습했어요. 필드에 나간 지 채 20번이 안 됐는데 싱글 핸디캡을 하기에 이르렀죠. 덕분에 아마추어 대회에서 우승(68타)도 하고, 골프사업 자체에 관심을 갖게 된 거죠."

그는 경영 초기 볼빅에서 나름 잘 만든 '비스무스BISMUTH'라는 볼이 골퍼들에게 인기가 없는 이유에 대해 곰곰이 생각하고 골프공에 들어가는 원료와 설계를 모두 바꿨다. 그리고는 만족스러운 골프공이 탄생하자 가격을 대폭 올렸다.

"처음 회사를 인수할 때 주변 사람들이 전부 연구·개발만 한국에서 하고 생산 공장은 중국에 차려야 한다고 조언했어요. 그런데 저는 반대했어요. 그렇게 하면 기존의 직원들이 다 해고되기 때문이죠. 우리가 고품질의 제품을 만들어 제값 받고 팔면 된다고 생각했어요. 현재 우리 제품은 충북 음성에서 전부 생산되는데, 나름대로 '메이드 인 코리아'라는 자부심을 느끼고 있습니다. 그렇게 꾸준히 노력한 결과 이제는 국내외 골퍼들이 볼빅 제품의 퀄리티를 인정하고 있어요. 국내 점유율 2위, 세계적으로는 7위 정도를 유지하고 있습니다. 앞으로 국내 1위 탈환을 위해 좀 더 노력하겠습니다."라며, 다부진 포부를 갖고 있기도 하다.

'볼빅Volvik'은 날치자리를 의미하는 볼랜스Volans, 승리를 뜻하는 빅토리Victory, 그리고 코리아Korea의 합성어다. 골프공이 바다에 사는 날치처럼 힘 있고 정확하게 날아가 승리하는 게임, 대한민국 최고의 게임을 만든다는 의미를 담고 있다. 볼빅은 세계 최고의 성능을 갖춘 골프공을 목표로 1989년 연구소를 설립하고 1997년부터 볼빅이라는 브랜드로 영업을 시작했다.

"볼빅 골프공은 '외유내강'(겉이 부드럽고 안이 딱딱함)형의 독보적 특허기술을 가지고 있어, '외강내유'형이 대다수인 타 브랜드와는 타구감과 비거리에서 강점을 갖고 있습니다. 저희는 이에 그치지 않고 꾸준한 기술 개발로 세계 톱3 브랜드에 들어가는 것을 목표로 하고 있습니다. 그리고 한국을 대표하는 토털 스포츠 브랜드로 성장시킬 계획입니다.

골프공으로 시작해 모자, 장갑, 골프백, 클럽(골프채)으로 사업을 확장하고 있습니다. 주니어 클럽은 이제 막 론칭을 했고, 내년에 성인 클럽과 골프웨어도 본격적으로 출시됩니다. 한국이 세계적인 스포츠강국인데 한국을 대표할 만한 자국 스포츠 브랜드가 하나 없는 현실입니다. 글로벌 브랜드인 아디다스와 나이키가 한 종목으로 시작했다가 토털 브랜드로 성장했듯이 볼빅도 골프를 통한 토털 스포츠 브랜드로 성장하는 게 최종목표입니다."

문 회장의 이런 야심 찬 계획은 생각보다 빨리 이뤄질 것 같아 보인다. '노력하는 사람은 즐기는 사람을 이길 수 없다'고 하지 않았는가. 그는 노력도 노력이지만 무엇보다 자기가 하고 싶은 일에 미쳐야 한다고 강변하고 있다. 또, 무엇을 하려고 결정했으면 아무리 힘들어도 그 일을 즐기면서 하라고 조언한다. 무슨 일이든 자기가 하고 싶은 일을 하면서, 사회에도 공헌할 수 있다면 그보다 더 좋은 일이 어디 있겠냐는 것이 문경안 회장님의 한결같은 인생의 철학이다.

문경안 (주)볼빅 대표이사 회장

- 1958년 5월 9일 경북 김천출생
- 건양대 세무학과 졸업
- 홍익대학교 국제경영대학원 졸업(석사)
- 1977년(주)선경 입사
- 1987년 건영통상
- 1998년 BM스틸 설립
- 2009년 볼빅 회장
- 2010년 한국프로골프협회(KPGA) 공로상
- 2011년 스포츠산업대상 대통령상 수상

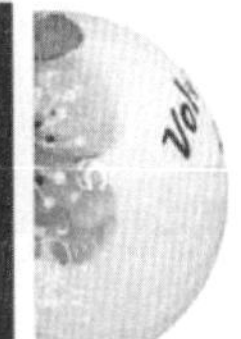

11

대인춘풍지기추상待人春風持己秋霜

어릴 적 고향 김천에서 서울로 가는 대중교통으로 고속버스 또는 열차가 있었는데, 개인적으로 고속버스를 많이 이용했던 기억이 있다. 서울의 종착지는 강남고속버스터미널이었는데, 그 당시 고속버스터미널의 향수가 있다. 부근엔 군고구마라든가 어묵 등을 파는 포장마차가 즐비해 있었고, 주변 의류상들이 옷을 진열하기 위해 통로 일대를 메우고 있는 등 시골 시장 같은 분위기가 있었다.

지금의 강남고속버스터미널은 구간 구간을 식별하기 편리하게 네온사인이 잘 정비되어 있고, 식당이라든가 패스트푸드점 등이 보기 좋게 입점 되어 있으며, 전국 각지에서 올라온 화물 등을 신속하게 처리할 수 있는 시스템 구비는 물론 친절한 직원들도 근무하고 있으며, 오래된 건물을 잘 정비하여 명실상부한 대중교통의 메카의 위치로 자리 잡고 있어 고속버스를 이용하는 많은 이용객들에게 실용성과 효용성까지 더해 편리함을 주고 있다.

이런저런 복잡한 생각과 다람쥐 쳇바퀴 돌리는 듯한 일상에서 해방되고자 모처럼 머리도 식힐 겸 현지에서 근무하는 고등학교 동창이자 절친인 김병철의 초대로 무작정 태안으로 내려간 적이 있다. 서울에서 멀지도 않지만 자주 가기 힘들었던 곳으로 작심하고 내려가는 여행길이 마냥 즐겁기만 했다. 서해안 고속도로를 따라 태안으로 가는 길가, 주변 곳곳 창가로 비치는 고즈넉한 풍경이 자못 평온해 보였다. 이런저런 생각을 하며 잠시 눈을 붙인 지 얼마 안 되어 이내 목적지까지 도착하게 되었다. 현지 가이드를 자청한 친구 김병철을 만나, 사전에 계획해놓은 태안의 명소로 친절한 설명과 함께 구경길에 나섰다.

창전교를 출발하여 해변길 5코스 노을길을 따라 1시간 30분 정도 걸었다. 해변가여서인지 시원한 바닷바람과 소나무의 그늘 아래 걷는 내내 자연 삼림욕을 즐길 수 있는 멋진 코스였다. 이런저런 이야깃거리를 가지고 담소를 나누면서 걷는 노을길이 결코 지루하지 않았다.

한가롭고 아름다운 태안 앞바다 풍경

끝없이 펼쳐진 모래사장이 멋진 삼봉해수욕장을 지나 백사장항에 도착, 주변의 명소인 꽃게다리를 걸으며 다리 위에서 사진도 찍고 태안 바닷가를 내려다보며 즐거운 시간을 보냈다. 일부 관광객들은 다리 입구에서 손낚시도 하며 삼삼오오 모여 시간을 보내고 있는 모습도 보였다.

서울에서 손님이 왔다고 친구의 직장 상사인 서부발전소 정영철 본부장님이 직접 내왕하여 식사를 한번 모시겠다며 인근 횟집을 미리 예약하여 식사를 함께하게 되었는데, 인생 선배로서 경험한 많은 덕담도 들려주시고 한 직장에서 한평생을 바쳐서 헌신한 직장인으로서의 처세술도 말씀해주셨다. 향후 사회 초년생들에겐 살아가면서 귀감이 되는 좋은 말씀이라는 생각이 들었다.

특히 사내 신입사원들에게 “크게 보고 멀리 보자.”는 말을 평소 많이 하신다 하셨고, 성경에 나오는 “네 시작은 미약하나 그 끝은 창대하리라.”는 말씀처럼 “지금 있는 현실이 전부가 아니다. 준비하는 자, 꿈꾸는 자는 그 꿈이 이루어진다.”라는 대목에서는 고개가 자연스레 끄덕여졌다. 또한 자신은 부산의 한 지방대학을 졸업하였지만 국제금융분야의 일을 하면서 해외유학을 준비하였는데 당시 IMF 금융위기를 겪으면서 꿈이 좌절되고 항상 미련이 남아 있었다고 말해주셨다.

‘04년 글로벌인재를 육성하겠다는 당시 사내 분위기 속에 부장 직책에서 유학이 쉽지 않았는데도 당당히 능력과 열정을 인정받아 ‘워싱턴대학 MBA’ 과정 유학길을 떠나게 되었고, 무사히 과정을 잘 마치고 복귀한 후 사내에서 임원 내부 승진 1호라는 자리에 오기까지 부단한 자기관리가 있었다는 것이었다. 사내 직원들을 비롯하여 누구를 만나든 자신에 대한 평가는 엄격하게 하되 타인에 대하여는 부드러운 카리스마로 소통하는 자세로 임하면서 많은 직원들과 교감하며 편하게 지내고 있다는 말씀이 놀라웠다.

회사 집무실 내 '대인춘풍지기추상待人春風持己秋霜, 즉 다른 사람을 대할 때는 봄바람처럼 부드럽게, 자신에 대해서는 가을서리처럼 엄격하게 대하라는 뜻의 글귀가 있는데, 이 글귀를 보면서 매일 자신을 채근하며 하루를 시작한다는 말씀을 하실 때는 공직자로서 처신이 얼마나 중요한가를 다시금 깨우치게 하는 좋은 충고라는 생각이 들었다.

어려운 여건 속에서도 소속 공기업의 미래를 고민하고 발전을 도모하기 위한 각고의 노력 및 미래지향적인 사고로 회사를 건실하게 이끌어 가는 중추적인 역할을 할 수 있었다는 것은 본부장님의 인생철학 및 솔선수범, 자기관리가 있었기 때문에 가능한 일이 아니었나 생각이 든다. 모처럼 태안으로 떠난 여행은 좋은 명소 곳곳을 구경하며 제대로 힐링이 되었을 뿐만 아니라, 좋은 명사의 교훈이 되는 덕담으로 큰 마음의 양식까지 얻는 뜻깊은 여행이었다.

12

세상은 바보처럼 종처럼 사는 겁니다

요즘 일상에서 카톡으로 대화를 나누거나 문자를 보내는 광경을 자주 보게 된다. 회사에서는 회의 서류나 공문도 공유하는 등 일상의 통신수단으로 보편화되어 있는 모바일 메신저 서비스인 것 같다.

직장에서는 물론 대중교통을 이용하여 이동 시에도 항시 카톡을 사용하는 사람들을 자주 목격하게 된다. 카톡의 닉네임 및 현재 상태에도 저만의 독특하고 고유한 이름을 적어놓고 차별화 하는 모습을 보여주며 자기만의 개성을 톡톡히 발휘하고 있다. 나도 시간이 될 때마다 카톡으로 안부를 전하는 존경하는 분들이 있다. 그분들과 문화콘텐츠를 공유하고, 좋은 음악파일도 보내주며, 좋은 인간관계를 형성하는 하나의 매개체로 이용하고 있다. 그분들 중 고민이 있거나, 어려운 일이 있을 때마다 나에게 힘이 되는 조언을 많이 해주시는 분 중, 최재성 스포츠조선 편집인이 있는데, 촌철살인寸鐵殺人 같은 말을 많이 해주시는 분으로 많은 이야기를 귀담아듣고 있다.

개인의 연으로 그를 이야기한다기보다는, 그도 젊은 시절 많은 방황을 했고, 많은 사람들을 취재하는 직업을 가진 언론인으로 방황하는 많은 청춘들과 이야기를 나누면서 직·간접적으로 체험한 주옥같은 인생의 처세술을 소개하고 싶은 것이지만 이를 일일이 다 소개하고 교감하기에는 지면상 부족한 것이 있어 아쉽기만 하다.

그는 그간 언론인(스포츠조선 사회경제부장, 체육부장, 일본특파원, 편집국장, 편집인 등)으로 재직하였고, 국기원 이사로도 활동한 경력이 있으며, 제4회 소강체육대상 언론인상을 수상(2012년)한 바 있으며, 세계 30여 개국을 다니며 취재활동을 하여 한국선수들의 스포츠 활동의 알림이 역할을 하는 등 국위선양을 위해 노력한 분이기도 하다. 많은 일을 하시고 크나큰 획을 그은 분으로 존경받을 만하다고 생각한다. 또한 그는 늘 후배들에게 좋은 덕담을 많이 해주고 있는데 살아가면서 체득한 인생철학도 귀감이 되고 있다.

그는 '세상은 바보처럼 종처럼 사는 겁니다'라는 철학적 가치관을 가지고 지금껏 살아가고 있다고 했는데 이는 수습기자 시절 배구계의 덕장으로 존경받던 故 박덕고 감독과 우연한 기회에 저녁을 먹으면서 이야기한 말이라고 한다. 무한경쟁 시대에 뛰어든 사회 초년생들의 메마른 정신세계를 보고 살아가면서 둥글둥글 배려하고 이해하며 따뜻하게 살아가라고 이야기한 충고라고 했다. 그 한마디는 수습기자를 거쳐 기자생활 하는 내내, 최재성이라는 한 인간에게 삶의 철학으로 자리 잡아 지금껏 인생에 중요한 나침반 역할을 하고 있다는 말씀을 들었다. 또한 그날 이후 바보가 되려고 애써보았고 종처럼 겸

손하게 낮춰보려고 노력도 했지만, 결코 쉽지만은 않았다고 회고하면서, 어느 순간 시퍼렇게 날이 서고 독기가 오른 자신을 보면서 번번이 자책하게 된다고 말씀하셨다. 어쩌면 영원히 바보도 못 되고, 종도 못 될 것 같지만 그래도 마음속에 그 문구를 새기고 머릿속으로 그 말을 되뇌며 최소한 반성할 줄 아는 인간으로 살아갈 수 있음에 감사해하고 있다는 것이었다.

또한, 국기원 이사직을 겸하고 있던 2013년 5월 태권도 시범단 단장으로 파키스탄, 요르단, 오만 등 3개국을 방문한 적이 있었는데, 첫 번째 방문국인 파키스탄에서 있었던 일화를 하나 소개해 주었다.

그쪽 태권도 관계자 중에 다한증을 심하게 앓고 있는 이가 있었는데, 그는 공항에서의 환영식을 시작으로 행사 때마다 난감한 표정을 지으며 손을 뒤로 감춘 채 목례로 악수를 대신하는 사람이었다. 오해할까 봐 그랬는지 준비한 만찬장에서 자신의 사정까지 이야기하며 양해를 구했다 한다. 그 나라의 인사 예절상 얼굴을 맞댈 때마다 손부터 잡는 게 인사이자, 친근감의 표현처럼 인식되는 분위기였으니 그의 곤혹스러움이야 오죽했을까?

상대의 사정을 헤아린다는 마음으로 며칠을 목례로 응대했지만 뭔지 모를 아쉬움이 남아 있었는데, 결국 요르단으로 이동하기 전 준비한 파티에서 일을 저질렀다 한다. 차례로 인사를 나누는 과정에서 양손으로 그의 손을 덥석 잡아버리자, 깜짝 놀란 그는 반사적으로 손을 빼려고 했지만, 최재성 편집인은 더 힘을 주며 그의 손을 놓지 않았다 한다. 다한증으로 인해 손바닥으로 전해지는 물기는 생각보다 심각했고, 금방이라도 땀방울이 뚝뚝 떨어질 것 같았음에도 그런 마음을 이해했는지 더는 손을 빼려 하지 않고 한참동안 서로의 얼굴을 바라보며 따뜻한 눈인사를 나누었다 한다. 그는 거듭 고맙다는 말을 했다. 자기를 환자 취급하지 않고 진정한 친구와 같이 대해준 걸 정말 감사하다고 말했다는 것이다.

기자 재임 기간 중 겪은 한 가지 에피소드에 불과할지 모르지만, 최재성 편집인에게는 많은 교훈을 안겨준 사건이라 한다. 이때의 경험을 기반으로 늘 젊은 후배들에게 상대편의 입장에서 서서 배려하고, 이해하고, 행동하여 신뢰감을 얻는 것이 사람과의 관계에 가장 기본이라는 것을 자주 일깨워 주신다.

한편 우리가 월드컵 축구 경기 등 기타 국제행사가 있을 때 '태극전사'라는 말을 아나운서 등 방송인들이 많이 사용하는데, 이 명칭은 94년 미국 월드컵대표팀 관련하여 기사를 작성할 때 많은 고민을 하여 만든 애칭인데 그 이후 많은 방송 관계자들이 모두 같이 '태극전사'라는 말을 사용하니 대한민국의 한 사람으로서 많은 자부심이 든다는 이야기도 하셨다.

최재성 편집인은 '~답게'라는 이야기를 즐겨 사용하신다. 즉, 학생은 '학생답게' '공무원은 공무원답게' '사업가는 사업가답게' 철저히 자기직업에 대하여 프로가 되고 근성이 있어야 한다고 강조하시곤 했다. 일례로 초임기자 시절, 평소 알고 지내던 대상자를 만나게 되었을 때의 이야기이다. 대상자가 저녁을 함께하자고 해서 저녁 겸 반주를 하는 자리에서 이야기 도중 본인의 억울한 부분을 이야기하는 과정에서 메모지를 찾다가 메모지가 없어 메모지 대용으로 본인의 다리 위에 이야기한 내용을 일일이 기재하고 다음날 그 기재한 내용을 정리하여 기사를 작성했는데 그것이 특종이 되었다고 한다. '적자 생존', 즉 '적(적는)–자(자만이)–생(살아)–존(남는다)'라며 평소 강조한 대목에선 철저한 기자의 프로정신을 느낄 수 있었고, 본받을 만하다 하겠다.

모든 것이 말처럼 쉬운 게 아니다. 또, 성공한 사람들의 일대기를 따라하여 모방하는 삶을 살기도 어렵다. 그러나 분명한 것은 좌표 없이 떠나는 무한한 항로에서 제대로 된 좌표를 설정해주고 배가 잘 순항할 수 있도록 도와주는 여정의 전문가, 스승 등이 있다면 어려운 고비고비마다 역경을 딛고 무사히 목적지까지 순항할 수 있을 것으로 확신한다.

13

프랑스에서의 좋은 추억과 경험들

2012년 10월, 경찰청에서 프랑스 경찰청에 치안인프라 전수 교관요원을 뽑는다는 보직공모가 있어 응모하였고 팀장으로 선정되어 프랑스를 갔다 온 적이 있다. 짧지 않은 시간 동안 프랑스에 한국의 치안 노하우를 전수하는 임무가 내게 주어진 것은 개인적으로 무한한 영광이었다.

나를 비롯하여 우리 팀 4명은 13시간의 긴 비행을 시작으로 프랑스 리옹에 도착하여 여장을 풀었다. 막연한 외국생활에 대한 기대감으로 기분은 벅차 있었지만, 오랜 비행시간에 지쳐 낯선 풍경들을 맞닥뜨리는 순간 한국에 두고 온 가족 및 낯선 나라의 언어소통과 의식주가 걱정이 되기 시작했다. 하지만 어렵게 온 만큼 소기의 목적을 달성하고 떠나야만 한다는 목적의식이 그런 우려를 단박에 희석시켜 버렸다.

우리는 언제 그랬냐는 듯이 프랑스 경찰청에서 마련해준 숙소에 여장을 푼 후 첫날부터 프랑스 현지 경찰들과 살갑게 인사하고 대화를 나누는 등 재미있게 지냈다. 식사도 프랑스 현지식이라 처음에는 입맛에 맞지 않았지만, 차츰 적응해 나가기 시작했다. 한국 경찰들을 위한 프랑스 경찰청의 특별배려로 훌륭한 식당 주방장이 매번 식단을 구성지게 짜주어 날마다 색다른 프랑스식 음식을 맛볼 수 있었던 건 교육 내내 행운이었던 것 같다. 아마도 프랑스의 대표적인 음식들은 다 먹어 보지 않았나 싶다. 프랑스 경찰 동료들은 우리 한국 경찰들을 식당에서 볼 때마다 살갑게 맞아 주었고, '보나빼띠Bon Appetit', 즉 '맛있게 드세요'라는 프랑스 식사 인사도 빼먹지 않으며 가족처럼 대해주어 깊은 감명을 받았다.

매 식사 때마다 프랑스 고유의 와인을 곁들이며 식사를 하곤 했는데, 다소 자유분방하면서도 각자 절제 있는 생활을 하고 있는 것을 보

많은 것을 배울 수 있었던 프랑스에서의 경험

고, 프랑스 경찰청에서는 각 개인의 인권과 자율권을 충분히 부여해 주어 제재하거나 감독하기보다는 직원을 믿고 직원들이 각자 양심에 따라 자율적으로 생활할 수 있는 분위기를 조성해주고 있다는 것으로 선진 조직문화가 정착되었다는 것을 느낄 수 있었다.

프랑스 경찰은 일과시간까지는 각자 맡은 바 임무에 최선을 다하고, 일과시간 후에는 각자 무엇을 하든 사생활을 존중하는 풍토가 정착되어 있어, 일과 개인 여가생활이 균형이 잡혀있다는 것을 느꼈다. 각자의 취미생활 등 시간을 최대한 보장해주고 있는 것이야말로 선진 경찰의 척도라고 할 수 있겠다. 또한 어떤 나라보다 충성심이 강한 전사들이 경찰에 입직한다. 일부 경찰들 중에는 아프가니스탄에 투입되어 현지에서 주요 임무를 수행하고 온 직원들도 있었는데, 각자 그마다의 자부심이 상당히 강했다.

한편 프랑스 여인들은 처음 보는 사람들이라도 인사 시 볼을 비비고 '봉쥬르Bonjour, 프랑스 인사말'라고 인사하는 걸 보았다. 보수적인 한국 사람 정서상 처음에는 낯설어 어색해하곤 했는데, 이후에는 자연스럽게 그 나라의 인사법대로 서로 볼을 비비고 인사를 하며 분위기에 차츰차츰 적응해갔다.

프랑스 교육기간 내 많은 사람들을 만날 수 있었고 많은 이야기를 나누어 보았는데, 한결같이 여유로움 속에 삶을 즐길 줄 아는 멋을 가진 사람들이었다. 각자 남의 눈을 의식하지 않고 멋있는 삶을 살아가고 있었다. 프랑스 니스의 유명 휴양지를 가본 적이 있는데 일부 여인들이 상의를 탈의하고 일광욕을 즐기고 있는 것을 보았다. 남의 눈을 의식하지 않고 편안히 해변가에 누워서 지인들과 이야기를 나누는 모습이 한국 정서와는 맞지 않는 낯선 풍경이었으나 그 나라에서는 아주 자연스러운 모습이어서 이내 분위기에 적응할 수밖에 없었다. 끝없이 펼쳐진 해변가를 따라 달리기를 하는 사람, 자전거를 타는 사람, 근처 bar에서 맥주를 마시는 사람들…… 모든 사람들이 저마다의 일정대로 편안하게 보내는 여유로운 모습을 보며 모국에서 자주 볼 수 없는 낯선(?) 풍경이라 너무 부럽기까지 했다.

그러나 그런 선진국에서도 좋은 사람들만 있는 것은 아닌 것 같았다. 프랑스 시내를 가기 위해 지하철역에서 티켓을 끊는데, 주변 사람들의 프랑스 지하철역 주변에 절도범이 많으니 주의하라는 이야기를 수없이 들어왔던 터라 지하철을 타는 내내 소지품을 감추고 주의하였으나, 일행 중 한 명이 핸드폰을 절도 당하는 사태가 발생하여 굉장히 난감했고, 어느 나라든지 양과 음은 존재하는구나 하는 생각을 하게 되었다.

프랑스에서 머무는 동안 제일 힘들었던 것은 역시 향수병이었던 것 같다. 가족들을 남겨두고 와서 가족들이 너무도 보고 싶었다. 시간 될 때마다 카톡으로 안부를 전하고 소통을 하는 것이 유일한 향수병을 탈피하는 길이었다.

또, 한국음식이 너무 그리웠다. 프랑스 시내에 한국 음식점이 있긴 하지만 가격도 비싸고 거리도 있어 자주 갈 수는 없었다. 그러던 중, 인터폴에 파견근무 중인 주재관께서 우리 팀을 집으로 직접 초대하여 한국음식으로 대접해주셨는데, 그때 먹었던 김치찌개와 된장찌개, 그리고 거기에 소주 한잔 곁들인 만찬은 그 어떤 음식보다 귀하고 맛있는 음식이었다.

프랑스 파리 하면 역시 에펠탑이 랜드마크일 것이다. 에펠탑 주변 센강에 유람선이 떠다니고, 야간에 에펠탑에서 비추는 빛은 세상을 밝히는 희망의 빛인 것처럼 너무 밝고 화려했다. 에펠탑 주변에 세계 각지에서 온 많은 관광객들이 모여 담소하는 모습을 볼 수 있었는데, 세계의 명소라는 타이틀이 무색하지 않을 정도로 세계인들이 모이는 만남의 장소였다.

프랑스는 낭만과 풍류가 있는 멋있는 나라일 뿐만 아니라 문화의 아이콘으로서 세계에서 제일 유명한 루브르 박물관이 있는 곳이기도 하다. 유명한 작가들의 그림, 조각상 등 많은 작품들이 소장되어 있어 문화를 사랑하는 많은 지구촌 사람들에게 더할 수 없이 좋은 명소가 되고 있다.

그중 레오나르도 다빈치의 작품인 '모나리자'는 백미 중의 백미라고 할 수 있다. 모나리자를 보기 위해 오랫동안 줄을 서서 기다리다 마침내 기회가 되어 작품을 감상하게 되었는데 보는 내내 느낀 벅찬 감동은 이루 말할 수 없었다. 학교 다닐 때 책에서만 보았던 작품을 원본으로 실제로 볼 수 있다는 것은 프랑스 여행을 하는 사람들만이 누릴 수 있는 특권이 아닌가 싶었다.

프랑스에서 교육을 받는 내내 너무도 많은 것을 배웠고, 느꼈고, 볼 수 있었던 것 같다. 그 나라의 문화도 지엽적이긴 하지만 보면서 역사를 아는 계기가 되었고, 내 삶의 새로운 이정표를 세우는 계기가 된 것 같기도 하다. 살아가는 동안 또 한 번 갈 기회가 있을지 모르겠지만, 기회가 된다면 다시 한번 그때의 추억을 느껴보고 싶다.

프랑스 경찰청 파견교육 중 같은 교육생들과 함께

14

살면서 경험했던 여러 가지 일들에 대하여

나는 어릴 적부터 물을 좋아했다. 그래서인지 물가에서 노는 것이 너무 좋았고, 틈만 나면 동네 형들과 집 근처 개울가에서 물놀이를 하며 지냈던 추억이 있다. 물을 좋아해서 군도 해군으로 지원하기까지 했으니 얼마나 내가 물을 좋아했는지 추측이 갈 것이다. 그럼에도 어릴 적 물가에서 놀다가 죽을 뻔한 고비가 한 번 있었다.

아마 한 6살쯤으로 기억한다. 여느 때와 같이 동네 형들과 인근에 있는 개울가에서 물놀이를 하고 있었다. 개울가에서 잠수를 하며 물속으로 들락날락하던 중에 수심이 깊은 곳이 있었는데 그걸 모르고 입수를 하다가 나오려고 하니 수심이 너무 깊어 물속에 빠지고 만 것이다. 허우적거리다가 물을 먹고 맥주병처럼 물속에 들어갔다 나왔다를 반복하며 거의 숨이 멈추어지는가 싶어 죽을 것 같은 공포감이 밀려오고 있었는데 그때 물가 인근에 있던 어떤 분이 나를 끄집어내 주어 겨우 살았던 일이 있었다

지금 생각해보면 그때 조금만 늦었더라도 나는 물속에 잠겨 아마 죽었을지도 모를 위험한 상황이었다. 그때 이후로 나는 물속에 들어가기를 꺼려하고 조심해하는 습관이 생겼고, 또 인생을 덤으로 살고 있다는 생각도 하게 되었다.

또 한 번은 해군에 자원입대하여 진해에서 훈련을 받을 때 10미터 높이에서 물속으로 뛰어드는 훈련 프로그램이 있었는데 당시 훈련조교가 입수 전 이것저것 질문을 하며 "지금 가장 생각이 나는 사람이 누구냐."라고 묻기에 "아빠, 엄마요……."라고 대답하는 순간 갑자기 조교가 등을 밀어 아무 생각 없이 물속으로 빠지게 되었다. 그때 무방비 상태에서 물속에 입수하게 되어 굉장히 당혹했고 무서웠던 기억이 있다. 그때 이후 고소공포증이 생긴 것 같아 한 번씩 높은 데 올라가거나 놀이공원에서 롤러코스터 등을 탈 때 일반인보다 무서움을 많이 타는 이유가 된 것 같다. 이렇게 살아가면서 내가 원하든, 원하지 않든 이런저런 상황과 맞닥뜨리게 되는 경우가 왕왕 있다. 그로 인해 안 좋은 일을 경험한 트라우마는 살아가면서 씻을 수 없는 상처로 남기 마련이다.

경찰 재임 동안 겪은 사건사고 중 기억에 남는 사건이 있다. 어느 날 새벽 4시경 근무 중인 파출소로 112신고가 들어왔다. "길가에 아가씨가 누워 있다. 얼굴에 상처가 있는데 범죄 피해를 당한 것 같다."라는 신고였다. 급히 현장에 출동하여 가보니, 20대 초반의 여자가 골목 이면길에 엎드려 누워있고 얼굴에는 타박상이 있는 등 누구인가에 의해 피해를 당했다고 한눈에 알아볼 수 있는 상황이었다.

우선 아가씨를 치료하고 안정시키기 위해 119에 신고하여 구급차를 부르고 병원으로 후송하여 치료 및 가료를 시켜놓고, 얼마간의 시간이 지난 후 자초지종을 물어보니, 피해를 당한 아가씨는 친구들과 늦게까지 술을 마시고 집으로 귀가하던 중, 집 근처 골목길로 들어서서 걷고 있는데 불상의 오토바이를 탄 남자 1명이 뒤에서 손으로 입을 막고 넘어뜨려 강간을 하려고 하는 것을 몸싸움으로 버티고 대응하자 얼굴을 수회 때리고 가지고 있던 지갑과 돈을 빼앗아 가버렸다는 진술을 하였다.

강력사건이 발생한 것으로 판단, 피해자의 기억을 토대로 용의자가 30대 초반이고 택트 50cc 오토바이를 타고 있었다는 진술을 확보하여 탐문수사에 착수하였다. 우선 그 시간대 택트 오토바이를 타고 다니는 사람이 많지 않은 점으로 미루어 30대 초반의 그 동네 지리를 잘 알고 있는 직업을 가진 사람, 택트 오토바이를 타고 할 수 있는 직업군 순으로 추리를 전개하며 많은 고심을 하였다.

고심 끝에 지역 내 신문을 배달하는 사람이 택트 오토바이를 타고 다니는 것을 확인하고 그 지역 내 신문을 배달하는 배달부를 상대로 탐문을 하던 중, 모 언론사의 직원이 그 지역 배달을 담당하는 것을 알아차리고 즉시 신문사 현장으로 출동했다. 사정을 설명하니 신문사 총무가 매일 신문을 배달하고 신문사에 돌아와야 할 직원이 안 돌아오고 있다 하여, 그 직원이 용의자라는 심증을 굳히고 부근에서 잠복하였다. 그러던 중 비슷한 인상착의의 용의자가 신문사에 들어오는 것을 발견, 현장에서 임의동행하였고 조사하던 중 순순히 범행 일체를 자백하여 범인을 검거할 수 있었던 것이다.

범인을 검거하고 보니 집안이 어려워 힘들게 살아가는 청년이었다. 범인은 새벽길에 여자를 보고 충동심이 일어나 우발적으로 범행을 하였다고 진술하였다. 범인은 잡았으나, 피해자는 그 사건으로 인하여 정신과 치료를 받는 등 트라우마가 너무나 심한 것 같았다. 아마도 살아가면서 낯선 남자를 만나면 항상 그 사건이 뇌리에서 떠나지 않을 것이다.

우리는 살아가면서 여러 가지 경험한 일들을 토대로 좋은 추억도 가지게 될 것이고 나쁜 추억도 가지게 될 것이다. 정도의 차이는 있겠지만, 나쁜 추억으로 평생 살아가는 것은 말처럼 쉽지만은 않을 것이다. 정신적 트라우마를 치유하는 데도 한계가 있기 마련이다. '어떻게 나에게 이런 일이!'라고 생각하고 인생을 자포자기한다면 그 인생은 암흑의 연속일 것이고, 헤어나기 쉽지 않을 것이다. 그러나 그 아픔을 견뎌내고 다시 긍정의 마음으로 일어난다면 언제 그랬냐는 듯이 좋은 인생을 맞이하게 될 것이다.

아무리 어려운 일이 있었더라도, 어려운 일이 진행 중이라도 '이 또한 지나가리라'는 마음으로 꼭 어려움을 이겨내기 바란다. 그 아픔이 나에게는 어떤 힘든 과정에서도 나를 견디게 하는 큰 무기가 될 것임에 틀림없다.

〈여성긴급전화〉

유선전화: 국번 없이 1366

휴대전화: 지역번호+1366(가정폭력, 성폭력, 성매매 등의 긴급전화상담, 긴급보호)

117학교 여성폭력피해자 긴급지원센터

117성폭력, 성매매, 학교, 가정폭력의 법률정보 및 상담 안내

15

아산 황산의 氣를 받은 열정의 戰士들

직장인이라면 바쁘게 살아가면서 한 번쯤 교육 등으로 조직생활을 재정비하고, 재충전할 기회가 필요할 때가 있다. 당면·현안 업무 등으로 여건이 쉽지 않지만, 기회가 주어진다면 새로운 환경에서 자기 자신을 돌아보고, 자기계발을 위한 시간이 필요하다고 본다. 2016년 7월 직무교육을 받을 기회가 생겨, 경찰교육의 요람인 아산 경찰교육원으로 교육을 받으러 간 적이 있다.

경찰교육원은 명실상부한 열정으로 똘똘 뭉친 소정의 과정을 거친 분야의 전문교수들이 근무하며, 전국 각지에서 온 다양한 과정의 교육생들을 교육시키는 경찰교육의 요람이다. 교육과정 매 기수마다 열정과 자부심으로 뭉친 교수와 교육생들의 수업분위기는 한여름의 뜨거운 더위보다 더 뜨거운 열정의 분위기이다. 나 또한 예외는 아니었다.

1주일 교육과정 내내, 담임교수의 관심과 지도 속에 같은 기수 교육생들과 열심히 교육에 임했던 것 같다. 교육과정 내 사례 발표도 했고, 많은 업무적인 이야기도 나누었던 것 같다. 다양한 부서에서 온 교육생들의 생동감 넘치는 이야기는 이후 업무에 상당한 도움이 되었다. 최종평가에서 교수요원 및 기수 교육생들 평가를 통해 우수 교육생으로 선정되어 표창을 받게 되었다. 함께한 훌륭한 교육생들이 많았는데, 교육생들을 대표하여 상을 받게 된 것은 무한한 영광이었다.

아산 경찰교육원을 아우르고 있는 산이 하나 있는데, 그 산은 황산이다. 황산은 학성산~월라산까지 이어지는 종주맥 중 가장 높은 산으로 해발 437.8m이며, 북으로는 신정호, 영인산이, 남으로는 광덕산, 송악저수지가 한눈에 보여 최고의 전망을 자랑한다. 일부 교육생들이 일과 후에는 황산을 오르며 경찰의 얼을 되새기고, 다시금 氣를 받기도 하는데 의미 있는 곳이라 할 수 있겠다.

이렇듯 경찰교육원은 연간 2만 6천 명의 현장경찰관 전문화교육과 신임경찰(경찰간부후보생, 변호사특채, 경정특채) 교육과정을 운영하고 있고, 그 밖에도 각종 워크숍과 치안 관련 학술대회는 물론, 경찰 무도·사격대회를 개최하는 등 명실상부한 경찰교육의 중추기관이라 할 수 있겠다.

또, 지역민들을 위하여 일정기간 숙소 등을 개방하여 다양한 프로그램을 체험할 수 있도록 하고 있어 호응도 좋다. 커가는 자녀들에게 예비 경찰의 꿈을 키울 수 있도록 경찰의 시설을 이용하게끔 하고, 경찰의 업무에 대하여도 알 수 있게 해주어 자연스레 홍보효과도 생기는 것이니, 그야말로 1석 2조의 효과가 있다고 할 수 있겠다.

이렇듯 경찰교육원장을 비롯하여 교무과장과 이하 각 교수요원들이 '실력을 갖춘 당당한 경찰', '국민과 함께하는 따뜻하고 믿음직한 경찰'을 육성하는 경찰교육기관이 될 수 있도록 열심히 뛰고 있다. 열정과 실력을 갖추고, 친절하고 마음이 따뜻한 경찰관을 양성하는 전문기관이 있는 이상, 결국 국민에 대한 치안서비스의 질은 한결 더 높아질 것이다.

상사로 모셨던 조병노 총경님과 기념사진

16

순국선열 및 호국영령에 대한 묵념

대한민국 건국역사 이래 북한의 침입에 맞서 당당히 목숨을 버리고 끝까지 조국을 수호한 위대한 순국선열들이 많다. 그중 대표적인 호국인물들을 소개하는 한편 역사적인 사건을 소개하고자 한다.

〈차일혁 경무관〉

故 차일혁 경무관은 1950년 12월 전투경찰 제18대대장(경감)으로 경찰에 투신하였으며 당시 불과 70명의 결사대원으로 2,000여 명의 적을 격파하였다. 그의 용맹과 기상은 당시 빨치산들에게 널리 알려질 정도였다고 한다.

특히 그는 6·25전쟁 당시 남부군 토벌작전에 참가해 빨치산 근거지 초토화의 일환으로 해당 지역의 오래된 사찰들을 전부 불태우라는 상부 지시에 반발하여 화엄사 각황전의 문짝만 떼어내 불태우는 등의 방법으로 화엄사, 천은사, 배양사, 쌍계사 등의 귀중한 문화재 소실을 막아낸 바 있다. 이는 당시 군·경 지휘관의 일반적인 경향과 다른 것이었다. 구례 화엄사에서는 차일혁 경무관의 이러한 공적을 기려 공적비를 세우기도 했다.

또한 임실경찰서장 재직 시에 전쟁으로 거처를 잃어 엄동설한에 떠는 관내 천여 가구 주민에게 주택을 짓도록 도움을 주었으며 전쟁 후에는 전쟁으로 부모와 집을 잃고 유랑하는 수많은 청소년들에게 자활의 기반을 마련해주었다. 이렇게 많은 공을 세운 차일혁 경무관은 1958년 8월 공주경찰서장 재직 중 심장마비로 유명을 달리하였으며 1975년 치안분야 국가유공자로 선정되었다.

〈최규식 경무관〉

故 최규식 경무관은 종로경찰서장으로 복무하면서 북한 김신조 특공대의 청와대 습격 작전을 목숨으로 막아낸 인물이다.

1968년 1월 13일 북한군 정찰국장에게서 청와대 습격에 관한 구체적인 지시를 받은 북한 124 부대원 31명은 1월 16일 밤 10시 황해북도 연산군의 제6기지를 출발하여 1월 18일 휴전선을 돌파한다. 그들은 1월 19일 임진강을 걸어서 횡단하고 경기도 고양시 삼봉산에서 하룻밤을 보낸 후 20일 앵무봉을 통과하여 비봉–승가사로 이어지는 산악길을 타고 21일 밤에는 세검정파출소 관할 자하문초소에 도착한다.

자하문초소에 당도한 124 부대원 31명은 드디어 이곳에서 검문을 받게 된다. 부대원들은 "우리는 CIC 소속 대원이다. 특수훈련을 마치고 복귀 중인데 방해하지 말고 비키라."고 다그쳤지만, 대량의 병력 이동을 보고받지 못했던 종로경찰서장 최규식 총경이 지휘하는 경찰

병력이 그들의 진군을 막아섰다.

때마침 버스 2대가 길을 따라 올라오는 것을 보자 지원 병력으로 오인한 124 부대원들은 경찰 병력에 총기를 난사하고 버스에 수류탄을 던진 뒤 사방으로 흩어져 달아났다. 이에 최규식 총경이 현장에서 전사하고 기타 많은 경찰이 부상했으며 버스에 던진 수류탄 때문에 민간인 사상자까지 발생한다.

그 뒤 크고 작은 전투를 통해 29명 사살, 1명 투항(김신조 소위), 미확인 1명 생포의 전과를 올리며 사건은 종결되지만 우리 측의 피해도 커서 최규식 당시 종로서장을 비롯하여 제1보병사단 15연대장 이익수 대령이 교전 중 피격당해 전사했고, 특히 도주과정에서 무차별 사격으로 민간인 피해가 여러 건 발생하기도 했다. 심지어는 참관 겸 작전 지도차 온 주한미군 병사도 사망해 총 32명 사망(군 장병 25명, 민간인 7명)에 52명이 부상을 당했다.

이 사건의 여파로 주민등록증이 탄생했으며 예비군과 5분 대기조, 전투경찰 및 실미도 부대가 창설되었다. 또한 이와 관련, 故 최규식 경무관을 기리는 동상이 종로구 부암동에 세워져 있다.

그 외, 경찰로 투신하여 국가와 민족을 위해 근무 중 순직한 많은 순직경찰관과 그 유가족들에게 삼가 고인의 명복을 빈다. 또한, 일일이 열거하지 못한 많은 호국선열들이 역사 이래 국가와 민족을 위해 목숨을 바쳐왔는데 유명을 달리한 순국선열과 그 유가족들에게도 심심한 위로의 말씀과 명복을 비는 바이다.

세계 어느 나라를 다녀 봐도 대한민국만큼 치안이 강국인 나라는 없다고 하고, 다양한 나라에서 우리나라의 치안기법을 전수받기 위해 많이 오고 있다. 날로 범죄가 지능화, 흉폭화 되어 가는 상황에서도 편안하게 생활을 영위할 수 있는 것은 치안현장에서 어떠한 거리낌도 없이 국민의 생명과 재산을 지키기 위해 목숨을 바친 순직경찰들의 희생이 있었기에 가능했다고 말하고 싶다. 그들의 희생과 고귀한 정신은 역사 속에 영원히 기억될 것이다.

17

땅꼬마가 살아온 경찰인생의 레시피

내가 어릴 적 태어나고 자란 곳은 경북 김천시 부곡동의 작은 동네 고래실이라는 곳이다. 야산 앞마당에 송아지가 고즈넉이 풀을 뜯어먹고, 논 안에는 개구리가 울고 간간이 물뱀을 볼 수 있는 전형적인 시골마을이었다. 마을의 거의 대다수가 흙으로 지어진 집이었고, 간혹 슬라브를 이용하여 지은 집은 그중 괜찮게 사는 집이었던 걸로 기억한다.

전형적인 시골마을이라 그 당시 친구들과 마땅히 놀 만한 것이 없었다. 산으로 들로 친구들과 땅거미가 질 때까지 놀러 다녔고, 저녁때가 되면 할머니가 저녁을 먹으라고 찾으러 다니곤 했고, 이내 숨바꼭질하듯이 동네 어귀에 숨어 있다가 할머니의 레이더망에 포착되어 붙들려 집으로 들어오곤 했던 기억이 있다.

김천은 포도와 자두 농사가 유명한 곳이기도 하다. 내 나이 이상 되는 분들은 시골에서 자라면서 수박서리, 포도서리, 기타 과일들을 서리하여 몰래 친구들과 그들만의 아지트에서 숨어서 먹은 추억이 있을 것이다. 먹고살기 힘들 때, 그 당시 주인이 알고도 모른 척해 주었던 시대상을 반영하는 먹을거리의 슬픈 추억이라고 생각한다.

그 당시에는 굉장히 살기가 어려웠다. 굳이 富農이라 하면 소·돼지·닭 등 가축을 많이 키우고 팔아서 먹고사는 사람들이 부자라고 호칭되던 시대였다. 집 근처에서 소에게 먹이를 주기 위해 큰 솥단지에 풀죽을 끓이고, 작두로 풀을 자르고, 닭에게 모이를 던져주는 모습은 흔하게 보이는 일상사였다.

지금 생각해보면, 여러모로 살림살이가 녹록지 않았던 경제 형편이었는데도 주민 간·이웃 간 인정은 더 많았던 것 같다. 동네 잔칫날이면 동네사람들이 삼삼오오 모여앉아 서로 일을 도와주고, 만든 음식들을 나누어 먹고 정겹게 이야기하는 그런 풍습이 관례화되어 있었다. 이웃사촌이라는 말대로, 집 안에 숟가락이 몇 개 있는가를 알 정도로 속속들이 동네 집안에 대한 대소사를 꿰뚫고 있어 항시 어려운 일이 있거나, 좋은 일이 생겼을 때 서로 협동하고 합심하는 풍토가 있었다. 그게 시골사람들의 인심이다.

당시 친구들과 마땅히 놀 만한 거리가 없어 소위 '땅따먹기(돌을 손으로 튕겨서 땅을 그어 땅을 획득하는 놀이)', 구슬치기, '짬뽕(물렁물렁한 공을 손으로 때려서 하는 야구게임)' 등을 많이 하였다. 지금 그 당시를 회고해 보면, 너무나도 재미있었고 대중화된 놀이였던 것 같다.

한편 그때는 먹고살기 힘들 때라 성공하기 위해서는 공부를 열심히 해야 한다는 생각과 공부를 잘하는 것이 출세할 수 있는 유일한 길이라는 생각이 보편화되어 있었다. 어쩌면 그것은 예나 지금이나 다를 바 없는 것 같다. 지금은 여건이 된다면 학원이나 과외 등을 할 수 있고 그 외에도 공부를 할 수 있는 방법이 많지만, 그 당시에는 종합문제집 하나면 충분했고, 그 책만 열심히 보면 좋은 성적을 낼 수 있었다.

경북 김천은 지리적으로 2개 도가 접지되어 있는 곳이다. 위로는 충북, 왼쪽으로는 전북. 그래서 교육열이 높은 도시이다. 그래서인지 작은 도시치곤 학교도 제법 많이 있었다. 내가 졸업한 한일중학교(現 석천중학교)를 비롯하여 14여 개의 중학교가 있고, 고등학교도 12개나 있으며, 대학교도 김천대학교, 경북보건대학교 등 2개가 있는 명실상부한 교육의 도시이다.

경북보건대학교(총장 이은직)는 1956년 2월 13일 설립되어 개교 60주년을 자랑하며, 글로벌 보건 특성화 대학이라는 슬로건에 맞게 7개 학과(간호학과, 작업치료과, 발전플랜트설계과, 철도경영과)를 설립하여 매년 많은 인재들이 들어오고 있다. 특히, 2015년 8월 교육부와 한국교육개발원에서 주관한 '2015년 대학 구조개혁 평가'에서 대구·경북지역 전문대학 가운데 유일하게 '최우수 A등급'을 획득한 명실상부한 김천의 랜드마크로서 지역민들의 자부심이 강하다.

나는 한일중학교(現 석천중학교)를 다녔다. 집(김천시 부곡동)에서 학교(김천시 황금동)까지 거리가 좀 멀어 학교 다니는 3년 동안 자전거를 타고 다녔다. 그 당시는 버스나 자가용이 흔하지 않은 시대라 학생들이 자전거를 타고 다니는 것이 보통 관례였다.

각 학교에는 자전거 보관소가 있었고, 자전거에는 개인별로 주인을 식별할 수 있는 표찰을 달고 다녔다. 학교 등·하교 시에 자전거의 페달이 얽혀 자전거를 끌고 오거나, 타이어가 펑크가 나서 자전거를 수리하는 곳에 맡겨두고 걸어오는 경우도 왕왕 있었다. 옛날 인기를 끌었던 영화 '친구'의 장면을 보면 그 당시의 상황을 잘 보여주고 있어 공감을 했던 적도 있다.

그 당시 중학교, 고등학생은 까까머리에 교련복을 입어야만 했다. 그래서 어딜 가든 머리나 복장을 보면 학생이라는 것을 쉽게 식별할 수 있었다. 내가 다니던 한일중학교(現 석천중학교)는 한 학년당 4개 반이 있었고, 학교 운동장이 협소하여 쉬는 시간에도 마땅히 뛰어다니거나 놀 만한 곳이 없어 교실 내에서 동급생과 이야기를 하거나, 학교 매점을 들락거리면서 먹을거리를 사먹고 친구들과 이야기를 하면서 소일을 했다. 당시 매점에는 튀김만두, 라면 등을 팔았는데, 너무나도 맛있었다.

생각해보면 작은 학교지만 선생님들은 열의를 가지고 학생들을 지도해주었다. 당시 담임이었던 이석진 선생님이 유독 기억에 많이 남는다. 별명이 '킹콩'이었는데, 생김새가 남자다우면서도 외모 풍채가 커서 학생들이 지어준 별명인 걸로 기억한다. 영어선생님이셨는데, 시험을 보면 영어성적이 좋아서 유독 나를 많이 아껴 주시고 격려해 주셔셔 지금도 너무 감사하게 생각하고 있다.

당시 한일중학교에서는 전교 1등에서 30등까지 성적이 우수한 학생들의 사진을 교무실 입구 위 벽에 붙여놓고 학생들을 격려해주는 이벤트를 매 시험 후 하였는데, 거기에 사진이 붙는 것은 개인적으로 영광이고 곧 공부를 잘하는 모범생으로 간주되기 때문에 다들 열심히 공부를 했던 것 같다. 개인적으로 몇 번 사진을 걸어보았고, 영광이었다.

작은 학교지만 한일중학교 출신 출향인사 중 공직자로서 잘된 분들이 많다. 다들 일일이 열거할 순 없지만, 대표적으로 송언석 기획재정부 차관, 박건찬 치안감(경찰), 우철문 총경(경찰), 윤지광 변호사, 손승목(국민권익위) 등 많은 동문들이 공직분야에서 열심히 모교의 위상을 빛내고 있다.

이후 중학교를 졸업할 때쯤 담임선생님이 개인적으로 불러서 '고등학교를 어디를 지원할거냐'고 물어오셨다. 당시에는 집안 형편이 녹록지 않아서 나는 성적이 좋았음에도 인문계 고등학교를 지원하지 않고 공고를 가서 일찍 기술을 배워 취업을 하고픈 마음으로 일관되게 공고를 가겠다고 했었다. 그런데 담임선생님은 계속 '공고는 안 된다'고 하시는 것이었다. 이유를 물으니 '아무튼 공고는 안 되고, 너는 성적이 좋으니 김천고를 지원해라'고 하셔서 '저는 공고를 가야 합니다. 공고를 지원하도록 해 주십시오!'라고 애걸복걸하였다. 하지만 끝내 나의 입장을 수용 안 하시어 결국 선생님의 뜻에 따라 김천고를 지원하게 되었다.

김천고는 지금도 그렇지만, 그 당시는 학력고사를 쳐서 성적이 우수한 학생들만이 들어갈 수 있는 지역 내에서 손꼽히는 명문고등학교였다. 많은 지역 내 성적이 우수한 학생들이 원정을 와서 시험을 볼 정도로 치열한 경쟁을 이겨내야만 갈 수 있는 학교였다. 중학교를 졸업할 당시, 성적이 우수하였지만 김천고에 합격할 수 있을까 하는 걱정도 있었던 것이 사실이다. 그러나 선생님의 의도대로 고등학교 진학시험을 치렀고, 당당히 합격자명단에서도 상위권에 이름을 올렸다. 치열한 경쟁을 뚫어 합격한 만큼 개인적으로 영광이었고, 동네에서도 어른들이 많이 축하해주어 뿌듯한 마음이었다.

김천고에 합격한 이후, 우수한 동급생들과 좋은 인간관계를 유지하면서 열심히 공부를 했던 것 같다. 그 당시에는 학원이나 과외 등을 할 수 있는 여건이 아니었으므로 수업을 마친 후 학교 내 도서관에서 늦은 밤까지 공부를 하며 향학열을 불태웠었다. 또한 명실상부한 명문고답게 선생님들의 능력도 뛰어나서 학생들을 잘 가르쳤고, 학생들은 선생님의 수업에 열중하며 상당한 실력을 키워나갔다.

학생들의 애교심도 깊어 김천고의 설립자인 故 최송설당 여사의 동상이 학교 뒷산에 있는데 매년 동문들이 묘소를 찾아 참배를 하고 있다. 또한 매년 기별축구대회 등 많은 모교행사를 개최하는 데 이어, 각종 장학사업으로 후학 양성에도 매진하고 있어 모교의 전통을 이어가고 있다.

나는 김천고를 졸업한 학생으로서, 많은 선·후배들이 전국 곳곳에서 다양한 분야에서 두각을 나타내시고, 동문으로서의 위상을 제고하고 있는 모습을 보며 굉장한 자부심을 느끼고 있다. 특히, 84년도 대학학력고사에서 송병호(現. 미래이비인후과 원장) 동문이 전국수석을 차지한 것은 전국에 김천고의 이름을 알리게 되는 계기가 되기도 하였다.

지금 생각하면, 중학교 졸업 당시 담임선생님이 공고를 가지 못하게 하고, 김천고를 가게 한 것은 어떻게 보면 나에게는 큰 행운이었는지도 모르겠다. 나중 알게 된 일이지만, 돌아가신 할머니께서 담임선생님을 면담하여 '손자를 꼭 김천고등학교에 입학하게 해 달라'고 신신당부하셔서 그 뜻을 받들어 선생님께서 나에게 김천고를 지원하라고 했던 것이었다.

어쨌든 지금도 전국 각지에 있는 동문들의 건승하는 소식을 접하고, 우연한 기회에 유수의 훌륭한 동문들을 만날 때마다 김천고를 졸업했다는 것에 대해 큰 영광과 자부심을 느끼게 된다. 자신이 졸업한 학교를 자랑하는 것이 나쁜 것은 아니라고 본다. 나 자신을 일깨워 준, 각자 나름대로의 소중한 추억을 가지고 있을 것이기 때문이다. 사회에 나와서도 김천고를 졸업한 동기생들과 간간이 만나면서 학창시절을 회고하며, 많은 이야기를 나누고 있다. 많은 어려움이 있을 때나 상의할 일이 있을 때 지금도 고등학교 동기생들과 만나 의논하고 협력하는 관계를 유지하고 있다. 어떻게 보면 이들이야말로 내 인생에 있어 가장 소중한 자산이자, 든든한 후원자들이라는 생각을 해본다.

고등학교 졸업 후엔 취업에 대하여 심각한 고민을 하게 되었다. 무엇을 하는 것이 가장 좋은 것인지, 가장 내 적성에 맞는 것이 무엇인지 등등……. 지금도 마찬가지이지만, 현실적인 취업에 대한 생각을 하지 않을 수 없었던 것이다. 결국엔 가장 안정적인 직장을 갖자는 생각을 하게 되었고, 그 길이 공무원이라는 생각을 하였다. 그래서 서점에서 공무원 서적을 구하게 되었고, 검찰 또는 경찰을 하기 위하여 열심히 공부하던 중 아버지의 권유로 경찰로 방향을 확정하여 경찰시험 준비에 돌입하였고 그 후 시험에 합격하여 경찰공무원이 되었다.

처음부터 경찰을 하려고 했던 것은 아니었다. 여기저기 다양한 직업군을 알아보고 있었고, 내 적성과 실력에 맞는 곳을 찾으려고 노력해 보았으나, 옛날이나 지금이나 취업을 하기란 쉽지 않았다. 그럴 때 부모님이나 선배, 지인들의 조언과 격려가 큰 도움이 되었다. 나보다 오래 인생경험을 한 분들의 조언은 무시할 수 없는 큰 자산이었고 아버지의 조언으로 경찰공무원에 입문하게 된 것이었다. 부모의 시각으로 볼 때 어릴 적부터 내 적성이 경찰에 맞을 것이라고 생각하셨을 뿐만 아니라 경찰의 업무영역이 다양하고 공무원이라는 안정성도 보장되기 때문에 권유하셨던 것으로 이해한다.

경찰공무원으로 합격을 하고 나서 충주에 있는 중앙경찰학교에서 교육을 받았다. 중앙경찰학교에 입교하는 첫날, 본관 벽에 쓰여 있는 '조국이여 그대를 믿노라'는 문구가 눈에 확 들어왔다. 국가를 위해 몸바칠 각오가 되어있는 젊은 경찰관들의 피를 뜨겁게 달구는 문구라는 생각이 들었다. 교육기간 내 경찰관이 되기 위한 다양한 정신, 실무교육을 받았다. 훌륭한 교육이었다. 또, 경찰·순경 공채 동기생들과 6개월간 호흡하며, 서로 의지하며 좋은 시간을 보냈던 것 같다.

동기들은 그렇게 퇴소하여 지금 전국 각지에서 훌륭한 경찰관이 되고 거리의 판사로서 열심히 근무 중이다. 교육기간 중 한 내무실에서 가깝게 지냈던 동기생들과는 아직도 연락하며 서로의 안부를 묻고 있다. 특히, 김형식(現 전북 군산서 근무), 강진호(現 서울 마포서 근무) 동기는 같은 내무반에서 생활했던 터라 각별한 친분이 있는 동기생이다.

교육 수료 후, 경찰이 되어 경북 의성서에 초임으로 배치되었다. 전형적인 시골의 조용한 경찰서로 치안수요가 많지 않았다. 밭농사 및 과수농사를 주로 하는 시골이라, 연세 드신 분들이 대다수 주류를 이루고 있어 친할아버지, 할머니, 아버지, 어머니 같은 애틋한 생각이 많이 들었고, 자식들을 위해 村老가 허리를 굽히시고 일하시는 모습이 안쓰럽게 느껴졌었다. 일하시다가 새참(일하는 중간에 먹는 밥·간식)을 먹을 때면 순찰 중인 나를 불러 같이하자며 따뜻하게 맞이하여 주는 모습이 지금도 눈에 선하다.

간혹 시골에 근무하는 경찰관들더러 '막걸리 순사'라는 이야기를 하곤 한다. 이는 개인적으로 경험한 바에 의하면 순박한 농사를 짓는 사람들과 같이 정을 나누고 같이 일하는 와중에 새참으로 막걸리를 먹을 때 경찰관에게 호의적으로 한잔 하라고 권하는 시골풍토가 있어 그에 따라 같이 이야기 들어주며, 한잔 하던 관습에서 나온 것 같다. 하지만 세간에선 그것이 부정적으로 인식되어 있는 것 같기도 하다. 시골에서 근무생활은 평온하고 정겨웠던 기억이 있다. 시골사람들과 잘 어울리고 부대끼며, 각종 행사에 참석하여 같이 기뻐하고 슬퍼하며 합심하여 그렇게 시간을 보냈던 것 같다.

그러던 중, 고향 김천으로 발령을 받게 되었다. 김천은 태어나고 자란 곳이라 모든 분들이 지인, 선·후배로 이루어져 있어 행동 하나하나에 조심하며 근무를 했었던 것 같다. 자칫 근무 중 말 한마디, 한마디에 실수를 하면, 금방 소문이 퍼지게 되어, 지역사회에서 안 좋은 평을 받는 것이 다반사기 때문이다.

그래서 경찰관은 태어난 지역에서 근무하면 힘들다는 이야기를 하는 것으로 알고 있다. 그러나 나는 김천 고향에서 근무하면서 많은 고향 분들의 관심과 격려 속에 하루하루 재미있게 생활했던 것 같다. 고향이라서 그런지 마음도 편했었고, 직원들과도 형·동생 하며 가족같이 지내면서 단합하며 근무를 하였다. 훌륭한 지역민들도 많고, 훌륭한 직원들도 많은 곳에서 많은 것을 배웠던 것 같다.

나는 기회가 된다면 김천 고향으로 내려가서 마지막 공직생활을 마감하고픈 마음도 있다. 김천 하면 유명한 사찰로 직지사가 있는데, 간혹 쉬는 날에는 직지사를 찾아서 마음을 달래고 정신적 수련을 하는 시간을 갖기도 했고, 인근에 있는 친구를 따라 구성, 지례 등 개울가로 놀러 다니기도 하며 힐링 하는 시간을 갖기도 했다. 김천시가 지리적 여건상 발전이 더뎠는데 지금은 혁신도시 등 많은 기관이 이전되어 있고 많은 학교가 육성되어 있는 교육의 도시로서 향후 더욱더 발전가능성 있는 곳으로 살기 좋은 곳이 될 거라 믿는다.

나는 어릴 적에 아버지로부터 글을 쓰는 법을 배웠었다. 지금은 돌아가셨지만, 아버지는 글쓰기를 좋아하셨다. 여기저기 많은 글을 써오셨고, 많은 곳에 글이 게재되기도 하였다. 그런 아버지 지도하에 글쓰기를 배웠고, 글 쓰는 것이 너무 재미있었다. 그래서 나는 어릴 적부터 많은 글을 써왔는데 특히 초등학교까지 일기를 줄곧 쓰면서 하루하루 글쓰기에 푹 빠져 왔던 것 같다.

이러한 성향은 경찰이 된 후에도 이어졌다. 나는 김천서에 근무하는 동안에도 일부 직원들에게 '김주필'이라고 불릴 정도로 다양한 글을 써왔다. 그간 다양한 신문사 등에 언론기고나 수필을 게재하였던 것을 스크랩하고 있는데 한 번씩 그것을 볼 때마다 실로 많은 글을 썼구나 하는 생각이 내심 떠오른다. 어쩌면 그것이 이번에 책을 내게 되는 계기일지도 모르겠다.

98년도에는 우연한 기회에 'MBC 일요일 밤의 대행진'의 '한판승부'란 프로그램에 사연을 응모하였고, 당선이 되었다. 당시 'MBC 일요일 밤의 대행진'은 가장 인기 있는 예능프로그램이었고 많은 사람들이 시청했기에 나는 크게 기뻤다. 곧 MBC 방송국에서 방송에 출연해달라는 요청을 해왔으나, 공무원 신분으로서 방송에 출연하기란 쉽지 않은 상황이었다. 지휘체계를 밟아 보고를 해야 하고 허락이 나야 하기 때문이었다. 우선 상사들에게 방송국의 입장을 보고를 드렸으나, 처음에 쉽게 허락이 떨어지지 않았다. 여러 가지 제반여건상, 경찰관의 신분으로 출연하는 것이 녹록지 않았던 것 같다. 그런 사정을 알아차린 MBC 방송국에서 정식으로 경찰청에 공문을 요청한 덕택에 허가가 떨어지고 나는 전격적으로 방송에 출연하게 되었다.

내가 출연한 'MBC 일요일 밤의 대행진'의 '한판승부' 코너는 신청자가 희망하는 스포츠선수를 선정, 섭외하여 그 스포츠선수가 코너가 요구하는 미션을 한 번에 성공시키면 출연자의 소원·희망사항을 들어주는 프로였다. 나는 야구를 좋아하여 삼성 라이온즈의 양준혁 선수를 희망하였으나 해당 구단 사정상 여의치 않아 LG 트윈스의 4번 타자 한대화 선수를 섭외하여 녹화를 하게 되었다. 한대화 선수가 잠실 주경기장에서 투수가 던져준 공을 한 번에 쳐서 홈런을 내야 하는 도전이었는데, '한판승부'에서도 가장 어려운 도전이었던 것 같다. 당시, 바람도 역풍으로 불어서 상황이 좋지 않아 성공하지는 못했으나 워밍업을 하면서 나의 소원을 들어주기 위해 노력하여 주신 한대화(現 한국야구위원회 위원) 선수께 지금 이 지면을 빌려 감사하다는 말을 전하고 싶다.

MBC '한판승부' 출연으로 한대화 선수, 김국진 MC와 한 컷

당시 두 MC(개그맨 이경규, 김국진 씨)가 "방송에 출연하게 된 계기가 무엇입니까?"고 물었던 바 있는데 다음과 같이 대답했던 기억이 난다.

"요즘 대한민국 범죄가 상당히 지능화·수법화 되어 가고 있습니다. 범죄인들은 인터넷이나 각종 매스미디어를 이용하여 사기 범죄를 많이 저지르고 있는 반면에, 경찰은 경찰 개개인의 수사능력에 비해 그런 범죄에 대응할 컴퓨터 등의 장비가 모자라 그에 대한 보급·확충이 필요합니다. 만약 한판승부가 성공한다면 제가 근무하는 경찰서 각 과에 최신형 컴퓨터를 보급해 주고 싶습니다."

당시 경찰에 입문한 지 얼마 안 된 상태에서 경찰의 입장을 잘 대변하는 멘트였다고 자평해본다.

비록 성공은 하지 못했으나 방송 출연은 의미가 있었다. 무엇보다 방송의 위력이 자못 대단하다는 것을 느낄 수 있었다. 방송이 나가자 내 얼굴을 알아보는 사람이 많아졌고, 근무처 근처에 있는 고등학교 학생들이 사무실을 찾아와 아는 체하는 등 잠시 반짝 인기(?)를 누렸던 것 같다. 그 당시 출연한 녹화프로그램을 VCR 테이프로 보관하고 있는데, 지금도 나에게는 잊을 수 없는 소중한 자산이자 보물로 간직하고 있다.

개인적으로 '세바시(세상을 바꾸는 시간)' 방송을 자주 본다. 시간 될 때마다 유튜브 영상이라든가 각종 매체에 나와 있는 출연자들의 인생사를 청취하면서 많은 것을 깨닫게 된다. 그곳에 나온 사람들이 처음부터 성공한 사람, 명예가 드높은 사람은 아니었다. 삶의 우여곡절을 겪으면서 희망과 목표를 가지고 한걸음, 한걸음 정진하다 보니 결국 그 꿈을 이루게 된 사람들이었다.

얼마 전 김미경 강사(이클래스 대표) 및 김창옥 스타강사의 세바시 강연을 리플레이 하여 본 적이 있다. 많은 생각을 하였고 공감하는 내용이었다. 저마다의 삶의 굴곡이 있었는데, 그 역경을 잘 헤쳐 나왔기에 결국 지금의 성공이 있다고 생각한다. 기회가 된다면 그분들과 이야기를 나누고 싶은 소망이 있다. 많은 것을 이야기하고 질문하고 토론하고픈 생각이 들었다.

살아가면서 무엇이든 도전하는 자세가 필요하다고 생각한다. 자기가 잘할 줄 아는 분야에서 끊임없이 도전한다면 두각을 나타낼 수 있지만, 도전이 없다면 뛰어난 능력도 무용지물이 될 수밖에 없기 때문이다. 도전이 있기에 결과가 있는 것이라고 확신한다. 비록 그 도전이 실패할 수도 있지만, 그 속에서 배우는 것도 많기 때문에 결코 실패한 도전은 아니라고 본다.

우연한 기회에 하게 된 나의 도전이 성공하여 방송에 출연하게 되고, 나에게는 잊지 못할 인생의 한 사건으로 남게 되었던 과정도 역시 도전이 있었기에 가능한 것이었다. 앞으로도 어떤 상황이 도래할지 모르지만, 심혈을 다해 도전을 해보고 싶다.

나의 어릴 적 별명은 땅꼬마였다. 키가 작고 왜소했던 탓에 친구들이 붙여준 별명이다. 요즘은 땅콩이라고 많이 부르는데, 같은 의미라고 본다. 그런 신체적 열등감을 해소하기 위해 운동을 열심히 했다. 중학교 때는 잠깐 유도를 하는 등 비록 키는 작지만, 남에게 얻어맞지는 않으려고 나 자신을 강하게 만들었던 같다. 육체로는 물론 정신적으로도 남 못지않게 무장을 하였다. 웬만한 충격에도 흔들리지 않는 강한 멘탈을 가지려고 노력하였다.

우리는 살아가면서 많은 상황에 봉착하게 된다. 그런 상황을 견뎌내야 한다. '피할 수 없으면 즐겨라'라는 말이 있다. 아무리 힘들어도 참고 견뎌내야 한다. 그리고 꿈을 가져야 한다. 결과도 중요하지만 과정도 중요하다. 비록 힘든 상황이 오더라도 내 자신의 인생을 위해 즐길 줄 알아야 한다. 그리고 작은 것에 만족하고 행복해하는 삶을 가졌으면 한다.

나는 개인적으로 살아가면서 힘든 상황을 겪을 때, 어릴 적 물에 빠져 죽을 뻔했던 상황을 생각하며 역경을 헤쳐 나오곤 한다. 그때 거의 숨이 멎을 때쯤 근처에 있던 선배가 나를 건져 주었는데, 만약 그대로 놔두었다면 지금 나는 이 세상에 없을 것이다. 그때 이후, 나는 삶을 덤으로 살고 있다는 생각을 하고 있다. 그러니 아무리 힘든 상황이라

김천 지역 국회의원인 이철우 의원과 기념사진

도 허허 웃으며 견뎌낼 수 있는 耐性이 생긴 것이다.

작은 것에 만족하고 행복해할 줄 아는 삶, 그것이 행복한 삶이라고 말하고 싶다. 세상은 무엇도 뜻대로 되는 게 없다. 그렇다고 한 번뿐인 내 인생을 송두리째 버릴 수는 없지 않은가? 나를 낳아준 부모님, 내가 태어난 곳, 졸업한 학교, 가까운 지인·친구 등 많은 사람들이 내 가까이서 나를 응원해주고 있다고 생각하자. 그들에게 부끄럽지 않은 내가 되기 위해서 하루하루 열심히 나의 삶을 다듬으며 멋진 작품을 만들도록 최선을 다하자. 그게 나에게 주어진 숙명이자, 운명이다…….

18

논쟁과 대립의 사회에 대하여

경찰 입문 이후, 최일선현장에서 근무하면서 특히 교통위반자들을 단속하는 부서에서 근무한 적이 있다. 그때 겪으면서 생각한 이야기들이다.

요즘 집은 없어도 차가 있을 정도로 많은 사람들이 차를 가지고 있고, 대중교통을 이용하기보다 개인 승용차를 이용하여 출퇴근 및 개인 용무를 보는 경우가 많다 보니 도로 곳곳에 차량으로 인한 정체가 잦다. 그렇기 때문에 일선 교통경찰은 차량 소통 원활화 및 교통사고 예방을 위하여 일과시간 중 단속업무도 병행하고 있다.

그런데 교통위반자들을 단속할 때 위반한 운전자들이 본인의 위반한 사실을 부인하거나, 항변하는 바람에 힘들었던 적이 많다. 분명 위반한 사안을 발견하고 차를 정지시켜 적법하게 단속을 하려는데 운전자들이 순순히 위반한 사항을 인정치 않거나, 이런저런 변명을 대며

봐달라고 하는 것은 기본이거니와 오히려 본인의 입장을 주장하며 다그치는 운전자들도 부지기수였기 때문이다. 심한 운전자들의 경우 입에도 담지 못할 심한 욕설을 하는 분들도 있었다.

음주운전을 비롯하여 중요법규 위반사항은 운전자 본인도 위험한 상황에 내몰리지만, 일반 시민들에게도 크나큰 위험을 초래할 수 있기에 상시 조심해야 하고, 안전운전 하는 습관을 가져야 한다. 한순간의 실수와 방심이 개인과 가족의 행복을 무너뜨릴 수도 있음을 분명 명심해야만 하겠다.

인생을 살아가면서, 우리는 흑과 백의 논리가 치열하게 맞서는 광경을 많이 보아 왔다. 어떤 상황에서 분명히 잘한 사람이 있고, 잘못한 사람이 있을 텐데, 잘못한 사람이 순순히 그 사실을 인정하기보다는 이런저런 이유와 변명을 대며 대립각을 세워 항변부터 하고 보자는 식이 많다. 좋은 취지로 무엇을 하자고 하면, 그것을 순순히 받아들여 이해하고 동참하기보다는 상대편의 의도를 무시하고, 아전인수我田引水격으로 대응하는 풍토가 어느 순간부터 우리나라에 만연하는 것 같아 안타깝기만 하다.

교육의 요람인 학교에서도 선생님이 학생들에게 수업시간 중 수업에 방해되는 일이나 잘못된 행위에 대하여 지적을 하면 순순히 반성하기보다는 오히려 선생님에게 대들기도 하고, 잘못을 시인 안 하고 본인의 잘못을 합리화하는 경향이 다분히 있다고 듣고 있다. 선생님으로서 당연히 해야 할 훈계임에도 그 훈계가 제대로 반영이 안 된다면, 그야말로 교권은 추락하고 말 것이다.

정치권에서도 마찬가지이다. 매 선거마다 치열한 이념논리 및 각자도생各自圖生의 이해관계에 따라 지지세력이 자신한테 유리한 편을 찾아 물밀듯이 빠져나가는 엑소더스 현상이 늘 일어나고 있다. 어떠한 정쟁政爭상황이 발생하면 與·野는 한 치의 물러섬도 없이 강 대 강 대치구도를 형성하면서 선거의 승리를 위해 수단과 방법을 가리지 않는다. 중재를 위해 몇몇 정치인들이 서로 간 실리를 따져 타협하려고 노력하지만, 그들만의 도그마dogma에 빠져 쉽사리 해결되지 못하는 정치적 현상이 이제는 식상하기만 하다.

우리나라 상류사회층도 마찬가지이다. 젊은 층의 대다수가 어려운 흙수저의 가정환경에서 태어나 열심히 살아보려고 노력하지만, 뜻대로 제대로 되는 게 없고, 취업도 어려운 상황에서 미래에 대한 불투명과 삶에 대한 비관으로 하루하루를 어렵게 살아가고 있는 데 반해, 상류층 사회의 자제들은 금수저의 자녀로 태어나 부모의 후광을 입고, 좋은 환경에서 좋은 교육과 학벌로 좋은 직장까지 얻는다면, 그건 분명 그렇지 못한 부류의 동시대를 사는 젊은이들에겐 부러움뿐만 아니라 원망의 대상일 것이다. 정상적이지 않은 것이 정상적으로 치부된다면, 그것이야말로 非정상화의 정상화로 바꾸어 놓아야만 한다. 그런 풍토를 분명 만들어야 한다. 그걸 '세렌디피티Serendipity'라고 하기에는 대다수의 사람들이 공감하지 않을 것이다. 일반인들은 어떤 보이지 않는 손이 작용하기에 그들이 남들보다 좋은 학교에 입학하고, 좋은 곳에 취업하고, 쉽게 부를 축적하고, 고위직에 오르고 있다고 믿고 있기 때문이다.

또한 우리나라는 남북한 대치 상황으로 북한의 핵실험 등 위협이 심상치 않게 일어나고 국민의 안보가 문제되는 현실에 직면해 있다. 정부에서는 지속적으로 북한에 대하여 강력한 메시지를 보내고 있지만 북한은 그런 도발행위에 대하여 전혀 미동도 않고, 오히려 더 도발적인 행위를 강행하려고 있는 게 현실이다. 공식적인 논평도 자신들의 행위를 변명하기에 급급한 것을 보면서, 국가 단위의 적반하장의 행태를 보게 된다. 단일민족으로 통일을 위해 서로가 노력하고 화합하며 단결을 하는 화해 모드가 조성돼야지 통일도 부수적으로 따라오는 것일 텐데, 아직도 남북한 상황이 녹록지 않음이 너무 안타깝기만 하다.

국제사회에서도 그간 정치적, 종교적 문제로 전쟁과 내분이 끊이지 않는 곳에서 중재자 역할을 하며 문제를 해결해 준 많은 성직자, 정치인, 기타 인물들이 있었다. 그분들은 극단으로 치닫는 양측을 화해시키고 중재하고 합일점을 도출하여 서로에게 이득이 되는 쪽으로 유도하여 문제를 해결하는 능력이 있고, 또 그것을 위해 스스로의 희생도 아끼지 않는 분들이었다. 중대 사안이든, 작은 사안이든, 서로 간 의견이 다를 때, 양측의 입장을 들어주고 조정하며, 서로 양보할 수 있도록 하고, 합치할 수 있도록 하는 중재자 역할을 할 수 있다면 그런 분은 분명 현자賢者임에 틀림없고, 현 시대를 살아가는 사람으로서 가히 존경받아 마땅하다 할 것이다. 서로 양보하고, 힘껏 도와주며 같이 응원하는 행복한 세상을 만들기 위해 노력하는 그런 사람들이 많다면, 분명 세상은 살 만한 곳이 되지 않을까.

청년들에게 한마디

01

실패는 성공의 어머니다

어릴 적 아버지에게 자전거를 배우면서 많이 넘어졌던 기억이 있다. 자전거를 타기 위해서 중심을 잘 잡아야 하는데 그게 그렇게 쉽지 않았다. 넘어지고, 또 넘어지고……. 그러기를 수백 회 하면서 조금씩 중심을 잡게 되었고 또 조금씩 앞으로 나아갈 수 있었다. 그러면서 느낀 것은 처음에 익숙지 않고 해보지 않은 일이라도 실패를 반복하다 보면 언젠가는 그 일을 성공할 수 있다는 자신감과 도전의식이었다.

유명한 미국의 방송가인 오프라 윈프리는 '인생은 그 모든 것이 불확실하다. 그러나 도전하지 않는 것이 가장 위험한 일'이라며, 도전하지 않고 현실에 안주하는 것을 가장 경계하고 있다. 또한 소설가 마크 트웨인은 '20년 후 자신이 한 일보다 하지 않았던 일을 더 후회할 것이다. 돛을 올리고 안전한 항구를 떠나 항해를 시작하라. 모험을 감행하라'고 이야기하며 도전정신을 가질 것을 주문했다.

살아가면서 많은 도전 기회가 있음에도 지레 '나는 할 수 없을 것 같아. 나보다 더 잘하는 사람이 많을 거야'라고 하며 포기한 경험이 한 번쯤은 있을 것이다. 또 '왜 그때 과감히 도전하지 못했지?' 하며 후회한 적도 있을 것이다. 도전해 보았더라면 비록 실패했더라도 소중한 경험과 나의 자산으로 남았을 텐데 그러한 기회를 스스로 박차버린 꼴이 되었으니 말이다.

사실 도전이라는 것이 말은 쉽지만 행동으로 옮기는 일이 쉽지는 않다는 것은 누구나 잘 알고 있다. 생각처럼 쉽게 이루어지는 것이 아니기 때문이다. '지금 현재가 편안하고 좋은데……. 괜히 모험을 할 필요가 있을까?'라고 자위하며 현실에 안주하는 삶을 택하는 경우가 많을 것이다.

그러나 분명한 것은 현실에 안주하고 도전을 싫어한다면 그만큼 성공의 기회도 없을 뿐더러 성공의 확률도 높지 않다는 것이다. 도전을 하다 보면 고통이 따르기 마련이다. 그리고 실패도 감수해야만 한다. 도전으로 성공할 확률은 50%이지만 그 도전마저 하지 않는다면 성공할 확률은 0%가 될 수밖에 없다. 비록 그 도전이 실패하더라도 나의 소중한 자산으로 남는다. 그리고 그것은 또 다른 도전을 위한 소중한 밑거름이 될 것이다.

아기 때부터 우리는 '배밀기', '뒤집기' 등으로 무수히 도전을 하여 왔지 않는가? 성인이 된 지금은 그때를 회상하며 다시 스스로 도전목표를 정하고 성취하기 위해 노력해야 하지 않을까? 우리가 목표한 것의 대다수가 성공하기 어려울 수도 있다. 그러나 어렵다고 회피해 버린다면, 그것은 다른 누군가가 이룰 것이다. 우리에게 열정과 노력만 있으면 충분히 할 수 있다고 본다.

6.25 전쟁에서 큰 승리를 이끈 맥아더 장군이 참모들의 만류에도 불구하고 인천상륙작전을 감행하면서 한 유명한 말이 있다.

"He did! So I can do!"

여기서 He는 세계 제2차 대전을 승리로 이끈 노르망디 상륙작전의 연합군 총사령관 아이젠하워를 일컫는다. 즉, 이미 한번 시도하여 성공한 사람이 있는데, 내가 못 할 것이 뭐가 있겠냐는 맥아더 장군 특유의 자신감과 도전정신에서 나온 말이라고 할 수 있겠다.

그간 많은 사람들은 남들이 하지 못할 것이라고 생각한 것에 도전하여 성공시키면서 역사를 새로 작성하여 왔다. 그 당시에는 무모한 짓이라고 생각했던 사람들도 그들의 성공을 보면서 도전하게 되고 더 나은 결과를 만들게 되는 것이다. 사람의 생각은 그런 것인가 보다. 많은 사람들이 스스로 '안 될 거야'라고 부정의 틀 안에 자기 자신을 가두어 버리지만 누군가가 유리 상자를 깨뜨리면 나도 깰 수 있다는 마음으로 바뀌어 버린다. 그러니 자기 스스로 그 부정의 틀을 깨는 것이 중요하다 하겠다.

운칠기삼運七技三이라는 이야기가 있다. 운이 7할이고 노력이 3할이라는 이야기인데 살아가면서 운을 무시할 수 없다는 것을 말한다. 그러나 분명한 것은 노력과 도전을 하지 않는다면 그런 운도 나에게 오지 않는다는 것이다. 아무리 높은 산이라도 한 걸음 한 걸음 내딛다 보면 언젠가는 8부 능선을 넘어서 정상에 다다르게 된다. 그 과정은 많이 힘들게 느껴지겠지만, 정상에서 바라보는 산의 광경은 그야말로 천하를 다 얻은 느낌일 것이다.

그간 나는 등산을 하면서도 산행은 나에게 있어서 정상을 정복하는 것이며 그 정상에 올라가는 시간은 정상에서 상쾌한 쾌감을 누리기

경북경찰청에 근무중인 이재벌 직원과 산행 후 기념사진

위한 운동 정도로만 치부하여 왔다. 그러다 보니 산행 중의 과정에서 보이는 아름다운 풍경이나 상큼한 대자연의 광경을 제대로 누려보질 못했다. 오직 정상을 향해서만 걷는 단순 산행이 되는 것이다.

정상만 바라보며 올라가는 산행에서는 힘에 겨워 아름다운 꽃이나 나무들의 아름다움과 신록을 만끽하지 못하지만, 상대적으로 내려올 때는 간간이 그 아름다움을 보게 되었던 것 같다. 이는 우리의 인생도 마찬가지 아닐까? 어떤 목표를 설정하고 그 목표에 도달하기 전까지는 인내와 고통이 따르지만, 그 목표를 달성하고 나면 성취감으로 일순간에 행복감이 물밀듯이 밀려오기 때문이다. 지금 지나가는 우리의 삶은 두 번 다시 오지 않는 소중한 시간이다. 그러니 행복을 미래로 미루지 마라.

나를 바꿀 수 있는 건 자신이라고 생각하자. 반대로 나의 가장 큰 적은 바로 나 자신인 것이다. 실패는 성공의 어머니이다. 불가능이란 없다. 포기하지 않는 마음만 있다면 절대 불가능이란 없다. 자기 스스로 한계를 정하고 이런저런 핑계로 스스로 포기할 뿐이다. 매사에 긍정적으로 생각하고 도전한다면 반드시 성공할 것이다. 두려워하지 마라. 성공이란 열쇠가 항상 마음속에 있으니 그 문만 열고 들어가면 된다.

02

직업과 세상사에 대하여

지금 이 순간을 사는 젊은이들의 가장 큰 고통은 아마도 취업일 것이다. 매년 우수한 대학을 졸업한 인재들이 세상에 넘쳐나고 있고, 저마다 소위 말하는 훌륭한 스펙Spec을 쌓아서, 취업에 대비하고 있는 準취업군들도 상당하다고 알고 있다. 그러나 현실은 그다지 녹록지 않다. 매년 대기업에서 신입사원에 대한 공채모집을 하며, 훌륭한 인재를 등용하기 위해 모집공고를 내고 있지만, 그 모두를 수용하기에는 한계가 있고, 각 부처별로 공무원, 공기업에서 공개경쟁을 통해 공무원들을 모집하고 있으나 요즘 같은 어려운 경기에서 합격하기는 그다지 쉽지 않은 것이 현실이다.

그럼에도 불구하고 지금 이 순간에도 직장을 구하기 위하여 저마다 많은 사람들이 열심히 취업준비에 박차를 가하고 있으며 신림동 고시원에서는 밤잠을 설치며 변변치 못한 라면, 김밥 등으로 끼니를 해결하며 어려운 공부를 지속하고 있다. 그야말로 취업전쟁이다. 정부, 대기업에서 이런 상황을 모를 리 없고, 나름대로 많은 우수한 인재들을 채용하려고 노력하나, 현실적으로 한계가 있을 수밖에 없다.

누구나 다 마찬가지겠지만, 지금 머리가 희어 버린 우리의 부모님들은 자식들을 낳아 시골에서, 도시에서 어렵게 키워 대학을 보냈다. 자식들이 좋은 직장에 다니고 좋은 사람 만나서 잘살아 주기를 기대하지만, 현실은 녹록지 않다. 오로지 자식들만 바라보며 허리가 휘도록 일을 하여 아이들을 키워 대학까지 보냈더니, 그 자식들은 지금 어떠한가? 다는 아니지만, 대다수는 원하는 대로 되지 않아 상당한 심적 갈등을 겪고 있는 사람들이 부지기수일 것이다. 이 책을 읽는 독자들 중에서도 그런 자식들로 인하여 갈등을 겪는 경우가 있을 것이다. 문제는 그런 취업생 중에는 하다가 안 되어 한순간의 실수로 범법자로 전락해버리거나, 자포자기해 버리는가 하면, 반듯한 얼굴로 자진하여 유흥업소에 취업하여 밤의 化身으로 전락해버리는 등 안타까운 청춘들이 많다는 것이다.

우리 모두가 즐겁고 행복한 인생을 살고 싶어 하지만, 인생 전체를 즐겁고 행복하게 살겠다고 욕심을 부리면 오히려 즐겁고 행복하지 못하다. 하루하루를 즐겁고 행복하게 살도록 최선을 다해 노력한다면 그것이 쌓이고 쌓여 자신의 즐거운 인생, 행복한 인생을 만들어 주는 것이다. 인생, 너무 어렵게 생각할 필요는 없다. 자신에게 주어진 하루하루를 즐겁게 살려고 노력하는 것이다. 그리하여 즐거움이 쌓여나가면 그것이 행복이라고 말하지 않았던가…….

〈생각해 보기〉

미취업자의 안타까운 현실, 이연성(가명, 28세, 남)의 사례

사무실이 소란스러웠다. 인근에 있는 역무실 직원이 서로 실랑이를 하며, 한 사람을 데리고 왔다. 역무실 직원은 "이 남자가 무임승차를 해서 고발장을 작성하려 하는데, 공무에 응하지 않고 오히려 적반하장으로 나에게 욕설을 하며 달려들어서 파출소로 데리고 왔다."고 했다. 그냥 보기에도 역무실 직원과 무임승차를 한 남자 둘 다 굉장히 화가 나 있는 모양이었다. 우선 역무원의 이야기를 듣고 나서 무임승차를 한 남자의 인적사항을 확인하고, 무임승차를 한 이유를 물어보았다. 이연성(가명, 28세, 남)은 다음과 같이 대답했다.

"저는 꿈이 경찰입니다. 지금 신림동 고시원에서 3년째 공부를 하고 있습니다. 경찰아저씨도 잘 아시다시피 요즘 공무원 되기가 하늘에 별 따기 아닙니까? 벌써 3년째 하고 있습니다. 처음에는 부모님께 용돈을 받아 책도 사고, 맛있는 것도 먹고 하면서 열심히 공부하였지만, 매번 시험에 떨어지다 보니, 이제 부모님 눈치가 보입니다. 그렇다고 공부를 포기할 수는 없지 않습니까? 그래서 조금이라도 돈을 아끼다 보니, 하루 3끼를 먹다가 2끼로 줄였고, 그마저도 김밥, 라면으로 끼니를 때우고 있습니다.

제 자신이 한심하기만 합니다. 그러던 차에 모처럼 집에 가기 위해 지하철을 탔는데, 마침 용돈이 떨어져 본의 아니게 무임승차를 하였습니다, 한 번만 용서해 주십시오. 내일 집에 가서 용돈을 받아와서 반드시 운임을 지불하겠습니다."

그 말을 들은 나는 인간적으로 무임승차를 할 수밖에 없는 남자의 입장을 충분히 이해가 갔다. 하지만 '법은 만인에게 평등하다'는 관점에서 볼 때 위반자를 두둔할 수도 없는 상황이어서, "아는 친구, 지인에게 빨리 연락하여 운임을 지불하라."고 이야기만 하고 기다릴 수밖에 없었다. 다행히도 친구하고 연락이 되어 바로 운임을 지불하고는 귀가할 수 있었지만, 이 사건은 지금의 취업생들이 처한 현실을 대변하는 사건인 것만 같아 마음이 씁쓸했다.

〈생활 속 법률-무임승차〉

지하철역에서 무임승차하였을 경우 철도사업법 10조(부가운임의 징수)에 의거, '철도사업자는 열차를 이용하는 여객이 정당한 승차권을 지니지 아니하고 열차를 이용한 경우에는 승차 구간에 해당하는 운임 외에 그의 30배의 범위에서 부가운임을 징수할 수 있다.

〈생각해 보기〉

절도피의자가 된 박수진(25세, 여, 무직)의 사례

112 신고가 떨어졌다. "서울 인근의 한 호텔에 지갑을 훔쳐간 여자를 잡아놓고 있다."는 신고였다. 현장에 도착해서 보니, 20대의 앳된 여자가 눈물을 흘리고 있었다. 신고를 한 남자도 같이 있었다. 이유를 들어보니 남자가 술집에 술을 먹으러 들어갔는데 옆 좌석에 있던 박수진이 합석을 하자고 하여 같이 술을 먹게 되었다는 것이다. 둘은 술을 먹고 난 후 2차로 노래방에 가서 노래를 부른 후 서로 마음이 맞아 호텔에 가서 동침을 하였다고 했다. 그래서 남자가 샤워를 하려고 욕실에 들어갔는데 이상한 생각이 들어 방으로 돌아오니 박수진이 남자의 지갑 안에 있던 현금을 빼 가지고 갔다는 것이다. 그러니 처벌을 하여 달라는 것이다. 둘을 사무실로 데리고 와서 왜 그랬냐고 물어보니, 박수진은 하염없이 눈물만 흘리면서 침묵하다가 이내 자신의 과거를 이야기하기 시작했다.

"저는 전남 시골의 한적한 마을에서 어부의 딸로 태어났습니다. 어릴 적부터 부모님을 비롯하여 동네 사람들에게 귀여움을 받고 자랐습니다. 초등학교, 중학교, 고등학교를 졸업하고 공부도 잘하여 서울에 있는 대학교에 합격하여 많은 친지들, 친구들에게 부러움도 샀습니다. 대학교를 다니면서도 열심히 공부하여 성적도 괜찮았고, 대학 내 메이퀸으로 뽑혀 인기도 좋았습니다.

그런데 갑자기 아버지가 병으로 쓰러지시고, 어머니마저 수발하다 쓰러지셔 집안이 급격이 가세가 기울기 시작했습니다. 집에서 보내주던 등록금도 끊기고, 부모님의 병원비는 늘어만 가니 더 이상 학업을 강행하기란 불가능했습니다. 할 수 없이 휴학을 하고 편의점에서 아르바이트를 하며 근근이 생활하다 어느 날 아는 친구의 전화를 받았습니다. 좋은 곳 소개시켜줄 테니, 한번 같이 일해보지 않겠느냐는 전화였습니다. 친구의 제안에 저는 귀가 솔깃해졌습니다, 하던 아르바이트로는 시골의 부모님 병원비조차 대기에 턱없이 부족했기에, 조금이라도 더 벌 수 있는 곳이 있다면 갈 수밖에 없었습니다. 그래서 술집 일은 처음 해보지만 용기를 내어 친구의 제안에 응했습니다.

그렇게 해서 친구가 아는 카페에 일하게 되었는데 우연히 남자와 같이 술을 마시게 되었고, 술기운에 노래방까지 갔는데 남자가 같이 호텔에 가자 해서 따라갔다가 남자의 지갑을 보는 순간 흑심이 생겨 본의 아니게 돈을 훔치게 되었습니다. 정말 죽을 죄를 지었습니다, 너무 집안형편이 어렵고, 세상 살아가는 게 힘들어서 제가 제정신이 아니었나 봅니다. 한 번만 선처를 바랍니다!"

물론 위의 사례의 당사자들은 극히 일부분일 수 있다. 하지만 그만큼 우리가 모르는 곳에서 어렵게 생활하며 살아가는 이들 또한 많은 것임을 부인할 수는 없을 것이다. 이들 중 일부는 실의에 빠져 극단적인 행위를 하는 경우도 있다. 얼마나 生이 고달팠으면 그런 행동을 하였을까 하는 생각에 가슴이 저려 온다. 그렇다고 천금 같은 우리의 인생을 한탄만 하며 보내기엔 너무도 우리 청춘이 아깝지 않은가? 지금 이 순간에도 쉼 없는 내일을 향해 돌진하는 청춘들이여~ 힘을 내자.

오! 카르페디엠Carpe diem. 이는 우리말로는 '현재를 잡아라'(영어로는 Seize the day 또는 Pluck the day)로 번역되는 라틴어語이다. 영화 〈죽은 시인의 사회〉에서 키팅 선생이 학생들에게 자주 이 말을 외치면서 더욱 유명해진 용어로, 영화에서는 전통과 규율에 도전하는 청소년들의 자유정신을 상징하는 말로 쓰였다.

키팅 선생은 영화에서 이 말을 통해 미래(대학 입시, 좋은 직장)라는 미명하에 현재의 삶(학창시절)의 낭만과 즐거움을 포기해야만 하는 학생들에게 지금 살고 있는 이 순간이 무엇보다도 확실하며 중요한 순간임을 일깨워주었다.

〈생활 속 법률-절도〉

절도죄(329조): 타인의 재물을 절취하면 절도죄로 사법처리 되는데, 처벌형량으로 6년 이하의 징역 또는 1,000만 원 이하의 벌금에 처한다. 공소시효는 5년이다.

03

꿈을 꾸고 있는 당신에게

어릴 적 초등학교 시절에 같은 반이었던 친구를 따라 집에 놀러 간 적이 있었다. 친구들 사이에서 잘사는 친구로 소문난 턱에 같은 반에 있는 친구들이 한번쯤은 그 친구를 따라 집에 놀러가고 싶어 했었다. 그런데 다른 친구들을 제치고 내가 초대되었으니 다른 친구들이 다들 부러워했었던 것 같다.

따라가는 길에는 궁궐 같은 으리으리한 집들이 많이 보였고 마침내 친구 집에 도착했을 때 나는 입을 다물 수가 없었다. 2층으로 된 집이었는데, 동화 속에서나 본 정말로 궁궐 같은 집이었던 것이었다. 집에 들어가 보니 뜰에 수영장이 있었고, 보기 드문 가구 및 기타 가전제품들이 집안을 가득 메우고 있었다. 집도 집이지만, 친구가 놀러 왔다며 가정부가 내놓은 음식은 집에서는 먹어보지도 못한 진수성찬이었다. 친구의 방에는 그 당시 유행하던 각종 장난감들이 한가득 방을 메우고 있었다. 어린 마음에 친구의 집에 있는 동안 '나도 이런 집에 살았으면 좋겠다'라고 생각했었고, 열심히 공부해서 훌륭한 사람이 되어 부자가 되어야겠다는 꿈도 꾸었던 기억이 있다.

살아가면서 다양한 가치관 속에 저마다 희망하는 꿈이 있겠지만 역시 부자가 되어 행복하게 살겠다는 꿈을 가지는 이들이 많을 것이다. 자본주의 사회에서 어쩔 수 없는 선택인지도 모른다. 하지만, 물질만능주의가 가져오는 폐단도 만만치 않다. 능력은 안 되는데, 오직 일확천금一攫千金을 꿈꾸는가 하면, 한탕주의에 만연되어 불법적 도박, 기타 사행행위에 빠져 헤어 나오지 못하는 이들도 많다. 특히 로또광풍으로 매주 판매점에는 로또를 구입하러 오는 사람들이 많다고 한다. 이들은 소위 인생역전을 원하지만 실상은 그렇지 못한 것 같다.

서양에서 사람에게 행운을 가져다주는 여신을 그리스신화에선 티케Tyche, 로마신화에서는 포르투나Fortuna, 이탈리아의 시칠리아 섬에서는 아가타Agata라고 부른다. 또한 나라마다 행운의 숫자가 존재하는데 우리나라에서는 3, 중국에서는 8, 서양에서는 7이 행운을 가져다주는 숫자로 선호된다고 한다. 각 나라마다 행운을 상징하는 숫자가 존재하고 있지만, 노력 없는 갈망엔 행운도 달아나버리기 마련이다.

물질적 풍요는 인간에게서 희망과 욕망을 빼앗아가 버릴 뿐만 아니라, 정신상태도 해이하게 만들어 놓는다. 물질적으로 너무 풍부하게 해주면 노력을 하지 않는다. '노력하지 않아도 배부르고 따뜻하고 즐거운데 무엇 하러 신경 써가면서까지 노력을 하느냐'고 생각하고 현실에 안주해 버리기 때문이다.

우리에게 스트레스를 쌓이게 하고 평화롭게 생활하지 못하도록 방해하는 주범은 바로 '지나친 욕심'이다. 이 지나친 욕심은 우리의 생활을 안정시켜 주는 것이 아니라 많은 번민을 가져다주며 결코 인간을 행복하고 평화롭게 생활하도록 방조하지 않는다. 적당한 욕심은 생활에 활력을 불어넣어 주는 반면 지나친 욕심은 모든 부정의 근원이 되기도 한다. 그러므로 지나친 욕심보다는 적은 것에도 만족하는 마음을 가지는 것이 부정을 물리치고 떳떳한 인생을 살아가는 방법인 것이다.

영국 철학자인 M. 마르코니는 "떨어지는 물방울이 돌에 구멍을 낸다. 승리의 여신은 노력을 사랑한다. 노력 없는 인생은 수치 그 자체다. 어제의 불가능이 오늘의 가능성이 되며 전 세기의 공상이 오늘의 현실로서 우리들의 눈앞에 출현하고 있다. 실로 무서운 것은 인간의 노력이다. 명예는 정직한 노력에 있음을 명심하자."라고 이야기한 바 있다.

하루하루 작은 것에 만족하고, 성실히 열심히 노력하다 보면, 비록 작지만 행복을 느낄 수 있을 것이며, 그것이 곧 큰 꿈으로 현실화될 것이다. 자, 가슴을 활짝 펴고, 큰소리로 외쳐보자,

"난 잘할 수 있어. 잘될 거야!!…… Just do it!"

〈생각해 보기〉

도박으로 패가망신한 감우수(가명, 45세, 회사원)의 이야기

어릴 적 부유한 집안에서 자라난 감우수는 집안의 대를 이어갈 아이로 집안 어른들에게 많은 신임을 얻고 있었다. 남달리 똑똑하고 총명하여, 곧잘 제 나이 또래보다 일찍 성숙했던 것이었다. 그는 특히 셈법에 능해 다른 과목보다 수학에 심취해 있었다. 대학교도 서울 인근 경제학부를 졸업하고 아버지의 사업을 이어받을 생각으로 차근차근 준비를 해나가는 중이었다.

군대를 다녀온 후 아버지가 평소 지병으로 건강이 악화되자, 조기에 아버지의 부르심을 받고 사업을 물려받게 된다. 평소 사업에 대한 마인드가 탁월하고 틈틈이 준비를 하고 있었으나, 사업이라는 것이 쉽지만은 아니했다. 그럼에도 불구하고 경제가 어려운 상황인데도 무난히 사업을 잘 이끌어 흑자를 계속 이어갔다. 그렇게 많은 돈도 벌었다.

그리고 결혼을 하여 아이도 낳고 평범하게 중소기업 사장으로 탄탄대로를 걷는가 했는데 어느 날 친구와 같이 재미삼아 경마장에 가서 경마를 하고, 그 이후 몇 번 더 경마장에 가면서 도박에 빠지게 된다. 급기야 쉬는 날에는 서울 인근 카지노를 드나드는 것은 물론이고 스마트폰을 이용한 불법 스포츠토토 등에 심취했다. 한 번 충동심을 억제하지 못하자 사업은 뒷전이고 도박에서 헤어나지 못하게 되었다. 한편 갑자기 거액의 돈이 통장에서 빠져나가고 카드 대출 등의 영수증이 집에 많이 날아오자 부인이 이를 이상하게 여겨 남편이 도박에 빠진 것을 알게 된다.

그리하여 남편에게 더 이상 도박을 하지 말 것을 당부하는 한편 도박중독 예방 재활센터에도 다니게 하고 여러 방법을 써 보며 옛날의 남편으로 되돌리려 노력하였지만 밑 빠진 독에 물 붓기였다. 결국은 남편을 상시 감시하며 남편을 구제해 보려 노력했지만, 늘어나는 것은 빚이요, 몰락하는 것은 사업이었다. 급기야 회사의 재정상태가 악화되고 사업도 잘 안 되어 부도 직전에 몰리게 된다. 마음이 콩밭에 가 있는 사장이 회사를 일으켜 세우기에는 현실적으로 한계가 있었던 것이었다. 그야말로 하루하루 사는 게 사는 게 아니었다.

그렇게 그날도 카지노에서 남은 돈을 다 탕진하고 집으로 가던 중 돌아가신 부모님, 집에 있는 사랑스런 부인, 아이들을 생각하니 죽고 싶은 생각이 머리를 꽉 메우게 된다.

'이래서는 안 되는데, 수없이 달랬지만…….'

결국 그는 한 장의 유서를 남기고 인근 야산에서 목을 맨다. '여보, 날 용서해…… 무능한 남편…… 아이들에게도 나 같은 아

빠는 없는 것만 못해…… 부디 행복하게 살아…… 그동안 고마웠어…….'

그렇게 유서만 남긴 채 말이다.

〈생활 속 법률-도박〉

도박을 함으로써 성립하는 범죄를 말하며(형법 제246조) 형벌에 있어서는 단순도박의 경우, 500만 원 이하의 벌금 또는 과료로 처벌되는데, 상습도박과 도박 개장의 경우는 3년 이하의 징역 또는 2,000만 원 이하의 벌금에 처한다.

04

치열한 생존경쟁의 삶을 살아가면서

우리는 무한경쟁의 시대에서, 치열하게 하루하루를 살아가고 있다. 이는 초등학교 입학 때부터 그렇게 경쟁 속에서 살지 않으면 안 된다는 것을 알고 자란 탓인지도 모르겠다. 늘상 중간고사니, 기말고사니 하면서 시험성적을 매기고, 거기다가 성적표라는 개인성적을 공표하는 교육시스템에서는 어쩔 수 없는 현상일 것이라는 생각도 든다. 잘한 사람은 선생님과 반 학생들에게 칭찬 및 부러움을 사고, 성적이 좋지 못한 학생들은 상대적으로 눈총을 받고 했던 현실 속에서 예견된 상황인지도 모르겠다.

그러다 보니, 공부 못하는 것이 왠지 죄인 것 같고, 부모님에게도 죄인이 된 듯한 입장이 되어버리곤 했던 시절이 있었다. 물론 지금도 처지는 그다지 변하지 않은 것 같다. 더불어 부모님은 어떻게든 좋은 학원에 보내야 하고, 과외를 시키는가 하면, 시중에 좋다는 학습지를 다 사다가 아이들에게 공부를 시키는 촌극이 벌어지고 있는 상황이다. 사교육이 급속도로 발달하게 된 이유가 여기에 있다. 정부에서 강도 높은 사교육처리 해법을 제시하며 정책을 펴고 있지만, 학부형들의 입장은 그다지 변하지 않는 것 같다. 학군과 학원가도 강남권과 강북권으로 나뉘어져 소위 부유층 학부형들은 너도나도 아이들을 강남으로 보내고, 상대적으로 그렇지 못한 학부형들은 강북권으로 보내야만 하는 현상이 발생하고 있는 것이다.

그야말로 '新 맹모삼천지교'(孟母三遷之敎: 맹자 어머니께서 교육을 위해 세 번씩 이사함. 어머니의 지극한 교육열을 뜻함)이다. 심지어는 소위 고위층, 부유층이라는 사람들은 자녀들을 좋은 학교에 보내기 위해 위장전입까지 하는 불법까지 자행하고 있는 것을 보면, 이런 현상이 어느 정도인지 짐작할 만하다.

또, 입사시험을 볼 때도 서류전형에서 지원자의 스펙Spec이 어느 정도인가가 당락을 크게 결정하는가 하면, 어느 대학교를 졸업했는가 여부도 취업에 상당한 비중을 차지하고 있는 것이 안타까운 현실이다. 한국산업인력공단에서 주관하는 무수히 많은 자격증 시험에 매년 많은 사람들이 응시하고 있는 것을 보면 사람들이 개인의 관리를 위해 얼마나 많이 노력하고 있는가를 보여주는 가늠자 역할을 하고 있기도 하다.

일부 대기업에서 자격요건에 학력 철폐를 과감히 시도하며 사원들을 모집하는 곳도 있지만, 대다수 대기업에서는 그렇지 못한 것을 보면, 현실이 그다지 녹록지 않은 것이 사실이다. 신림동 고시촌에서는 취업난에 허덕이는 많은 사람들이 세 끼를 김밥, 라면으로 때우며 생사를 걸어 공부를 하고 있는 광경을 봐도 피부로 느낄 정도로 취업난이 심각한 실정이다.

느지막이 '배움의 恨', '학력의 恨'을 풀기 위해 방송대에 등록을 하고 열심히 공부하는 늦깎이 학사들이 꾸준히 늘어가고 있는 것도, 이를 대변하고 있는 한 대목이다. 나이가 많든, 적든 배움에 대한 도전과 의지는 누구에게나 휴화산休火山이다. 때가 되어 향학열向學熱이 불타오르면, 그때는 활화산活火山이 될 것이다. 세계 언론에도 보도되었던 960번의 도전 끝에 운전면허를 따낸 칠순의 차사순 할머니는 무려 필기시험을 9백50차례나 보았고, 면허시험 인지대만 수백만 원을 넘게 쓰면서도 끝까지 포기하지 않는 마음으로 계속 도전하여 결국 운전면허시험에 당당히 합격하여 많은 사람들의 귀감이 되기도 한 사실이 있지 않은가?

당당한 자신을 위한 개발과 노력은 좋지만, 남에게 보이기 위한 과시욕은 절대 금물이다. 진실하게 처한 상황에서 최선을 다하자. 그리고 결과보다 과정을 중시하자. 내가 하고 싶어 하는 일, 내가 잘할 수 있는 일에 최선을 다해보자. 그러면, 행운의 여신이 나에게 미소를 지을 것이다!

〈생각해 보기〉

자신을 과대포장하기 위해 허위학벌을 자랑한 이소연(가명, 55세)의 이야기

늘 어릴 적부터 유명한 교수가 되는 것이 꿈이었던 이소연은 집안 형편으로 대학교를 가지 못하고 일찍 직업전선에 뛰어들어야 했다. 그는 그토록 갈망하는 교수가 되기 위해선 어떻게든 노력을 해야 한다는 생각으로 독학으로 열심히 하며 교수에 대한 꿈을 버리지 않고 있었다. 그러던 중, 아는 지인의 소개로 평소 자신 있던 어학과목에 학원 강사 추천을 받고 시간강사로 일하게 되었다. 그야말로 등에 날개를 달아준 격이었다. 늘 강의를 하고 싶었던 이소연은 자신이 최고로 유명한 강사가 된 것처럼 학원생들을 열심히 가르쳤다. 하늘도 그의 노력을 인정했는지 학원가에서 그의 소문은 급속도로 퍼져 나갔다. 많은 수강생들이 생기고, 학원가를 지배하는 미다스의 손이 되어, 그의 인기는 상종가를 치기 시작했다. 많은 언론에서도 그를 조명하며 인터뷰를 요청하는가 하면, 하루하루 유명강사로 인기를 독차지한다. 자고 나니 세상이 바뀌었다고 누가 그런 것처럼 하루아침에 고소득을 올리는 최고의 강사가 되어 버린 것이다.

그러던 중 어느 방송사에서 공식 인터뷰 요청을 하여 성공비법에 대하여 인터뷰를 하던 중 학벌에 대한 이야기가 나오자 자신의 인기와 자존심 때문에 서울의 명문대를 졸업한 것으로 이야기를 하고 말았다. 그 이후 대학 동문이라는 사람들이 그를 대학교수로 추천하겠다는 등 물밑 작업이 이어지고 이소연은 그 대학 출신인 척 대학 동문회 활동 등 다양한 인맥 쌓기에 주력하였다. 결국 교수 임용 후 졸업장을 제시하라는 학교 측의 요구에 허위의 졸업장을 만들어 제시하게 된다.

허위 졸업장을 제출한 후 하루도 마음 편할 날이 없었던 그였지만 결국 지인의 투서로 그 대학 출신이 아님이 밝혀지고 그간의 활동이 낱낱이 공개되고 만다. 학원가의 유명인에서 하루아침에 사회적 지탄을 받는 강사로 몰락해버린 그는 모든 것을 버리고 홀연히 잠적해 버린다.

〈생활 속 법률-문서위조〉

형법 231조(사문서 등의 위조, 변조): 행사할 목적으로 권리, 의무 또는 사실증명에 관한 타인의 문서 또는 도서를 위조 또는 변조한 자는 5년 이하의 징역 또는 1천만 원 이하의 벌금에 처한다.

형법 제234조(위조사문서 등의 행사): 제231조 내지 제233조의 죄에 의하여 만들어진 문서, 도서 또는 전자기록 등 특수매체 기록을 행사한 자는 그 각 죄에 정한 형에 처한다.

05

사소한 것을 소중히 여길 줄 알아야만 진정 그 가치를 알 수 있다

겨울에 내리는 눈을 너무나도 좋아하는 한 청년이 있었다. 눈이 내리는 날이면 환상에 사로잡혀 온종일 눈을 맞으며 눈길을 걸었고, 추억에 잠기곤 하였다. 해마다 늦가을이 되면 첫눈을 손꼽아 기다리곤 했던 청년이 입대를 하게 되었는데, 근무를 하게 된 곳은 강원도 최일선 전방 부대였다. 그렇게 입대해서 처음으로 맞이하는 늦가을이 다가왔다.

청년은 사회에 있을 때처럼 빨리 첫눈이 왔으면 하고 은근히 바라고 있었다. 눈을 좋아한다는 말에 고참병은 '이번 겨울만 지나면 아마 눈이 지겨워질 것이다'라고 말해 주었다. 그러나 그는 고참병의 말을 이해하지 못했고, 눈을 좋아하지 않는 것을 오히려 이상하게 생각하였다. 드디어 첫눈이 탐스럽게 내렸다. 그는 추억을 떠올리며 낭만을 즐겼다. 눈을 치우면서도 신이 났다. 입대한 후 최고의 행복감을 만끽했다. 이렇게 첫눈이 내린 뒤 며칠 만에 또 눈이 내렸고, 그는 이때도 즐거운 마음으로 눈을 치웠다.

그러나 눈은 하루가 멀다 하고 내렸으며, 한 번에 내리는 눈의 양은 엄청나게 많았다. 그래서 군인들의 일과는 지쳐갔고, 끝내는 증오의 마음으로 눈을 대하고 있었다. 눈을 좋아하던 청년도 몇 번은 환상과 추억에 사로잡혀 눈을 치웠지만, 눈을 치우는 횟수가 점점 늘어감에 따라 눈에 대한 좋은 이미지가 퇴색되어져 갔다. 즉, 첫눈을 맞을 때는 추억과 낭만의 눈빛으로 바라보았지만, 날이 가면서 차츰 눈이 지겨워지기 시작하더니 이제는 눈이라면 지긋지긋하게 여기게 된 것이다.

겨울만 되면 지겹도록 눈을 치운 이 청년은 군복무를 마치고 제대를 하였다. 군대에 있을 때는 그렇게 많이 내리던 눈이 사회에 나오자 구경조차 하기 어려웠다. 눈이라면 진저리를 쳤던 생각도 잊은 채, 그는 또다시 눈이 그리워졌다.

아무리 좋고 귀한 것이라 할지라도 그것이 너무 많이 존재하면 가치는 없어진다. 반대로 아무리 하찮은 것이라도 그것이 희소성이 있으면 그 가치는 높게 매겨진다. 눈에 대하여 환상적인 감정을 가졌던 것은 바로 눈이 가끔씩 내렸기 때문이다. 그러나 눈이 너무 자주 내리자 환상적이던 것이 지겨움으로 뒤바뀌었다.

물이나 공기가 지금 당장 없어진다면 우리는 한시도 살지 못하고 죽는다. 이렇게 생명과 직결된 것임에도 불구하고 우리는 그것을 귀중하게 여기거나 가격을 매기지 않는다. 그러나 다이아몬드 같은 보석들은 당장 없어진다고 해도 우리가 살아가는 데는 아무런 영향을 미치지 않는다. 그런데도 다이아몬드에는 엄청난 값이 매겨진다. 이유는 무엇일까? 그것이 바로 희소성이다. 얼마나 있느냐에 따라서 가치가 매겨지기 때문이다. 즉 물과 공기는 우리의 생명과 직결되어 있기는 하나 너무 풍부하여 우리가 굳이 애쓰지 않아도 쉽게 구할 수 있기 때문에 가치가 없는 것이고, 반대로 다이아몬드 등의 보석은 우리의 생명과 무관하기는 하나 너무 희소하기 때문에 엄청난 값이 매겨지는 것이다.

사랑도 마찬가지다. 늘 사랑에 빠져있는 사람은 그것이 귀찮게 느껴져서 그 가치를 부여하지 않으나, 고독한 사람은 굳이 사랑이 아니더라도 이성의 따뜻한 말 한마디에도 감동을 받게 된다. 결혼 후 권태기를 겪는 이유도 바로 배우자가 항상 옆에 있기 때문이다. 만약 결혼해서 부부가 한 달에 한 번씩밖에 만날 수 없다면 보고 싶은 애틋한 마음 때문에 권태기와 같은 마음이 일어날 수 없을 것이다. 이처럼 인간의 감정에도 희소성의 원칙은 철저하게 적용되는 것이다.

06

끝날 때까지 끝난 것이 아니다

장사가 잘 안 되는 극장이 있었다. 극장의 사장은 장사가 너무 안 돼서 비용을 절감할 방법을 여러 가지로 궁리했다. 그러나 찾아오는 손님은 날이 갈수록 줄어들기만 했다. 그러던 중 인턴직원이 한 가지 제안을 했다.

"사장님, 손님들에게 영화 티켓 한 장당 땅콩 한 봉지를 서비스로 제공하면 어떨까요?"

"이 바보야!"

사장은 인턴직원에게 화를 냈다.

"극장이 다 망해 가는 마당에 땅콩을 살 돈이 어디 있냐?"

"어차피 망해 가는 거면 한번 시도해 보시는 게 좋지 않을까요?"

인턴직원이 대꾸하자 사장이 곰곰이 생각해 보니 인턴직원의 말이 맞는 것 같았다. 어차피 얼마 안 가서 망할 텐데 한번 시도해 보는 것도 괜찮겠다는 생각이 들었다. 비록 인턴직원이 말한 방법이 바보 같다는 생각을 떨칠 수 없었지만 말이다.

그러나 신기한 일이 일어났다. 손님들에게 땅콩을 나누어 준 다음부터 극장의 수입은 날이 갈수록 늘어나기 시작한 것이다. 이제 극장은 더 이상 수지가 맞지 않는 장사가 아니었고, 어느새 이익도 남게 되었다. 이에 놀란 사장은 장부를 자세히 조사하다가 극장에서 가장 먼저 기사회생한 곳이 매점이라는 예상치 못한 사실을 발견했다. 사정은 다음과 같았다. 무료로 나누어 주는 땅콩을 받은 손님들은 자연스럽게 함께 즐길 음료수를 사게 되었다. 그리고 땅콩을 다 먹고 난 후에도 뭔가 모자란 기분이 들어 매점에 가서 핫도그나 팝콘 등을 구입하게 된 것이다. 그렇게 재미있는 영화를 보면서 배부르게 간식을 즐긴 관객들은 당연히 기분이 좋을 수밖에 없고, 때문에 다시 극장을 찾게 된 것이다. 인턴직원의 지혜에 감탄한 사장은 그를 승진시키고 월급을 올려 주기로 결정했다.

장사가 잘 안 되면 사람들은 일반적으로 경비를 절감할 생각을 하게 된다. 그러나 이야기 속의 인턴직원은 역으로 생각했다. 이것이 바로 '융통성'이다. 어떤 성공한 기업가에게 성공 비결이 무엇이냐고 묻자, 두 단어로 압축할 수 있다고 했는데 그것은 바로 '노력'과 '융통성'이었다. 성공의 비결이 노력이라는 것은 쉽게 이해가 가지만 '융통성'은 도대체 성공과 어떤 관계가 있을까? 그 기업가는 다음과 같이 말했다. "노력하지 않는 사람은 살아가기 힘들죠. 그렇지만 그보다 더 살기 힘든 사람은 노력만 알고 융통성을 모르는 사람입니다." 그는 다음과 같은 예를 들어 설명했다.

"업무에 닥치는 시련을 높은 벽에 비유해 봅시다. 노력만 알고 융통성을 모르는 사람은 벽을 넘어뜨리기 위해 그저 죽을힘을 다해 머리를 벽에 부딪칩니다. 그러나 그런 단순한 방법으로는 벽을 넘어뜨릴 수 없는 것입니다."

융통성을 아는 사람은 방식을 바꿔서 이 길이 안 되면 다른 길을 선택한다. 이렇게 하면 시간을 절약할 수 있을 뿐만 아니라 효율적으로 목적지에 도달할 수 있다. 이는 우리 인생에서도 마찬가지다.

전에 내가 만난 사람 중에 자기 소유의 집을 사는 것이 평생의 소원인 젊은이가 있었다. 꿈을 이루기 위해 그는 이른 새벽부터 신문 배달을 하고 낮에는 패스트푸드점에서 아르바이트를 하며 열심히 일했다. 심지어는 밤에 식당에서 설거지를 하기도 했다. 그는 하루에 열네 시간 넘게 일을 하면서 휴일을 희생했고 자신의 건강까지 바쳤다. 이렇게 수년 간 죽을 힘을 다해 고생한 끝에 그는 가까스로 큰돈을 모을 수 있었지만 이미 집값은 그가 예상했던 것보다 엄청나게 올라 버린 후였다. 결국 그는 집을 살 수 없었다. 그나마 다행인 것은 그가 낙담한 와중에도 여전히 침착을 유지하고 있었다는 사실이다.

그는 방법을 바꾸기로 했다. 자신의 돈 버는 방식을 다시 한번 검토해 본 그는 전문적인 기술이 부족한 것이 자신의 큰 문제라는 사실을 발견했다. 그때부터 그는 학원에서 공부를 하며 전문적인 기술을 습득한 끝에 에어컨 설치 기사가 되었다. 근무시간은 이전보다 훨씬 줄었지만 벌이는 훨씬 괜찮았다. 그렇게 열심히 일한 결과, 그는 자기 집을 마련할 수 있었다. 열심히 앞만 보며 뛰어가면 비록 속도는 빠를지 몰라도 가장 효과적인 방법이라고는 할 수 없다.

우리는 앞을 보고 달려가기 위해 노력하면서도 적절한 시기에 발걸음을 멈추는 것도 잊지 말아야 한다. 잠시 발걸음을 멈추고 지금까지 걸어온 길을 살펴보면서 자신의 방향을 조정해야 한다. 때로는 버스에 올라탈 기회가 찾아와 한 번에 쉽게 목적지에 도달할 수도 있다. 만약 노력을 해도 당신이 꿈을 이루지 못했다면 그것은 아마도 방법을 바꿀 필요가 있음을 의미하는 것일지도 모른다. 그리고 계속 목적을 향해 도전하는 자세가 필요할 것이다. 인생이란, 끝날 때까지 끝난 것이 아니다…….

〈생각해 보기〉

로또 1등에 당첨된 후, 큰돈을 유흥비 등으로 모두 탕진하고 돈이 없자 절도를 저지른 김영석(가명, 25세)의 이야기

대학 졸업 후 번번이 취업에 실패하고 마땅한 직장이 없던 김영석(가명, 25세)은 우연한 기회에 광고를 보고 무역회사에 취업하여 근근이 생활하면서 일확천금을 희망하고 매주 번 돈으로 로또를 구입하여 오던 중이었다. 그런데 모 월 모 시, 여느 때와 마찬가지로 로또를 구입하였는데, 1등에 당첨되어 20억이라는 큰돈을 수령하게 된다.

하지만 예상치 못한 당첨으로 인해 큰돈을 한 번에 쥐게 된 김영석은 이후 그 돈을 가지고 여러 술집을 전전하며 유흥비로, 기타 생활비로 3여 년 만에 다 탕진하게 된다. 쉽게 번 돈을 쉽게 생각하고 흥청망청 다 써버린 것이다. 이후 거액을 짧은 기간에 아무 생각 없이 쓰다 보니 씀씀이는 커져 버렸고 그에 따른 돈의 궁박함에 몰리자 거주지 인근에 있는 옷 가게에서 옷을 훔치다가 경찰에 의해 검거가 되어 절도죄로 구속, 수감되었다. 인생역전의 말로가 비참하게 끝나고 만 것이다.

이렇듯 쉽게 번 돈은 그 가치를 쉽게 망각해버리는 것이 현실이다. 통계로 보아도 로또에 당첨된 사람들 대다수가 로또에 당첨되기 전보다 더 생활이 궁핍해지는 현상을 겪게 되는데, 이는 쉽게 번 돈을 가치 있게, 소중하게 여기지 않고 흥청망청 써버린 탓으로 우리에게 많은 교훈을 시사하고 있다. 단돈 10원이라도 내가 힘들게 번 것이 금액은 다소 적을지 모르지만 돈을 소중하게 여기는 습관과 마음이 생긴다는 면에서 더 가치 있다는 걸 느끼게 하는 사건이다.

07

젊은 세대의 가슴 아픈 흙수저, 금수저 논란에 대하여

요즘 젊은 세대의 취업 불안 가중과 관련, 불투명한 미래에 대한 흙수저, 금수저 논란이 뜨겁다. 또한 비정규직 문제가 갈수록 커다란 사회문제가 되고 있는 것도 사실이다. 직장인으로 살다보면 직·간접적으로 이 문제에서 자유로운 사람은 별로 없을 것 같다. 바로 내가 당사자이거나 내 자식, 내 가족이 겪는 일이 아니더라도 직장 내에서 그들이 겪는 비애를 절감하게 되기 때문이다.

기업들의 회사 사정이나 개인적인 이해관계를 떠나 어떤 식으로든 조기에 해결되어야 할 사회문제라고 생각이 든다. 언제부터인가 기업의 사원 채용 계획이 마치 사회적 현상이 되어 버린 것 같다. 사용자 입장에서 보면 고용은 단지 비용 지출에 불과하고 그 비용을 줄이는 것이 회사 이익의 확대에 도움이 된다고 생각할 수 있겠지만, 그러나 그것만이 능사가 아니라는 생각이 든다.

그건 단순한 한 개인의 문제만이 아니라, 지금 당면한 모든 젊은 세대가 처한 현실이 아닌가 싶다. 지금 젊은 세대에게 필요한 것은 국가에서 해줄 거창한 프로젝트가 아닐 것이다. 단지 먹고 살아야 할, 기본적인 의식주 문제가 가장 중요한 관심사항일 테니까 말이다.

이러한 정책이 정부 또는 기업의 고용을 통한 시장의 확대와 조화를 이루어야 지속적 성장이 가능한 경제구조를 갖게 된다. 이에 실패하면 사회적으로 양극화가 심화되고, 그러면 정부 차원의 개입이 다소간 불가피해지게 될 수밖에 없다. 그동안 정부가 바뀔 때마다 경제운용 기조가 바뀌었지만 그래도 규제 축소 정책의 큰 틀은 유지되어 왔고, 시장에서는 고용비용을 최소화하기 위한 다양한 장치가 마련되어 왔다.

그간 기업에서는 고용의 유연성 확보를 정규직이 아닌 비정규직에서 찾아 왔던 것 같다. 고용이 필요해도 임시직, 계약직 형태를 취함으로써 같은 노동력이라도 지불비용을 극도로 억제하는 분위기인 것이 사실이다. 가급적 인건비를 줄이는 방법으로 정규직보다 비정규직 형태의 고용을 선호하게 되었고, 아웃소싱 등 온갖 다양한 인력관리 방법이 등장하고 있다.

그렇기에 요즘 젊은이들은 대학을 졸업해도 일자리가 없고, 그나마 있어도 불안하기 짝이 없는 비정규직이 다수이다. 보수 또한 정규직에 비해 부족하기 때문에 대다수의 비정규직 젊은이들은 스스로를 88만 원 세대라고 자조적으로 부를 만큼 미래를 절망적으로 느끼고 있다. 그래서 요즘 생겨난 신조어들이 '헬조선', '흙수저', '금수저' 등이다. 현 사회의 분위기를 반영하는 자조적인 신조어라고 할 수 있겠다.

그러다 보니 교육은 물론 집 장만이나 결혼과 같은 인생의 출발선에서부터 부모의 성공이 곧 자식의 성공인 시대가 더욱 고착화되고 있는 것 같다. 과거와 같은 서민층 자식의 교육을 통한 신분 상승은 꿈도 꿀 수 없는 시대가 된 것 같다. 소위 '개천에서 용 난다'라는 이야기는 이제 딴 나라 이야기가 되어버린 게 현실이다.

입시제도는 물론이고 의사, 변호사 같은 전문직에 대한 문호를 '입학사정관'이니 '로스쿨'이니 '의학전문대학원'이니 해서 자꾸 복잡하고 돈이 많이 들게 하여 양극화가 더욱 심화될 수밖에 없는 구조가 된 것 같다. 필요 이상의 스펙을 쌓아야만 상위계층으로 진입하는 데 밑거름이 될 수 있다고 대다수가 믿고 있는 것도 현실이다.

자본주의 사회의 고도로 양극화되고 이질화된 계층의 틈바귀에서 우리의 젊은 청춘들은 속앓이를 할 수밖에 없는 것이 안타까울 뿐이다. 번번이 취업에 실패하고 어려운 가정환경 탓에 용돈을 벌기 위해 알바를 전전해야 하고, 아무리 노력해도 희망이 안 보이는……. 미래마저 불투명하다고 자조 섞인 마음을 가짐으로써, 결국 인생의 희망을 가지지 못한 채 방황하는…….

인터넷 신조어로 헬Hell: 지옥과 조선朝鮮을 합성하여 '한국이 지옥에 가깝고 전혀 희망이 없는 사회'라는 의미를 가진 단어 '헬조선'Hell朝鮮을 외쳐대고 있는 방황하는 젊은 세대들의 가슴을 어루만져 줄 수 있는 시대가 언제가 될지 마음 한켠이 무겁기만 하다.

"Boys! Be ambitious."

08

버티는 것이 이기는 것이다

살다가 보면 이런저런 이유로 많은 스트레스를 받는다. 직장에서 받는 스트레스도 그중 하나이다. 직장인들이 가장 많은 시간을 보내는 장소가 직장이자 일터이다. 오히려 집에 있는 시간보다 직장에서 머무는 시간이 더 많은 현실임을 감안하면 직장이 개인에게 주는 영향은 가히 절대적이라 할 수 있다.

학교를 마치고 왕성하게 활동해야 할 인생의 황금기를 대부분 일터에서 보낸다. 그러기에 일터에서 행복과 만족감을 느끼지 못한다면 성공한 인생이라고 할 수 없다. 그렇게 중요한 나의 일터가 어느 순간 내가 가장 스트레스를 받는 장소로 전락해 버린다면 어떻게 해야 할지? 그 해결방안을 많이 고민할 수밖에 없을 것이다.

이유는 여러 가지가 있을 것이다. 업무가 적성에 안 맞아서, 상사나 혹은 동료 간의 마찰이 있어서, 일이 너무 힘들어서, 급여나 회사 내 대우가 안 좋아서, 혹은 기타 등등 여러 가지 이유……. 친구나 동료와의 술 한잔으로 현실을 안주 삼아 불평불만을 아무리 토해봐야 지금의 현실이 달라지진 않을 것이다. 내일이면 어김없이 똑같은 스트레스 요인들이 또 발생할 테니 말이다.

대안이 없는 불만은 넋두리에 불과하다. 때려치운다는 건 말처럼 쉬운 게 아니다. 우선 자신이 지금의 일터를 박차고 나갔을 때 현실적인 대안이 있어야 한다. 다른 직장의 스카우트 제의든, 사업이든 대안이 있는 상태에서의 고민과 행동이 따라야 한다. 그렇지 않고 일시적인 기분으로 소위, 홧김에 회사를 박차고 나가려고 마음먹는 생각은 매우 큰 오산이다. 세상이 생각처럼 호락호락하지도 않을 뿐더러 나간 후 마음이 다급해져서 될 일도 잘 안 되는 경우가 다반사이다. 그렇기 때문에 명확한 대안이 없다면 그것은 고민이 아니라 객기이다. 하지만 사람마다 처한 상황과 입장이 다르기 때문에 이런 경우에 딱 부러지는 대안을 제시하기는 어려울 것이다.

우선 상사나 동료와의 갈등이라면 그 사람을 찾아가 나의 어떤 점을 고치면 좋은지 솔직하고 진지하게 물어보아라. 좋은 인간관계는 내가 먼저 다가가고 물어보는 것에서 시작된다. 세상 모든 직장에는 나하고 코드가 맞지 않는 사람이 반드시 있기 마련이다. 그들에게 먼저 다가가라. 반드시 해결점이 있을 것이다. 그래도 해결이 안 된다면 시간의 힘을 믿어라. 그 사람과 같이 있는 시간은 유한하다. 내가 팀을 옮길 수도 있고 그 사람이 다른 곳으로 갈 수도 있다. 가족처럼 평생 보고 같이 살 일 없으니 그냥 무조건 견디라는 이야기이다. 괜히 그 사람 때문에 절이 싫으면 중이 떠난다고 자위하면서 떠나 버리지 마라. 그 사람은 절이 아니고 절의 또 다른 중일 뿐이다. 그래도 이런 저런 사람과 부딪히면서 적응하고 견뎌내다 보면 그대의 사회성과 적응력은 계속 성장하는 것이니 그런 상황은 나를 더욱 강하게 만드는 좋은 기회라고 생각해라.

일로 인한 스트레스라면 그 스트레스가 일시적인지, 앞으로도 계속될 것인지 생각해보고 일시적이라면 극복해야 한다. 시간이 지나면 해결될 것이기 때문이다. 향후 계속될 것이라면 상사를 찾아가 도움을 요청해라. 그대가 어떻게 해달라고 요구하지 말고 본인의 상황을 솔직하게 이야기하고 상사의 조언을 경청하라. 사람 사는 세상이니 답이 있는 법이다. 그런 와중에 철저히 자기 자신을 반성하고 고쳐나가면서 직장 생존 근력을 키우는 기회로 삼아야 한다. 정말 가슴 아프고 속에서 울분이 쏟아져 나오는 그런 깨짐 속에서 강한 존재로 커가는 것이다. 회사는 생계의 터전이자 성장의 터전이기도 하다. 회사 내에서 여러 가지 어려움을 극복해 나가는 것이 더 성숙한 자아로 발전해 나갈 수 있는 밑거름이 될 것이다.

결국 직장생활을 하는 우리 모두는 늘 부족한 미완성의 존재이다. 완성으로 가기 위해서 버티는 '존버정신'도 삶의 큰 버팀목이다. 이유를 바깥에서 찾지 말고 나 자신, 스스로에게서 찾아야 한다. 직장생활을 잘하는 비결은 환경이 아니라 그 환경에 적응하고 견뎌 내는 적응력과 인내이다. 견디는 것이 곧 이기는 것이다. 버티는 만큼 성장한다. '강한 자가 살아남는 것이 아니라, 살아남은 자가 강한 자'이기 때문이다.

09

자신의 능력을 믿어라

살다 보면 세상이 참 불공평하다는 생각을 해본 적이 있을 것이다. 좋은 가정환경에서 자라나 남 부러울 것 없이 지내는 사람, 즉 금수저를 가지고 태어난 사람이 있는가 하면 찢어지게 가난한 가정, 즉 흙수저를 가지고 태어나 힘들게 살아가고 있는 사람도 있을 것이다. 하지만 흙수저를 물고 태어난 사람 중에서도 스스로를 금수저를 물고 태어난 사람과 비교하며 자기의 환경에 대해 항시 불평만 하는 사람이 있고 찢어지게 가난하게 태어났어도 사지가 멀쩡하게 태어났으니 얼마나 큰 복이냐고 만족하는 사람이 있다. 만족의 기준은 모두 자기가 만드는 것이다.

오랫동안 준비했던 공무원 시험에 낙방하여 상심하고 있거나 직장에서 막 해고되어 내일이 안 보이는 상황일 수도 있을 것이다. 더 심하게는 몸이 불편한 신체적 장애를 가지고 있거나 지금 너무 가난하여 하루 한 끼도 먹기 힘들 만큼 어려울 수도 있다. 그래서 자신의 삶을 부정하고 좌절해 버리는 경우가 있을 것이다.

그런데 스스로를 자학하고 자포자기 식으로 살아가기에는 우리의 삶이 너무 억울하지 않은가? 그대만 힘든 것이 아니다. 모두가 힘들다. 한 가지 분명한 것은 지금 살아있다는 것만으로도 무한한 희망이 있다는 것이 아닌가? 생쥐를 빛이 약간 드는 밀실과 빛이 차단된 밀실에 넣어두면 빛이 약간이라도 드는 곳에 있던 생쥐가 훨씬 번식력도 좋아지고 오래 산다고 한다. 생쥐에게는 빛이 희망인 셈이다.

마찬가지로 사람은 자신의 희망을 저버리는 순간 빛을 차단해 버리는 꼴이 되어 모든 삶의 의욕을 저버리게 된다. 스스로 수명을 단축하는 어리석은 짓이다. 비록 현실이 어렵더라도 꿈을 크게 가지면 언젠가는 기회가 온다. 지금은 그 기회를 위해 근력을 키워야 할 때이다.

몇 해 전 일본의 한 과학자가 두 개의 컵을 준비하고 한쪽에는 '예쁘다', '고마워'와 같은 긍정의 말을 계속 해주고 다른 쪽에는 '밉다', '짜증나'와 같은 부정적인 말들을 계속 해주었더니 며칠 뒤 놀라운 결과가 나타났다. 긍정의 말을 해준 컵의 물은 정육각체의 결정을 보여주었지만, 부정의 말을 해준 컵의 물은 모든 결정체가 깨져 죽은 물이 되어 버린 것이다. 왜 이런 결과가 나타난 걸까? 내가 긍정의 말을 하는 순간 나 자신뿐만 아니라 상대방도 좋은 영향을 받는 것이다. 긍정에너지가 그만큼 중요하다 하겠다. 그렇기에 대화를 하더라도 불행에 대해 이야기하는 것은 자제해야 한다. 항상 긍정적인 마인드로 재미있고 밝은 일을 자주 해야 웃음이 많아지고 긍정적인 에너지도 충만하게 된다. 그런 사고의 전환만으로도 좋은 일과 행운이 다가올 확률이 높아지는 것이다.

이순신 장군이 명량해전 전투에 나가기 전 선조에게 올린 상소문 "신에게는 아직 12척이나 되는 배가 있사옵니다."는 긍정의 힘을 극단적으로 보여주는 예라고 할 수 있다. '12척밖에'와 '12척이나'는 단지 두 글자 차이지만 그 차이의 힘은 한 나라를 구하는 원동력이 되었던 것이다.

이순신 장군이 두 글자의 긍정의 힘으로 나라를 구했다면 우리는 '할 수 있다', '된다'는 긍정의 마인드로 우리의 삶을 윤택하게 만들 수 있다. 우리가 가지지 못한 것, 부족한 것에 불평하지 말고 가진 것과 있는 것에 감사해야 한다. 생각을 전환하라. 자꾸 그림자를 보면 주변이 어두워진다고 느끼게 된다. 밝은 해를 보고 있으면 그림자는 알아서 뒤로 가는 법이다. 똑같은 사안이라도 그것을 어떻게 받아들이고, 해석하느냐의 차이에 따라 행복과 불행이 나뉜다는 이야기이다. 좋은 생각이 좋은 행동을 이끌고 좋은 행동이 좋은 삶을 이끄는 법이다.

결국 행복과 불행은 내가 결정하는 것이다. 좋은 일이 생겨서 웃는 것이 아니라 웃으니까 좋은 일이 생기는 거다. 대부분의 사람들은 세상이 자기를 위해 돌아가길 원한다. 이런 사람은 운이나 행운을 기대한다. 그 생각을 과감히 바꾸어야 한다. 세상이 바뀌는 것을 기대하지 말라. 내가 바뀌어야 나의 세상이 바뀌는 것이다.

살아가면서 나의 인생을 돌이켜보면 역시 가장 큰 재산은 젊음이 아닌가 싶다. 뭐든지 할 수 있는 무한의 가능성을 지니고 있다는 것은 언제나 멋진 무기이다. 좋은 아이디어를 가지고 스스로 창업해보는 것도 좋을 듯하다. 또 기회가 된다면 세계여행도 해보고, 무엇이든 도전해 보라고 말하고 싶다. 스스로 행동하지 않고 늘 현실을 비관하며 머물러 있는 것이 가장 큰 문제이다. '바로 실행해라Do it now' 아무리 어려운 시기라도 결국은 자신이 하고자 하는 의지만 있다면 얼마든지 성공할 수 있는 법이다. 모든 것은 마음먹기에 달렸다고 확신한다. 그대의 적은 외부가 아니라 바로 자신의 내부에 있다는 것을 명심하라…….

10

인생의 운명을 바꿀 좋은 무기는 좋은 습관

모든 인간은 살아가면서 나름대로 인생관, 가치관이 있고 그것이 행동으로 고착화되었을 때 우리는 그것을 습관이라고 부른다. 그리고 그것이 한 사람의 미래를 결정하게 된다. 좋은 습관을 가진 사람에겐 운명을 바꿀 미래가 가까이 다가올 것이고, 나쁜 습관을 많이 지닌 사람에겐 어두운 미래가 다가올 것이다. 성공한 사업가인 빌 게이츠는 "인생과 비즈니스에서 승리하는 가장 좋은 무기는 좋은 습관"이라며 좋은 습관이 성공의 키워드임을 강조하였다. 습관 자체는 하루로 보면 아무것도 아니지만 시간이 갈수록 엄청난 차이를 만들어낸다.

한 사람의 성공을 결정하는 것은 결국 하루하루 좋은 습관에 달려 있다. 그 습관들이 축적되어 나를 다른 사람과 차별화시키는 것이다. 나의 현재는 과거의 나의 습관이 만들어준 결과물이다. 또한 나의 미래는 현재의 나의 좋은 습관이 결정할 것이다. 소모적이고 나쁜 습관은 끊임없이 체크하여 좋은 습관으로 대체하는 노력을 경주하여야 한다. 율곡 이이는『격몽요결』에서 인생을 망치는 여덟 가지의 나쁜 습관을 이야기했다.

▲ 놀 생각만 하는 습관
▲ 하루를 허비하는 습관
▲ 자기와 같은 생각을 하는 사람만 좋아하는 습관
▲ 헛된 말과 글로 사람들의 칭찬을 받으려는 습관
▲ 풍류를 즐긴다며 인생을 허비하는 습관
▲ 돈만 가지고 경쟁하는 습관
▲ 남 잘되는 것을 부러워하며 자신의 처지를 비관하는 습관
▲ 절제하지 못하고 재물과 여색을 탐하는 습관

그런데 습관이란 게 칼로 무 베듯이 마음만 먹으면 싹둑 잘라버릴 수 있는 게 아니다. 새해마다 우리는 항상 좋은 계획, 습관을 갈구한다. 하지만 대부분은 작심삼일이거나 기껏해야 작심한달이 되기 일쑤다. 사람은 본능적으로 변화를 싫어하는 속성을 지니고 있기 때문이다.

유명한 마시멜로 이야기는 아이들의 자기만족유예능력을 테스트하는 이야기이다. 아이들에게 달콤한 맛의 마시멜로를 주며 현재의 만족과 유혹에 얼마나 잘 견뎌내는가를 보고 그 아이의 미래를 알 수 있다는 실험인데 확실히 만족유예능력이 뛰어난 아이들이 나중에 성공하더라는 결과를 보여준다.

사람은 절박한 위기의식을 가짐으로써 스스로 궁한 상태를 만든다.

미국의 유명한 토크쇼 진행자인 오프라 윈프리는 마약중독이라는 위기를 인지하고 이를 끊기 위해 변화를 주었기에 지금의 오프라 윈프리가 되었다. 만약 그 위기를 인지하고도 아무런 변화를 주지 않았다면 그는 실패한 인생으로 전락하고 말았을 것이다. 하지만 그는 '인생을 이렇게 허비하며 살아서는 안 되겠다'는 다급함과 절박한 위기감으로 마약중독에서 벗어났다. 스스로 궁함을 만든 것이다. 습관을 바꾸기 위해 변화를 주는 것이 굳이 거창하지 않아도 된다. 조그마한 변화에서도 얼마든지 시작될 수 있기 때문이다. 자신의 하루하루를 한번 점검해 보는 것도 좋겠다.

아침에 일어나는 시간, 일어나서 무언가를 하는 시간, 직장이나 학교에 가는 시간, 가는 교통수단, 하루 대부분을 소비하는 직장이나 퇴근 후 집에서의 생활 등……. 가만히 보면 놀랍게도 우리는 상당히 유사한 패턴을 반복하고 있음을 알게 될 것이다. 이제 그 지겹도록 반복되는 일상을 한번 깨보자. 정말 사소한 것이라도 하루 한 가지씩만 변화를 주어 보도록 스스로 다짐해 보는 것도 좋겠다.

"오늘은 뭔가 새로운 취미거리나 한번 찾아 보아야겠다." "오늘 새로운 카페나 블로그를 방문해보자." 등 그러한 변화가 쌓여서 비로소 단조롭고 반복되었던 고착화된 습관들이 하나둘씩 바뀌게 될 것이다.

나는 책을 읽는 것을 좋아하고 글쓰기를 좋아한다. 특히 신문이라든가 산문집에서 읽은 내용 중 좋은 문구를 핸드폰 메모장에 메모하는 것을 좋아한다. 그런 메모들이 하나하나 모여 지금은 제법 많은 좋은 글귀와 문구가 저장되어 있다. 나만의 작은 보물창고가 된 것이다.

직장에 출·퇴근 시 자투리 시간을 이용하여 저장된 메모글들을 읽는 재미가 쏠쏠하다. 운명을 바꾸고 싶은가? 그러려면 나의 습관을 바꾸어야 한다. 좋은 습관으로 말이다.

내가 바뀌지 않고 나의 운명이 바뀌길 바라는 것만큼 어리석은 것은 없다. 인생을 살아가면서 누구나 변곡점이 있는데, 우리는 이것을 터닝포인트라고 한다. 이러한 중대 기로에서는 기존의 살아오던 패턴을 과감히 바꾸어야만 한다. 터닝포인트는 평상시의 변화에 대한 지속적인 관심과 시도에서 만들어지는 결과물이다.

변화에 대한 열망이 없는 사람은 아무리 좋은 기회가 와도 그것을 자신의 터닝포인트로 삼지 못한다. 그러니 늘 변화에 대해 깨어 있어야 한다. 오늘 나의 그릇된 습관을 다시 점검해보고 보다 나은 습관을 위해 지금부터라도 노력해보자. 분명 당신의 인생에 큰 변화가 생길 것이다.

11

꿈을 가진 사람은 즐거운 삶을 살아간다

만물의 영장인 사람에겐 누구나 크고 작은 꿈이 있다. 동물들은 그저 생명을 유지하며 종족보존을 위해 본능적으로 생식을 할 뿐 인간처럼 꿈을 가지지 못한다. 인간의 꿈은 인간으로서의 특성이며 존재의 가치와 의미이기도 하다. 인간은 어려서부터 꿈을 키운다. 많은 어른들이 아이들에게 "너는 커서 무엇이 되고 싶니?" 하고 묻는다. 그럼으로써 꿈을 갖게 하고 꿈을 키워주는 것이다. 우리의 꿈은 삶의 가치가 되고 목표가 된다. 꿈이 없는 삶은 목적지 없는 항해와 같다. 우왕좌왕하며 끝없이 파도에 휩쓸리다가 어떤 암담한 결과를 맞게 될지 모른다.

뚜렷한 꿈은 자기 삶의 목표가 확실하기 때문에 사는 것이 즐겁다. 꿈을 이루어 가는 과정이 아무리 험난하더라도 목표에 한 걸음씩 다가가고 있다는 것을 느끼게 되면 더할 수 없이 즐겁다. 역경, 고난, 시련과 맞서면서 많은 고통을 겪게 되지만 그에 못지않게 즐거움도 크다. 그러나 아무런 꿈도 없다면 역경, 고난, 시련, 장애를 견뎌내지 못한다. 목적지 없는 항해와 같기 때문이다. 그저 우왕좌왕하며 이리저리 흔들리다가 고통을 견디지 못하고 좌절하고 말 것이다.

외국에서 수감된 죄수들을 상대로 심리실험을 했다. 양동이로 물을 퍼서 큰 물탱크에 옮겨 담는 실험이었다. 죄수들을 각각 열 명씩 두 그룹으로 나누었다. 한 그룹은 무작정 세 시간 동안 물을 옮겨 담으라고 이야기했고, 또 한 그룹에게는 세 시간 안에 물탱크를 가득 채우면 석방시켜 주겠다는 조건을 내걸었다. 그렇게 세 시간 뒤의 결과는 엄청난 차이가 나타났다. 아무런 조건 없이 물을 옮겨 담으라고 지시한 그룹은 물탱크의 절반도 못 채웠지만 석방조건을 제시한 그룹은 세 시간이 되기 전에 물탱크를 가득 채웠다.

똑같은 인원에게 똑같은 노동시간을 주었는데 그 능률에서 왜 이처럼 큰 차이가 났을까? 그 이유는 간단하다. 석방조건을 제시받은 그룹에게는 희망과 꿈이 있었기 때문이다. 그 그룹은 꿈이 있었기에 노동에 집중할 수 있었으며, 힘든 작업에 온 힘을 쏟아도 힘들고 괴롭기보다는 기대감이 넘쳐 너무 즐겁게 물탱크에 물을 채웠다. 작업에 집중하고 즐겁게 일했기 때문에 능률에 있어서도 엄청난 차이가 발생한 것이다.

세계 최고봉에 오르는 등반가들을 보라. 수없이 죽음의 고비를 맞으며 인간의 한계를 극복해야 하고, 가공할 만한 추위, 눈사태, 예측할 수 없는 날씨, 산소부족 등과 싸워야 한다. 죽음에 대한 두려움은 말할 것도 없고, 인간의 한계를 넘어서야 하는 고통은 이루 말할 수 없을 것이다. 그렇기에 '그처럼 무모한 짓을 왜 하는 걸까?'라고 한 번 쯤 생각해본 사람들이 많을 것이다.

그건 오직 정상 정복이라는 목표가 있었기 때문이다. 자신의 목표를 달성하려고 오르는 것이다. 그렇기에 성취했을 때의 즐거움은 그 무엇과도 견줄 수 없을 것이다. 목표를 향해 한 걸음씩 나아가는 과정도 즐겁고 목표를 달성했을 때는 그 무엇과도 바꿀 수 없는 성취감과 희열과 즐거움을 갖게 되는 것이다.

우리에게 가장 큰 즐거움을 주는 것 가운데 하나가 '내가 해냈다'라는 것이다. 그러나 요즘 젊은이들 중에선 꿈이 없는 사람들도 적지 않다. 물론 그들도 어린 시절 저마다의 희망과 꿈이 있었겠지만, 나이를 먹어가면서 점점 꿈을 잃어버리거나 꿈을 포기하거나 꿈을 이루지 못해 지레 좌절하거나 하는 사람들이 적지 않다는 이야기이다.

초등학생이든 대학생이든 학생시절은 꿈꾸는 시절이라고 해도 과언이 아니다. 자신의 미래에 대한 갖가지 설계도와 청사진을 그리며 꿈을 키워 가는 시기가 학창시절이다. 그런데 우리 학생들은 꿈이 없는 것이 아니라 박탈당하고 있다. 어린이, 청소년들이 꿈을 박탈당하는 형태는 대개 한두 가지이다.

하나는 부모의 지나친 간섭과 강요로 꿈에 대한 이야기조차 못 꺼내고 모든 것을 부모에게 의존하는 것이다. 대부분의 엄마들은 자녀의 적성을 찾고 정체성을 확립시켜 주기보다 경쟁에서 무조건 이기기를 강요한다. 모든 과목을 다 잘해서 무조건 1등을 하도록 끊임없이 다그친다. 엄마의 일차적 목표는 자녀의 꿈은 아랑곳 않고 무조건 반에서 1등을 하여 좋은 대학에 들어가는 것이다. 그러다보니 학생들은 학교와 학원을 다람쥐 쳇바퀴 돌듯 오가면서 오로지 경쟁에 매몰되어 자신의 꿈을 잊어버리게 된다.

또한 자신의 적성에 맞는 학과를 가기보다는 소위 좋은 직장을 얻기 위해 부모가 생각하는 전공을 강요받게 된다. 그리하여 대학에 합격했다고 좋아하지만, 자신의 적성에도 맞지 않고 자신이 별로 하고 싶은 마음이 없는 전공에 공부가 제대로 될 리가 없다. 그렇게 대학을 졸업해보았자 좀처럼 취업이 되지 않고 경제불황으로 취업난이 심각한 탓에 실력도 뒤떨어지고, 뚜렷한 개성이나 적성도 없으니 쉽게 취업이 될 까닭이 없다. 이래저래 내세울 만한 것이 없으니 대학 졸업 후 군복무를 마치고, 사회에 나와 취업을 하려 해도 취업하기는 하늘의 별 따기가 되어버린 것이 현실이다.

그러다 보니 나이는 먹고, 취업은 안 되고, 미혼에다 마땅히 할 것도, 거처할 곳도 없으니 자연스레 부모와 거주하며 살아가는 젊은이들이 얼마나 많은가? 그들 가운데는 아예 스스로 취업을 포기하고 아무런 노력도 안 하는 젊은이들이 날이 갈수록 크게 증가하고 있다. 사회적 현상으로 가슴이 아프기만 하다.

어릴 적부터 부모는 자녀가 될 수 있는 대로 빨리 자신의 적성을 찾도록 도움을 주고, 적성에 맞는 꿈과 목표를 세우고 그것을 일찍부터 하나씩 실천해 나가도록 지원해야 한다. 그런데 현실은 그렇지 못하다. 뜻밖에 많은 부모들이 자녀의 적성을 찾는 것에 너무 소홀하다. 부모가 자녀의 적성을 찾아주기보다는 자녀가 무엇이 되어 주기를 희망하는 그런 잘못된 기대감이 문제이다. 대다수가 사회에서 이미 성공한 부류의 직장, 직업을 갖기를 희망한다. 이를테면 잘나가는 음악가, 의사, 법조인 혹은 대기업 취업 등 말이다.

그래서인지 요즘 아이들에게 "너의 꿈이 무엇이냐."고 물으면 "공무원 아니면 교사."라며 안정적이고 평생이 보장되는 직업을 희망하는 웃지 못할 상황이 벌어지고 있는 현실이다. 공무원이나 교사는 우리 사회에서 꼭 필요하고 좋은 직업임에는 틀림없지만 그것이 미래의 꿈과 목표라기보다 단순한 안정적인 직장을 갖기 위한 수단이라는 이미지가 강하다. 자신이 좋아하는 직업을 갖기보다는 현실적으로 먹고사는 데 지장 없는 직업을 선택한다는 뜻으로 이해된다.

하지만 그럼에도 불구하고 성공한 사람들은 자기가 가장 잘할 수 있는 일을 택했고 가장 즐겁게 할 수 있는 일을 택하였다는 것을 알 수 있다. 꿈이 있다면 결코 포기해서는 안 된다. 지나치게 현실에 안주하거나 좌절감에 빠져 술과 쾌락으로 시름을 잊으려 해서도 안 된다. 과감하고 용기 있게 자신이 좋아하는 일에 도전해 보라. 그 순간부터 목표가 보이고 희망이 보이며 인생이 즐거워질 것이다.

12

사람이 재산이다

고대 그리스의 철학자 아리스토텔레스는 '인간은 사회적 동물이다'라고 말했고, 네덜란드의 철학자인 스피노자 역시 '인간은 사회적 동물이다'라고 정의한 바 있다. 사람은 태어나자마자 가족이라는 작은 사회의 일원이 되고, 이후 많은 집단, 단체의 무리에 편입되어 사회적 관계를 유지하게 된다. 요즘 사회생활을 하는 데 있어, 인간관계가 매우 중요한 화두가 되고 있다. 글로벌 사회에서 무형의 자산인 인적 네트워크는 매우 중요한 자산이라는 생각이 든다.

개인적으로 존경하는 선배 중에 우리나라 건설현장의 산증인이 있다. 이찬우 전무는 정년을 훌쩍 넘긴 나이(1951년생, 65세)에도 얼마 전까지 대기업(前 코오롱글로벌 이사)에 적을 두고 일을 하였고, 이후 크리오밸리(경기도 용인시 포곡읍 소재)라는 탄성포장 공사업을 하는 회사에서 재직하는 데에 이어, 울산과 김해를 연고로 하는 HK디엔씨 전무로도 일하고 있는 등 아직도 일선 현장에서 왕성하게 활동 중이시다.

친구들 대다수는 정년을 맞고 집에서 쉬고 있어야 할 나이인데도 아직도 회사에 다니고 있다는 데에 많은 지인들, 친구들이 부러워하고, 대단하다고들 하신다. 그간 무소의 뿔처럼 묵묵히 건설현장을 누비며, 현장을 내 집처럼 여기고 삶의 현장에서 생사고락을 같이한 현장 근로자들과 같이 많은 애환과 추억을 가지고 있다 한다.

이찬우 전무의 일생이 평탄하기만 한 것은 아니었다. 건설현장에서 잔뼈가 굵은 그였지만, 1996년 건설 관련 사업체를 직접 차려 경영하다 외환위기가 찾아와 전 재산을 다 잃었다 한다. 재기가 어려울 정도로 심각한 재산적 타격을 입었지만, 다시 오뚝이처럼 재기에 성공을 하였다 한다.

'사람이 재산이다'

이찬우 전무가 살아가면서 가지고 있는 인생철학이자, 좌우명이다. 술과 골프, 고스톱은 절대 하지 않는다는 3불不을 철저히 지켜왔던 터라 어쩌면 많은 사람들과 친분을 쌓는 데 어려움이 있을 것 같다고 생각할 수 있겠지만, 그의 전화번호에는 2천 개 이상의 인명이 등재되어 있다. 사람을 만날 때, '솔직하게 다가서자', '손해 봤다는 생각을 하지 말자', '고마운 것은 크게 갚고, 섭섭한 것은 빨리 잊자'라는 것들이 살아가면서 행하는 처세술이라 한다.

또한 그는 그간 지역에서도 많은 활동을 하며, 경조사라든가 대회·행사를 많이 챙겨온 숨은 일꾼이기도 하다. 상주중, 김천고 재경

동창회 부회장, 중앙대 건축과 총동창회 부회장 등 많은 대외 직함도 있지만, 그만큼 경조사라든가 각종 행사에는 빠지지 않는 등 좋은 일에는 같이 기뻐하고, 슬픈 일에는 같이 울어주는 맏형 같은 존재이기도 하다.

항상 후배들에게 '겸손하게, 성실하게, 매사에 최선을 다하라'고 이야기하며 몸소 솔선수범을 보여주고 있어, 많은 후배들이 잘 따르고 있다. 특히, 신장이 나빠져 매주 3회의 투석을 하여야 하는 상황임에도 오히려 티 안 내고 더 열심히 업무에 전념하고 있어 주위 사내 직원들의 귀감이 되고 있다 한다.

사람은 살아가면서 좋은 귀인을 만나는 것도 행운일 뿐만 아니라 복일 수 있다. 인생의 한 모퉁이에서 귀인을 만나 인생이 확 바뀌는 것을 종종 본다. 사람이 정말로 큰 재산인 것이다. 그런 가치관을 몸소 느끼고 사람의 소중함을 아는 이찬우 전무의 덕담을 들을 때마다 많은 것을 느끼게 된다. 이제 갓 사회로 나온 초년생들이 귀담아 들어야 할 원로의 인생철학이 아닌가 싶다.

13

시련을 극복하고 당당히 세상에 맞서자

살아가면서 많은 어려움과 힘든 상황을 누구나 겪게 된다. 나 자신의 어려움뿐만 아니라 사랑하는 가족, 친지, 친구들로 인한 어려움도 있을 것이다. 우리에게 잘 알려진 말 중 '피할 수 없으면 즐겨라'라는 말이 있다. 우리는 살아가면서 정말 피할 수 없는 것들과 일찍부터 수없이 부딪치고 마주친다. 이를테면 학생은 공부를 피할 수 없다. 암과 같은 큰 질환에 시달리는 사람은 고통과 죽음을 피할 수 없다. 당연히 우리 모두 언젠가는 죽는다. 죽음도 피할 수 없는 것이다. 요즘 같은 취업이 잘 안 되고 경제도 안 좋은 불황 속에서 어려움을 피할 수 없다. 그처럼 자신에게 피할 수 없는 힘든 현실과 마주해야 한다면 차라리 즐기라는 것이다. 예상했든 예상하지 못했든, 힘든 현실과 마주하게 되면 무척 괴롭고 고통스럽다. 그리하여 자칫하면 실의에 빠지게 되고 좌절하거나 포기하게 된다. 그러면 결국 힘든 현실, 즉 자기 앞에 놓인 난관, 역경, 고난 등에 패배할 수밖에 없다. 아무리 고통스럽더라도 그러한 자신의 현실을 긍정적으로 수용하고 맞서 나가야 마침내 극복할 수 있기 때문에 나온 말이 '피할 수 없으면 즐겨라'인 듯하다.

우리는 살아가면서 이런저런 병에 걸리기도 한다. 그중 가장 위험하게 보고 있는 질병 중 암이 있다. 보편적으로 암은 4기까지 진행된다. 4기를 말기라고 한다. 요즘은 의술이 많이 발달해서 암을 초기에 발견하면 대개 완치할 수 있지만, 시기를 놓치면 생명을 앗아가는 치명적인 질환이 된다. 하지만 많은 사람들이 암에 대해 '설마 내가 암에 걸릴까' 하는 안일한 생각으로 건강검진 등을 제대로 하지 않고 무관심하다가 뒤늦게 암이 많이 진행된 상태에서 발견되는 경우가 흔하다.

4기, 즉 말기 암은 죽음의 시간이 정해진 시한부 선고나 다름없다. 따라서 검진 결과 자신이 4기 암이라는 사실을 알게 되면 대부분이 절망한다. 곧 죽을 것이라는 엄청난 좌절감과 상실감으로 걷잡을 수 없이 무너진다. 결국 그러한 깊은 절망에서 벗어나지 못하고 모든 의욕을 포기하는 환자는 마침내 시한부의 삶을 마칠 가능성이 높다.

하지만 절망적인 말기 암이라고 하더라도 과감하게 맞서는 환자들도 있다. 암과 싸워서 기필코 이기겠다는 강한 집념을 갖는 환자들이다. 그들은 말기 암이라는 최악의 상태를 결코 피할 수 없다는 사실을 받아들인다. 그러나 죽음에 맞서 끝까지 사투를 벌이고 기적이 일어날 수 있다고 확신하고 긍정적으로 현실을 보며 끝까지 암에 맞서 치유가 되기를 희망하며 살아간다.

암을 치유하는 방법으로 약물 복용, 식이요법, 운동, 규칙적인 치료

등이 있다. 그런데 치료 중에 심리학적 용어로 '플라시보 효과'라고 부르는 효과가 나타나는 경우도 있다. 플라시보 효과란 의학 성분이 전혀 없는 약이라도 환자의 심리적인 믿음을 통해 치료 효과가 나타나는 현상을 말한다. '위약僞藥효과'라고도 한다. 즉 아무리 힘들고 어려움에 처한 상황이라도 얼마나 긍정적 마음을 가지고 있느냐에 따라 좋은 결과를 만들 수 있다는 것이다.

이런 환자들 중에서는 절망적인 상태였음에도 암이 더 이상 진행되지 않거나 차츰 암 덩어리가 작아지기도 하고 결국 기적적으로 회복되는 환자들이 적지 않다. 결국 현실을 인정하되, 정면 돌파하면 큰 성과를 얻을 수 있다는 것이기도 하다. 고난과 시련을 극복하고, 좋은 결과를 얻었다면 즐겁지 아니한가? 피할 수 없다면 그것을 인정하고 받아들이는 것이다.

우리의 삶 속에도 결코 피할 수 없는 크고 작은 일들이 수없이 많다. 고등학교를 졸업하고, 이후 대학에 진학하려고 한다. 그런데 원하는 대학에 한 번 떨어졌다고 좌절한다면 영원히 대학에 가지 못하게 된다. 떨어졌더라도 떨어졌다는 사실을 받아들이고 더욱 실력을 향상시켜 다음 시험에 대비해야 한다.

내가 옛날 군대에 들어갔을 때, 그때만 해도 군대 내에서 선임들의 기합이 당연시되는 시대였다. 이른바 '엎드려뻗쳐' '오리걸음으로 연병장 걷기' '원산폭격(머리를 땅에 대고 엎드려 있는 것)' 등으로 심하게 기합을 받았다. 지금 군대 생활을 하는 젊은 친구들은 잘 모르겠지만, 아버지 때의 군 생활은 기합의 연속이었고, 그것도 상당히 심한 기합이어서

웬만한 정신력이 아니면 견디기 힘들었다. 나 역시도 마찬가지였다. 기합이 수시로 있었고, 시간도 새벽, 아침, 밤 할 것 없이 불규칙적으로 고참들의 기분에 맞추어 기합이 주어지니, 상시 기합을 받고 군 생활을 했다고 해도 과언이 아니다. 그러나 그때 오히려 피할 수 없으면 즐기는 마음으로 기합을 심신단련의 수단, 정신력 강화의 일환으로 견뎌냈다. '그깟 기합쯤은 아무 것도 아니다'라고 자위하며 지내다 보니 어느덧 고참이 되고, 제대도 했던 기억이 있다.

또한 직장생활을 하다 보면 본인의 스타일과 안 맞는 무척 까다롭고 깐깐한 상사를 만나는 일이 적지 않다. 부하직원이 업무능력이 떨어지면 쉴 새 없이 꾸중, 질책, 잔소리를 하는 상사도 있다. 그런 상사를 교체해달라고 할 수도 없고, 그렇다고 중이 절이 싫으면 절을 떠나야지 절이 중을 떠날 수도 없는 현실에서 직장상사의 스타일에 맞추어 살 수밖에 없지 않은가? 그런 분위기 속에서 직장생활에 회의감이나 분노감을 갖는 것보다 넉살 좋게, 덤덤하게 맞서는 것이 한결 낫지 않겠는가? 따지고 덤비는 것이 아니라, 직상 상사의 성격이나 질책을 받아들이면서 위축되지 말고, 하나씩 개선해 나가는 것이 자기 자신을 위해서도 바람직하다.

요즘의 불황에 대해 세상 탓만 한다고 자신에게 돌아올 이익은 없다. 현실을 받아들여야 한다. 그리고 현실에 적응해야 한다. 돈이 없으면 생활규모와 소비를 최소한으로 줄여야 한다. 가진 것이 없다면 자신의 인생관, 가치관을 점검해 보고 현실을 냉정하게 판단해볼 수 있어야 한다.

오래 사귄 연인이 헤어지자고 해서 분노와 슬픔으로 날을 지내다 보면 자칫 극단적인 생각을 하는 젊은이들도 왕왕 있는 것을 본다. 그렇게 되면 본인뿐만 아니라 부모님, 지인 등에게 큰 죄악이 된다. '그 사람은 나하고 인연이 아닌가 봐' 하면서 실연을 받아들여야 한다. 그런 아픔을 겪다 보면 더 좋은 연인을 만날 수 있기 때문이다.

'전화위복轉禍爲福'이라는 말이 있다. 우리의 삶에서 전화위복의 경우는 많다. 피할 수 없는 고통과 시련을 받아들여 피하지 않고 맞서다 보면 뜻밖에 자신에게 예기치 않은 행운을 가져다 줄 수 있다. 그것이 인생이기 때문이다.

14

1등이 아니어도 좋다. 최선을 다했다면 당신은 승자이다

자녀를 둔 학부모들은 누구나 자녀가 반에서 1등을 하고, 무엇을 하든 제일 잘한다는 평가를 듣고 싶어 한다. 대학도 소위 SKY 대학에 당당히 들어가길 바라고 합격하면 마치 부모가 그 대학에 들어간 것처럼 자랑하고 다니는 것을 왕왕 볼 수 있다. 사회에서도 각종 입사시험이나 취업의 자료로 학교 다닐 때 생활기록부를 떼어 오라고 하고 각종 스펙, 수상경력 등을 참고자료로 삼으며 제일지상주의를 부추긴다.

어린이가 초등학교에 들어가면 저학년에는 시험도 없고 성적평가도 없다. 하지만 엄마들은 자기 아이가 공부 잘하기를 바라며 학급에서 1등이기를 은근히 기대한다. 그래서 담임선생님에게 자꾸 자기 아이의 성적을 묻곤 한다. 석차가 조금이라도 떨어지면 나무라는 것은 물론이거니와 동급의 친구와 비교하며 "그 친구는 이번에 ㅇ등 했는데, 너는 성적이 이게 뭐야?" "다음 시험에 꼭 그 친구를 이겨라! 그리고 반에서 1등 하도록 좀 열심히 해 봐라!"라고 경쟁심을 불러일으키고 다그치기까지 한다. 친구들과 만나는 것을 보면, "그 친구 공부 잘해?" "반에서 몇 등 해?" "공부 잘하는 친구들과 어울려라!"라고 이야기하는 것도 다반사이다.

초등학교, 중학교를 지나 고등학생이 되면 성적 경쟁은 더욱 치열해진다. 아이는 선수이자 감독으로 변신한다. 부모는 운동선수들의 기록을 모니터링하는 것보다 더욱 정밀하게 아이의 성적을 점검하고 분석한다. 그리고 성적이 저조한 과목을 집중적으로 보강하기 위해 유명한 학원을 밤늦게까지 보내고, 그것도 모자라 과외 선생까지 불러 혈투를 벌인다. 우리나라 많은 학생들에게 벌어지고 있는 현실이다. 심지어는 초등학생이 고등학교 과정을 미리 배우는 경우도 있다. 아이가 천재라며……. 영재라며……. 난리 법석 떠는 것도 다 그런 이유에서인 듯하다. 인성을 강화하여야 할 공교육의 본질은 온데간데없고, 오로지 성적경쟁에 목숨을 거는 상황이 된 것이다.

초등학교, 중학교, 고등학교, 대학교까지 항상 자녀를 자석처럼 따라다니며 끝장을 보려 한다. 수단과 방법을 가리지 않고 대학에 가야 하기에 고액과외, 족집게 과외는 물론 기상천외한 방법이 다 동원된다. 과정과 자녀의 입장은 전혀 생각지 않고 오직 점수와 성적에만 집착하는 것이다.

이미 공교육의 가장 큰 문제점으로 제기되고 있듯이, 우리 교육은 입시를 위한 교육이며, 주입식 교육이다. 입시를 위해 정답을 일방적으로 머릿속에 주입시키는 교육으로 변질된 것 같다. 결과만 좋으면 된다는 식으로 말이다. 심지어 수학문제까지도 푸는 방식을 이해하고

답을 푸는 게 아니라 아예 통째로 외우는 경우도 있다 한다. 수학은 문제에 대한 이해와 답을 도출하는 과정이 중요한 과목인데도 말이다. 요즘 나오는 참고서 중에는 교과과정에 따른 이해와 답을 푸는 방식을 알려주기보다는 '요점 정리', '핵심 정리' 등 요령으로 푸는 참고서들도 부지기수이다.

대학 진학은 어떠한가? 자신의 적성이나 개성, 미래의 목표를 추구하기 위한 전공 따위는 중요하지 않다. 중요한 것은 대학에 합격했다는 결과이다. 이른바 일류 대학에 가는 것이 최종 목표다. 무슨 학과든 경쟁률이 낮은 학과를 찾아 부모들은 자녀들과 007 작전을 방불케 하며 뛰어다닌다. 그리고 일류 대학에 합격했다는 결과만 얻으면 다 끝났다는 생각으로 착각한다.

하지만, 대학을 졸업했다 해서 그것이 끝이 아니지 않는가? 심각한 취업난이 기다리고 있다. 그러다 보니 취업을 위한 스펙 쌓기에 여념이 없다. 외모관리부터 시작해서 토익, 토플 같은 어학스펙 등 각종 스펙 쌓기에 매달린다. 요즘 일부 대기업들은 결과주의의 문제점을 파악하고 스펙보다는 인성을 더 중요시하고 있는데도 말이다.

이러한 성장과정을 거치다 보니 오직 치열한 경쟁에서 살아남아야 한다는 결과에만 집착하며 살아간다. 원하는 결과만 얻을 수 있다면, 수단이나 방법과 과정은 문제가 되지 않는다. 경쟁에서 이기고 자신의 목적을 달성해서 결과만 좋으면 되는 것이다. 그리하여 살아가면서 목적을 위해 어떠한 수단과 방법이라도 자기 스스로 정당화한다. 돈을 버는 것도 돈을 많이 번다는 결과를 위해 각종 불법, 편법, 부정,

비리 등의 과정을 모두 정당화한다. 요즘 문제가 되고 있는 '갑질甲質'의 횡포도 결과주의가 그 근본원인이다.

갑은 자신이 잘못한 것을 인식 못 하고 자신들의 목적을 위해 수단과 방법을 가리지 않기 때문이다. 자신들이 목표한 실적과 이익을 올리기 위해, 상대적 약자인 '을乙'에게 밀어내기 등 가혹한 갑질을 해대는 것이다. 우리의 그릇된 습성으로 말미암아 결과주의가 우리를 지배하고 있다고 생각한다. 비근한 예로 일상에서 친구들과 어울려 술을 마실 때 만나는 목적인 반가움과 대화는 뒤로 밀리고 술 마시는 것이 목적으로 변하여 1, 2, 3차까지 가는 경우가 많다. 완전히 취해서 자리를 마무리해야 끝맺음이 된다고 오신하고 있는 것 같다.

이렇듯 저렇듯 오로지 결과에 집착하면 즐거움을 얻기 어렵다. 결과란 순간적이며 어떠한 결과에도 계속 만족하지는 못하기 때문이다. 대부분의 결과는 경쟁을 통해서 얻어지는 것이다. 일등을 하다가도 2, 3등으로 밀려날 수도 있다. 경쟁에서 이기면 얻은 것을 빼앗기지 않으려고 항상 긴장감 속에서 살아야 한다. 일등을 유지하려면 얼마나 극심한 스트레스를 받으며 살겠는가? 올림픽경기에서도 주 종목에서 1등을 하는 사람이 2, 3등을 해왔던 사람들보다 훨씬 스트레스를 많이 받는다고 한다.

결과 집착은 온갖 부당하고 불법적인 수단과 방법을 스스로 합리화시키거나 정당화시킨다. 하지만 그것은 자신의 이기적인 생각일 뿐 사회적으로 인정되는 것이 아니다. 불의는 결코 정의를 이길 수 없다. 언젠가는 자신의 비정상적인 수단과 방법으로 말미암아 얻은 것에 대한 불행한 대가를 치르게 된다. 그것이 진리이고 현실이다. 일순간의 부질없는 즐거움을 얻은 대가로 평생 괴로움과 고통 속에서 살아야 할지도 모른다.

산행을 하는 많은 사람들이 이야기하기를, 높은 산에 오르면서 정상에서 느끼는 기분은 10분도 안 된다고 한다. 산을 오르면서 한 걸음, 한 걸음 힘들게 오르면서 경치도 구경하고 많은 생각도 하면서 그 과정이 더욱 좋다고 한다. 과정이 여의치 않으면 결과도 좋지 않다. 정상에 오르기 힘들다는 것이다.

재미있는 이야기가 있다. 옛날 어느 마을에 허영심으로 꽉 찬 부자가 있어 이웃 마을의 황 부자가 3층 누각을 지었다는 소문을 듣고 구경을 갔다. 거기에는 이미 많은 사람들이 몰려와 구경을 하고 있었다.

"야, 정말 훌륭한 누각이구나. 특히 3층의 처마는 가히 작품이다. 작품이야!"

사람들의 탄사가 멈출 줄을 모르자, 허영심 많은 부자는 배가 아파 도저히 참을 수가 없었다.

'나도 돈이라면 황 부자보다 더 많은데, 저 누각보다 더 멋있는 누각을 왜 못 짓겠어.'

그는 집으로 돌아오자마자 목수를 불렀다.

“내게도 멋진 3층 누각을 지어주게. 특히 3층 부분을 멋있게 지어주게.”

이에 목수는 즉시 일을 시작했다. 이때 부자가 갑자기 따졌다.

“아니, 누각은 짓지 않고 왜 땅만 파는가?”
“예, 누각을 올리려면 이렇게 기초가 있어야 합니다.”
“무슨 말이야, 내게는 다 필요 없고 멋진 3층 부분만 지어주게.”

부자의 이 어이없는 요구에 목수는 하던 일을 멈추고 집으로 돌아가 버렸다.

과정도 없이 무작정 결과만을 좇는 사람들이 있다. 위의 이야기에서 기초도 없이 3층 누각 부분만 원한 사람이 그런 사람들이다. 이런 사람들은 지금부터라도 탑의 꼭대기에 올라간 단 한 개의 돌 밑에는 차곡차곡 쌓여진 수많은 돌들이 있다는 사실을 기억해야 한다. 기초가 있고 1, 2층이 있어야 3층의 멋있는 누각이 있을 수 있다는 사실을 누구나 다 알고 있으면서도 의외로 많은 사람들이 아는 사실에만 머무르고 받아들이지는 않는다. 과정을 무시하는 결과주의를 버리자.

우리가 살아가면서 과정에서 최선을 다했다면, 1등이 아니어도 좋다. 성공, 실패와 같은 결과에 연연하지 않는다. 최선을 다한 과정만으로도 삶의 가치가 충분하기 때문이다. 결과보다 과정을 즐길 줄 알아야 한다. 그것이 행복해지는 지름길일 수 있다.

〈생각해 보기〉

금메달보다 중요한 것

우연히 보게 된 지하철역 글귀에서 아래와 같은 내용을 보게 되었다. 생각해 볼 여지가 많은 것 같아 발췌해 소개해 본다.

영화 '4등'은 어린 수영 선수 준호의 이야기입니다. 엄마는 시합 때마다 메달을 놓치고 4등만 하는 아들이 못마땅합니다. 메달을 원하는 엄마는 좀 더 엄하게 가르치는 코치와 계약합니다. 그리고 아들은 다음 시합에서 은메달을 목에 겁니다. 은메달을 축하하는 파티에서 가족은 온몸에 피멍이 든 아들의 모습을 보게 됩니다. 영화의 결말까지 말씀 드릴 수는 없으나 4등을 바라보는 우리들의 시선은 이처럼 너무나 냉정합니다.

뜨거운 여름만큼이나 전 세계를 달구었던 '2016년 리우 올림픽'도 이제 우리 기억에서 멀어져 갑니다. 환호가 사라진 그곳에서 여전히 마음을 비우지 못한 사람들도 있습니다. 메달을 얻지 못한 선수들입니다.

저조한 성적으로 고개를 숙인 채 경기장을 걸어 나와야만 했던 그들에게 박수가 아닌 야유와 비난을 보내는 현실은 더욱 가혹합니다. 우리는 알지 못합니다. 브라운관으로 확인할 수 있는 단 몇

분, 몇 시간의 경기를 위해 지난 4년의 시간 동안 얼마나 많은 땀과 눈물을 흘렸는지 말입니다.

현실에서도 취업, 승진, 창업의 도전 앞에서 최선을 다했음에도 실패를 맛보는 이들이 너무나 많습니다. 이제 우리도 아름다운 패배에 더 큰 박수를 보낼 수 있기를 기대합니다. 질책보다는 위로가, 비난보다는 응원이 지쳐가는 우리 이웃들에게 힘이 되어 줄 것입니다.

'올림픽의 의의는 승리에 있는 것이 아니라 참가하는 데 있으며, 인간에게 중요한 것은 성공보다는 노력하는 것이다'

근대 올림픽의 창시자 피에르 쿠베르탱 남작이 남긴 말입니다.

에필로그

글을 작성하는 동안, 그리고 마감하면서까지 많은 생각이 들었다. 어느덧 40대 중반에 들어선 나이가 믿기질 않을 뿐더러 지금까지 살아온 과거를 회상해보니 회한이 많이 들었다. 조금만 더 잘할 걸. 조금 더 열심히 할 걸. 조금 더 노력할 걸, 진정으로 사랑할 걸……. 돌이켜보면 잘한 것보다 조금 더 잘할 수 있었는데 못 한 아쉬움이 더 기억에 많이 남는다.

평범한 한 집안의 아들로 태어나 평범하지 않은 평범한 삶을 살아가면서 그래도 꿈만큼은 원대했던 것 같다. 어려운 가정환경과 여건 속에서 차근차근 꿈을 실현해가는 것이 그렇게 쉽지만은 않았다. 그래도 주어진 여건 속에서 의미 있는 삶을 살기 위해 열심히 달려왔던 것 같다.

어릴 적 꿈은 유명한 수필가 또는 아나운서, 기자가 되는 것이었다. 지금은 돌아가셨지만 나의 열렬한 지지자였던 아버지께서 어릴 적 글 쓰는 재능을 일찍이 간파하고 아무것도 모르는 아이에게 한 자 한 자글 쓰는 방법을 가르쳐 주시고 글 쓴 내용을 다듬어 주시고, 연습시키면서 나의 글 솜씨가 조금씩 성장했던 것 같다. 초등학교 때 친구와 싸워 반성문을 쓴 적이 있었는데, 당시 선생님께서 반성문을 보시더니, '한 편의 시詩 같다'고 말씀한 적이 있으셨다. 글 쓰는 것이 즐거웠고, 사람들과 말하는 것이 즐거웠고, 사람들을 만나는 것이 즐거웠다.

지금도 많은 사람들을 만나지만, 만나는 사람과 대화를 나눌 때면 자주 듣는 이야기가 "말씀을 상당히 잘하신다. 방송 앵커 해도 되겠다."라는 농담 반, 진담 반의 이야기다. 이럴 때는 썩 기분이 나쁘지만은 않다. 지금껏 기회가 되면 여기저기 많은 글쓰기 대회에 응모해왔고, 당선도 많이 되었고, 또 어떤 주제를 놓고 발표를 한다든지, 강의를 한다든지 하면 거절하지 않고 많이 해보려고 노력했던 것 같다.

나에게는 자녀가 2명이 있다. 나는 부모로서 자녀들에게 항상 이야기를 한다.

"학생이니 학생답게 열심히 공부하는 게 제일 중요하다. 그러나 1등을 하라고 이야기하지는 않겠다. 공부에 흥미를 가지고 열심히 하다 보면 나도 모르게 자연스럽게 좋은 성적을 내게 될 것이다."

자녀들이 "아빠, 나는 커서 뭐가 되는 게 좋겠어?" "뭐가 되기를 희망해?"라고 간혹 묻는데, 그럴 때마다 나는 "너희들이 가장 좋아하는 것, 잘할 수 있는 것을 해라. 설령 월급이 적더라도 그게 더 오래 할 수 있는 직업이고, 직업에 대한 만족감도 크다."라고 초지일관 이야기해 왔다. 자녀들이 좋아하지도 않는데 부모가 내심 바라는 직업을 시키는 것은 자녀에게 결코 이롭지 않고, 나중에는 그 직업에서 만족도 못 느끼고 발전도 이룰 수 없다는 것이 나의 한결같은 생각이다.

역시 나도 한 권의 책을 작성한다는 목표를 세우고 나니, '과연 내가 책을 쓸 만한 자격이 되는지? 그런 역량이 되는지?' 등 많은 고민이 들었다. 며칠 동안 고민하고 결정을 내리기까지 주변 지인들과도 상의한 적이 있었다. 그러나 분명한 건 자기 자신의 능력과 목적, 그리고 현재 처한 상황은 자기 자신이 제일 잘 알기 때문에 결정할 수 있는 건 본인밖에 없다는 것이었다.

결국 그 모든 것은 내가 결정해야 하기에 신중모드로 돌아서서 며칠간을 고민하였고, 많은 생각을 해보았다. 틈틈이 습작으로 글을 써오고 있었고 여러 가지 생각을 담은 글을 카테고리별로 저장해 놓고 있었다. 결정만이 남은 상태에서 내가 좋아하는 글쓰기와 나의 생각을 많은 분들과 공유할 수 있다면 글을 써보는 것도 나쁘지만은 않다는 생각을 하게 되었다. 한 글자, 한 글자 수정하며 글을 퇴고하는 단계가 되니, 글의 전반적인 내용이 졸작이라는 생각도 들었다. 그러나 글의 기교도 중요하지만 내가 살면서 직접적으로 겪어왔던 일, 생각, 고민과 간접적으로 들은 이야기들을 한 권의 책에 담아 봄으로써 세상과 소통을 할 수 있는, 나에게는 의미 있는 기회라고 생각하니 글을 세상에 내놓고 싶은 마음이 들었다. 그것이 이 책을 쓰게 된 이유이다.

살아온 인생도 부족하고 앞으로도 인생을 많이 배워 가면서 좌충우돌하는 삶을 살아갈지도 모르겠다. 그러나 분명한 건, 내가 처한 상황이 아무리 힘들고 어렵더라도 사랑하는 나의 가족이 있고, 나를 인정해주는 친구가 있고, 많은 숨 쉬는 생명체 속에서 건강하게 내가 살아있다는 것만으로도 감사해하며 작은 것에 만족하고 행복할 줄 아는 그런 멋진 삶을 살아가고자 한다.

나의 한 번뿐인 인생을 위하여. 난…… 나이니까……!

나의 캐리커쳐

삶을 긍정적으로 변화시키는 도전정신을 통해 행복한 에너지가 팡팡팡 샘솟으시기를 기원드립니다!

권선복
(도서출판 행복에너지 대표이사, 한국정책학회 운영이사)

어린 시절, 누구나 자신만의 꿈을 가슴속에 키우며 성장합니다. 유명한 연예인이나 스포츠스타, 위대한 과학자나 예술인은 물론 한 나라를 이끄는 대통령을 꿈꾸는 아이도 있습니다. 평등한 시대가 도래하고 기회의 문이 누구에게나 열리게 된 만큼 하나의 목표를 정하는 데 있어 제약이 많이 사라졌지만, 불과 3, 40년 전만 해도 상황은 제법 달랐습니다. 먹고살기 힘겨웠던 시절, 배곯지 않고 원하는 학교에 제대로 다니는 아이들이 많지 않았습니다. 자신의 꿈과 목표를 설정하기 전에 이미 버거운 세상살이를 온몸으로 체험해야 했습니다. 지금 우리 사회에서 많은 사람들의 존경을 받는 이들은 하나같이, 그 고난을 이겨내고 도전을 멈추지 않았기에 그 자리에 설 수 있었습니다.

책『나를 위한 도전, 내 삶의 특별한 1%』는 꿈을 잃지 않고 늘 도전하는 삶이 왜 중요한지에 대해 이야기합니다. 현재 경찰관으로 국회경비대에 근무 중인 저자는, 어린 시절 다른 아이들과 다를 바 없는 평범한 소년이었습니다. 그 평범한 '땅꼬마' 소년이 어떻게 시련을 이겨내고 중간간부의 자리에 올라, 다양한 사람들과 소통하고 행복한 세상을 만들어 가는지를 다양한 에피소드로 소개하고 있습니다. 1부에서는 대한민국에서 조금이라도 더 행복하게 살아가기 위한 노하우들이 담겨 있으며, 2부에서는 경찰관으로 살아온 나날들이 드라마처럼 펼쳐집니다. 3부는 우리나라의 미래를 짊어진 청년들에게 보내는 격려와 성공의 메시지로 이루어집니다. 저자는 이 책 출판 직전에 최고의 경찰로 인정받는 '명예로운 서울경찰'에 선정되었습니다. 다시 한 번 축하드리오며, 삶의 노하우를 아낌없이 책에 담아주신 저자의 열정에 큰 박수를 보냅니다.

도전이 있어 삶은 즐겁습니다. 역경을 하나씩 이겨내는 그 과정이 아름답습니다. 이 책을 통해 지금 삶이 주는 시련 앞에서 머뭇대는 많은 이들이 행복한 삶을 되찾기를 기대하오며, 모든 독자 분들의 삶에 행복과 긍정의 에너지가 팡팡팡 샘솟으시기를 기원드립니다.

함께 보면 좋은 책들

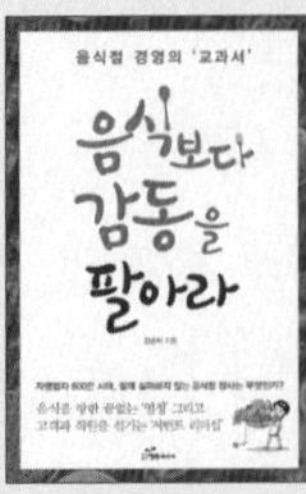

음식보다 감동을 팔아라

김순이 지음 | 값 15,000원

책 『음식보다 감동을 팔아라』는 가장 '기본적인' 것부터 지키고 그때그때 상황에 맞는 아이디어로 재치 있게 위기를 극복해내면서, 20년 넘게 외식사업을 성공적으로 이끌어 온 한 CEO의 성공 노하우와 경험담을 담고 있다. 고객은 물론 직원들마저 가족처럼 섬기는 '서번트 리더십'으로 대한민국에서 가장 성공한 음식점 사장님이 된 과정을 생생히 그려내고 있다.

위대한 고객

이대성 지음 | 값 15,000원

책 『30년차 경찰공무원이 말하는 위대한 고객』은 30년차 경찰공무원이 현장 일선에서 직접 경험하고 느낀 바를 가감 없이 전하고 있다. 대한민국 경찰이 가져야 할 마음가짐과 나아갈 방향에 대하여 자세하게 풀어내고 있으며 개인, 경찰 조직을, 더 나아가 국가의 비전에 대해서도 생각해 볼 시간을 갖게 한다.

사람은 다 다르고 다 똑같다

민의식 지음 | 값 15,000원

책 『사람은 다 다르고 다 똑같다』는 '소통'을 통해 자신의 행복한 삶을 도모함은 물론 그 주변, 나아가 세상의 행복을 이끄는 방안을 다양한 사례를 통해 제시한다. 다양성과 다름을 인정하고 이를 조화시키고 통합함으로써 가정과 학교, 직장, 사회 그리고 국가 내에서 소통을 도모하는 방안을 역사적, 인문학적 관점으로 풀어나간다.

꽃할배 정우씨

김정진 지음 | 값 15,000원

책 『꽃할배 정우씨』는 위의 질문에 대한 멋진 답변이 담겨 있다. 노숙자로 전락했던 한 노인이 나이를 무색하게 하는 열정을 통해 현역으로 복귀하는 과정을 생생히 담고 있다. 그 열정이 자신의 삶은 물론이요, 그 주변과 세상을 행복하게 물들이는 장면들은 온기를 넘어 작은 깨달음마저 독자의 마음에 불어넣는다.

그대, 늦었다고 걱정 말아요

감민철 지음 | 값 13,800원

『그대, 늦었다고 걱정 말아요』는 바로 이렇게 힘겨운 시기를 보내고 있는 젊은이들에게 따뜻한 위로의 메시지를 전하는 책이다. 현재 주어진 암울한 환경이 아닌, 어려움을 통해 더욱 성장하게 될 미래의 자신을 바라보라고 주문한다. 우리가 늘 부정적으로만 여겼던 고난의 진정한 의미는 과연 무엇일까? 지금 이 책에서 그 해답을 확인해보자.

곁에 두고 싶은 시

정순화 지음 | 값 15,000원

책 『곁에 두고 싶은 시』는 2010년 〈문장21〉로 등단한 정순화 시인의 첫 시집이다. 첫 작품집이라고는 믿기지 않을 만큼 단단한 내공과 뛰어난 매력으로 독자의 눈을 사로잡는다. 읽는 즉시 단숨에 여운을 남기는 서정성은 물론, 생을 깊이 들여다보게 하는 철학적 잠언은 독자의 마음에 잔잔한 여운과 봄바람처럼 따스한 온기를 남긴다.

아버지의 인생수첩

최석환 지음 | 값 15,000원

책 『아버지의 인생수첩』은 당당하게 가장이자 아버지의 길을 걸어온 저자가 두 아들은 물론, 청년들에게 전하는 삶의 지혜와 응원의 함성을 가득 담고 있다. 취업난과 경제난 앞에서 청춘들이 길을 잃고 방황하는 요즘, 용기를 내어 먼저 손을 내밀고 청년들의 어깨를 두드려 주려는 저자의 용기는 이 시대를 살아가는 모든 아버지들에게 귀감이 될 만하다.

내 인생 주인으로 살기

박동순 지음 | 값 15,000원

책 『내 인생 주인으로 살기』는 국방부 군사편찬연구소에서 근무 중인 저자가 36년간 군 생활을 하며 후배와 동료들에게 당부하고 싶은 조언과 서로 교감했던 내용들을 담고 있다. 리더십을 바탕으로 내 인생의 주인으로 살아가기 위해, 나아가 가정을 화목하게 꾸리고 험난한 세상살이 속에서 주인의 삶을 살기 위해 필요한 사항들을 펼쳐놓는다.